ウラジーミル・ソローキン

松下隆志・訳

23000

氷三部作3

Владимир Сорокин
23 000
(Ледяная трилогия)

河出書房新社

23000　氷三部作3

肉が渦巻く

オレンジは相変わらず食器棚の下に転がっていた。

少年は床に這《は》いつくばると、食器棚の下に手を突っ込み、オレンジの方へ伸ばした。だが、手は届かなかった。指が探り当てたのは、埃《ほこり》と乾涸《ひか》らびたサクランボの種だけだった。

「ネコンイヌ！」少年は食器棚の下の暗闇《くらやみ》に向かって腹立たしげにつぶやいた。

種を投げ捨て、オレンジを拳で脅しつけた。膝立《ひざだ》ちになり、鼻をほじりながらしばらく座っていた。立ち上がって辺りを見回す。食器棚の上の砂糖入れ、ケチャップボトル、インスタントコーヒーの瓶の隣に、ママが忘れていったピンクとシルバーのコンパクトが置いてあった。少年はそれを手に取り、くるくる回してから開いた。円《まる》い鏡から少年を見返したのは、白ちゃけた金髪の少年だった。少し突き出たライトブルーの大きな目に、横に張り出した大きな耳、小さなぺちゃ鼻、いつも濡《ぬ》れて物問いたげに開いている、知的障害児特有の小さな口。

「おはよう、ミッキー・ローク」と言って、少年はコンパクトを閉じて置いた。食器棚の引き出しを開ける。引き出しの中には食器が入っていた。少年はスプーンをつかんで床に這いつくばり、スプーンでオレンジを取り出そうと試みた。上手《うま》くいかなかった。

「お前をタイホする、チェチェン人！」少年は埃っぽいリノリウムの床に向かって唸《うな》り、スプーンで食器棚の下を叩きだした。「カモーン！　カモーン！　カモーン！」

手の届かないオレンジは薄暗がりに転がっていた。

少年は起き直ってスプーンを見た。それで食器棚をコツンと叩いた。立ち上がり、開いた引き出しに軽く頭をぶつけた。

「うぅぅ！　ネコンイヌ……」彼は不服そうに頭をさすり、スプーンを引き出しに放り投げた。テーブルナイフをつかんだ。手の中で回してみて、スプーンと比べる。

「やっぱりネコンイヌだ」

ナイフを引き出しに放り投げた。引き出しを閉め、電気焜炉《こんろ》に近づく。その上の壁には、漉《こ》し器、二叉のフォーク、スキンマー、お玉、麺棒《めんぼう》が掛かっていた。少年は麺棒に目を留めた。

「これだ！」

彼は爪立《つまだ》ちになって麺棒に手を伸ばした。そして、ざらざらした木の先端に何とか指を届かせた。麺棒が揺れだし、少年はしばらくそれを見ていた。それから椅子を焜炉のそばへ動かし、その上に這い上がった。体を伸ばし、片手で麺棒をつかんだ。しかし、紐《ひも》が穴に通っている上の方までは相変わらず距離があった。

「見てろよ、ネコンイヌ……」麺棒をつかんだまま、少年は左の素足を持ち上げて焜炉台に乗せた。麺棒を引っ張ってみたが、短い紐の輪っかは木製のフックからなかなか外れない。喘《あえ》ぎながら、少年は右脚を引き寄せようとした。これは具合が悪かった。さらに強く麺棒につかまり、右脚を助ける。

「あっぷぐれーど、でぶちん……」

足で椅子を突き飛ばし、ばっと焜炉に飛び乗った。ぐらぐらしながらバランスを取り、両手で麺棒につかまる。紐の輪っかがぴんと張り、フックから外れた。少年は屁を放いた。そして、麺棒を握ったまま仰向けに倒れかかった。

「おっと……」何者かのたくましい手が優しく彼を受け止めた。

そしてすぐさま椅子の上に立たせた。

少年は頭を仰《の》け反《ぞ》らせた。そこには見知らぬ男が立っていた。「そんなことしちゃいけないよ」

「ミーシャ、ミーシャ」彼は咎《とが》めるように頭を振った。

男は長身で、肩幅が広く、日に焼けた善良そうな顔をしていた。エメラルドのような青い目が愛想よく見下ろしている。少年はたくましい手にそっと支えられていた。その手はいい匂いがした。

「スタントマンにでもなろうとしたのかい？」と男は訊ね、硬く白い歯を見せて大きく微笑《ほほえ》んだ。

「ううん……」手の中で麺棒を握りしめながら、少年は警戒するようにぼそっと言った。

男は彼を椅子から下ろして床に立たせ、そばにしゃがみ込んだ。男の笑顔が少年の顔と向かい合う。男の頬骨には小さな傷痕があった。赤茶けた短髪がハリネズミのように逆立っていた。

「食器棚の下からオレンジを取り出したいんなら、麺棒じゃなくてモップの方がいい。なぜかわかるか？」

「ううん」少年は透き通った青い大きな目で見知らぬ男をじろじろ見ていた。

「だって、麺棒はお婆《ばあ》ちゃんがピロシキの生地《きじ》を伸ばすのに使うだろ。モップはママが床を拭くのに使う。卵のピロシキは好きかい？」

「うん。ミートボールも好きだよ」

「なら、麺棒にはピロシキを伸ばさせておこうな」

男は少年の手から麺棒を抜き取り、元の場所に掛けた。

「今度は君のオレンジを取り出そう」

見知らぬ男は確たる足取りで台所を出てトイレの扉を開け、モップをつかんで台所に戻ってきた。床すれすれに屈み込み、食器棚の下から軽々とオレンジを転がし出した。流しですすぎ、台所布巾《ふきん》で拭き、少年に差し出す。

「お食べ、ミーシャ。そして服を着るんだ。ママが君を待ってる」

「どこにいるの？」

「ヴェーラおばさんのお家だ。ピャトニツカヤ通りの。ヴェーラおばさんを覚えてるかい？　君に恐竜をプレゼントした？」

「うん」

「あの恐竜はおじさんが買ったんだ。〈子どもの世界《ジェーツキー・ミール》（モスクワにある子ども用品デパート）〉で」

「おじさんは……誰？」

「おじさんはヴェーラおばさんの旦那《だんな》さ。ミハイル・パールィチ」男は大きな手のひらを伸ばした。

「よろしくな、同じ名前の少年！」

少年は手を差し出した。日焼けしたたくましい指が少年の手を包み込んだ。

窓の外で犬が吠えだした。男は窓辺に近づき、カーテンの隙間から外を見た。

少年はオレンジの皮を剝《む》きだした。

「服を着るのは自分で？　それとも、ママに手伝ってもらうのかい？」男は窓の外を眺めながら訊ねた。

「自分で」

「偉いぞ」男はカーテンを引いた。「おじさんも六歳の頃には自分で服を着た。それにもう自転車に乗ることだってできた。自転車は持ってるかい？」

「うん。お婆ちゃんの別荘にあるよ。だけど、トーリクが車輪を曲げちゃったんだ。唾を吐くんだよ」少年はオレンジをほじくっていた。

「トーリクが？」

「自転車が。トーリクは唾吐かないよ。あいつは柵を越えてモーフナチのお家に入ってくんだ。それで、みんな盗んでくるの」

男は息を吸い、吐き出した。

「なあ、ミーシャ、おじさんがオレンジの皮を剝いてあげる。その間に、服を着ておいで」

「僕たち、ヴェーラおばさんの別荘に行くの？」

「その通り」男は少年からオレンジを取り上げた。「だから、時間を無駄にするのはよそう。水浴びをしような。こんなに暑いんだ……。それに、渋滞にはまりたくない。さあさあ、ミーシャ！」

少年は寝室に向かって駆けだした。玄関扉の前に大きな青いスーツケースが置いてあった。

「これ、おじさんの鞄《かばん》？」少年が叫んだ。

「そうだ」男が返事をした。

「何が入ってるの？」

「何も入ってないよ！」男は笑いだした。「服を着るんだ、スタントマン！」

少年は寝室に入った。

椅子の背凭《せもた》れから半ズボンを下ろして穿《は》きに掛かったが、枕の上で半分だけ毛布をかぶって横たわっているぬいぐるみの恐竜が目に入った。恐竜の隣には氷の塊が置いてあった。解けた氷で枕に染《に》みが滲《じ》んでいた。

「やい、太った氷！」ズボンに足を取られながら、少年はベッドの方へと駆けていき、氷を床に投げ捨てた。「お漏らししたな、氷！　あっぷぐれーど、あっぷぐれーど！」

少年はズボンを穿き、シャツを着て、サンダルを履いた。それから氷の塊を拾い上げ、それを持って台所に駆けていった。

「氷がお漏らしした！」

台所では男が椅子に座り、微笑を湛えながら駆け込んでくる少年を見ていた。隣のテーブルにはオレンジが皮を剝かれずに置いてあった。少年は氷を流しに投げ込んだ。男が椅子から腰を浮かした。

「服を着たな？　いい子だ」

彼は携帯電話を取りだし、番号を押した。

「いいぞ」

携帯をポケットに仕舞う。

「時間だ、ミーシャ」

「オレンジは？」少年は頭を擡《もた》げて彼を見た。

「後でな。全部後で……」男はポケットからミニサイズのガススプレーを取り出すと、さっと自分の鼻を摘まみ、スプレーを少年に向けて噴射した。

少年は頭を振り、目を細めた。両手で顔を覆いながら背けた。鼻を鳴らして台所から駆けだした。廊下で足がいうことをきかなくなって、倒れた。扉から入ってきた別の男の腕の中へ。男は少年を受け止め、すぐに寝室へと運んだ。依然鼻を摘まんだまま、先に来た男が台所から駆けつけた。二人は少年の上に屈み込んだ。最初の男の方が背が高かった。光の兄弟たちは彼をドルと呼んでいた。二人目の、ふさふさの髪と小さな亜麻色の顎《あご》ひげを持つブロンドの男はヤストと呼ばれていた。二人とも日に焼けた筋骨隆々のたくましい腕をしていた。この腕たちは迅速に仕事に取り掛かった。茶色っぽい液体が入った小型の注射器を取り出して少年の肩に素早く注射し、素っ裸にし、紙おむつを穿かせた。

ドルが青いスーツケースを持ってきて、開けた。スーツケースの中にはキャメルの毛布が入っていた。少年の体の顔以外の部分をそっと毛布に包み、スーツケースに入れた。ヤストが慎重に少年の片方の瞼《まぶた》を開けた。縁が透明な青い目が物思わしげにじっと彼らを見た。

「寝てるな」ヤストがつぶやいた。

「あの二人は下に？」ドルがささやく。

「ああ」

「エレベーターは？」

「あのままだ」

「それならお前が運べ」

「わかった」

二人は少年のぐったりして青ざめた手をつかみ、ほんのしばらく瞑目《めいもく》して動かなかった。それから我に返り、スーツケースを閉めた。ヤストは静かにスーツケースを持ち上げ、扉の方へ運んだ。下ろす。二人は扉を僅《わず》かに開いて静止し、耳を澄ました。階段は静かだった。ドルとヤストはエメラルド色の碧眼《へきがん》と灰色がかった碧眼を見つめ合った。そして情熱的に抱き合い、互いの凄まじい力でもって胸を密着させた。二人の口から微かに虚ろな声が漏れ、たくましい腕が締めつけ合い、張り詰め、ぴたりと止まった。彼らの頭が震えだした。心臓《こころ》が語りだした。

「ドル……」ヤストは掠《かす》れた声で言った。

「ヤスト……」ドルは息を吐き出した。

二人は呻《うめ》きだし、ぶっきらぼうに互いを突き放した。

そして一瞬で我に返り、落ち着きを取り戻した。息を吸った。そして滑らかに吐き出した。

ドルは扉の外へ足を踏み出した。エレベーターが動かないので、階段を下りていく。少し待って、ヤストがスーツケースを手に続いた。ドルはたくましくしなやかな体を軽々と動かしながら、階段を慌てずに駆け下りていった。

この十六階建てのパネル住宅の一階と二階の間には、ホームレスのワレーラ・ソプレウーフが定期的に野宿していた。昨日、彼は階段の吹き抜けでガールフレンドのズリフィヤと一夜を過ごした。彼女はビールを強請《ねだ》りにソプレウーフを起こしたばかりだった。膝立ちになり、嗄《しわが》れた声で悪態をつきながら、ソプレウーフは汚れたポケットを探り、昨日の残りの小銭をじゃらじゃら掻《か》き混《ま》ぜた。誰かが階段を下りてくる足音を耳にすると、ソプレウーフは頭を上げ、例のごとく歌うように物乞いを始めた。

「はらからよ、元潜水夫の渇きを癒《い》やすために施しを！」

彼らの方へ向かって階段を下りながら、ドルはポケットに片手を突っ込んだ。彼の姿がホームレスたちの目に入った。

「はらからよ、ケチケチなさるな、私もまた……」とソプレウーフは話しだしたが、文句を最後まで言うことはできなかった。ドルがまっしぐらに、恐ろしい力を込めてメリケンサックを彼の頭に叩き込んだのだ。バキッと頭蓋骨《ずがいこつ》が割れる音がした。ズリフィヤは歯のない口をあんぐり開けて飛び退いた。ドルは彼女の方へ足を向け、鼻筋を殴った。彼女の頭が落書き《グラフィティ》で汚れた壁に激突した。ソプレウーフは声もなく床に倒れた。ドルはその体を跨《また》ぎ、メリケンサックをハンカチで包んでポケットに仕舞い、階段をさらに下りはじめた。ヤストは慎重にスーツケースを運んでいたので、あまり速く下りられなかった。床に倒れたホームレスたちの間を通り、小便塗《まみ》れで痙攣《けいれん》しているズリフィヤの脚を横目で見ながら、本能的に青いスーツケースをより高く持ち上げ、一階に下りてエレベーターと掲示板を通り過ぎ、玄関扉の枠の鋳《い》バリに左手でつかまって中庭に出た。

外は晴れて暑かった。玄関前に埃塗《ほこりまみ》れのジグリが止まっていた。ハンドルを握っているのは灰色のTシャツを着た薄毛の金髪碧眼男で、彼に向かって警戒するように唸っている三匹の野良犬に目を向けていた。ヤストを目にするやいなや、犬たちは唸り声を高め、車からさらに遠ざかった。ヤストは後部座席にスーツケースを置き、助手席に乗り込んだ。ジグリが発進し、中庭を出た。

「終わったのか？」運転手が訊ねた。

「終わった」ヤストが答えた。

「犬ども……」運転手がつぶやいた。

「俺《おれ》たちのことを嗅ぎつけた、だろ？」ヤストは神経質な笑みを浮かべた。

「以前は知らなかった」

「お前の心臓《こころ》は若い、モホ」ヤストは引っ掻き傷のできた手を唇に持っていき、滲み出てきた血の雫《しずく》を吸った。

ジグリはオストロヴィチャノフ通りに出た。そしてすぐ、どっしりした暗青色のリンカーン・ナビゲーターがその後ろについた。ハンドルを握っているのは痩《や》せぎすのイレで、助手席にはドルが座っている。

「どこで？」イレが言った。

「あいつらが自分で決める」ドルは疲れ切った様子で自分の精悍《せいかん》な顔を手のひらで締めつけた。

ジグリはプロフソユーズナヤ通りへと曲がり、もう少し走って停車した。オフロードカーが隣で停車した。ドルが駆け降りてきて、後部ドアを開けた。ジグリから降りたヤストが彼にスーツケースを渡した。ドルはスーツケースを後部座席に置いてその隣に座り、ヤストが外からオフロードカーのドアをバタンと閉めた。リンカーン・ナビゲーターはすぐさま動きだし、急カーブしてジグリの陰から飛び出した。続いて、黒塗りのベンツS５００が発進した。窓ガラスにスモークフィルムを貼り、警察の青いナンバープレートを付けている。乗っているのは、オブー、トルィヴ、そしてメログで、三人とも警官の制服を着ていた。オブーが携帯を耳に当てた。

「俺だ」

「行く」とイレは自分の携帯で答え、ベンツを先に行かせた。ドルは青いスーツケースのダイヤルキーを開け、蓋《ふた》を僅かに持ち上げた。少年は毛布に包まれて眠っていた。顔がやや紅潮している。ドルは少年の手をつかんだ。冷たくてぐったりしている。彼は少年の上に屈み込み、その手を自分の胸に当て、一瞬目を閉じた。

突然、右のレーンで二台の車が衝突し、その内の一台がオフロードカーに接触した。リンカーンが揺さぶられ、ふらつく。ドルは両手でスーツケースを抱きかかえ、座席に押さえつけた。

「あぁぁ！」イレは携帯を取り落とし、ハンドルを押さえながら唸った。

「止まるな！」ドルが背後に目をやる。

「やつらは誰だ？」

「肉だ、肉……」ドルは停止した二台の車を見ながら彼を安心させた。「ただの事故だ」

オフロードカーが速度を上げる。破損したリアフェンダーが突き出していた。信号でベンツと並んで停車した。ドルがドアを開けてスーツケースをメログに渡し、メログはそれを後部座席の自分の隣に置いた。ベンツが赤信号を無視して急発進した。メログはスーツケースを開け、眠っている少年を見た。自分の青褐色の目を閉じた。その顔がたちまち石のように固まった。

車がモスクワ環状道路に折れた。

突然、ベンツが揺れた。そして、パンクしたタイヤが微かにがたつきはじめた。

オブーはハンドルを右へ切り、路肩に停車した。ベンツが右側へ傾いた。

車上の男たちは緊張して顔を見合わせた。メログはスーツケースを閉め、スポーツバッグからサイレンサー付きのピストルを抜き出した。トルィヴは座席の下から銃身の短い自動小銃を取り出し、安全装置を外した。

オブーが窓の外へ目を向けた。

「右のタイヤが両方とも。これは偶然じゃない」

「二本分のスペアはあるか？」メログが訊ねた。

「あるとも、御光《みひかり》の加護でな」とオブーは答え、トルィヴの手から自動小銃を取り上げた。「タイヤを交換しろ」

そして即座にドルと連絡を取った。

「こっちは立ち往生だ。タイヤが二本パンクした。これは偶然じゃない。兄弟たちが必要だ」

「俺が行く」ドルが答えた。

「駄目だ！　それは危険だ。そっちはフェンダーが突き出してるだろ」

「それなら大丈夫だ」

「お前は肉を引き寄せる」

「俺は心臓《こころ》を信じているんだ、オブー。俺がお前たちのところへ行く」

「ドル、俺たちに必要なのは兄弟たちだ！　肉が渦巻いている。俺にはわかる」

「〈盾〉を呼ぼう」

「それは危険だ！　肉に感づかれる。単に兄弟たちが必要なんだ」

「呼ぶよ」

トルィヴは車を降り、前輪の交換に取り掛かった。フェンダーの突き出たオフロードカーが横を通り過ぎ、十メートル離れた場所で止まった。オブーがスモークガラスを下げた。回転灯を付けた道路パトロール課の白いトヨタがベンツに横付けした。車から降りてきたのは膨れっ面をした小太りの中尉で、むっちりした手に火のついていない煙草を持ったまま挙手の礼をした。

「ご苦労様です！」

ジャッキを回しつづけながら、トルィヴは頭を上げた。

「ご苦労」

「両方同時に？　大変ですな！　ベンツにもハンドルの誤り、と言いますが。手伝いましょうか？」

「急いでないなら手伝ってくれ」スモークガラスを下げ、いつでも撃てるようにピストルを握りながら、メログがトルィヴに代わって答えた。「俺は昨日手を火傷《やけど》しちまってね、ヴァレンニコフ上級中尉（彼はオブーの方へ顎をしゃくった）の方は性的緊張で左の睾丸がヘルニアになったんだ！」

オブー、メログ、そしてトルィヴがげらげら笑いだした。

「我々の困難な仕事ではそういうこともありますよ……」中尉は薄笑いを浮かべ、落ち着きなく欠伸《あくび》をし、ポケットを叩きだした。「皆さん、すぐお助けします。仲間を助けるのは神聖な務めですからな……。くそっ、どこにやった……いつもみたいに車の中か……」

彼は背を向けた。

「リョーハ、ぶっ放せ！」

トヨタのドアが開き、中から道路パトロール課の軍曹がカラシニコフを手に飛び出してきた。中尉の手の中でカチッと音がし、細いナイフが飛び出した。

「そら！」興奮で瞬く間に紅潮した中尉は首を狙ったが、刃は身をかわしたトルィヴの肩に突き刺さった。だが同時に、メログがベンツの窓から放った狙いすました弾丸が小太りの中尉の頭を貫いた。軍曹が疾風射撃を行う。弾丸はトルィヴを掠《かす》め、装甲されたベンツに跳ね返った。ドルはオフロードカーのトランクのドアを開け、トヨタに向けて長い連射を放った。フロントガラスが粉々に砕け散り、中尉はいくつもの弾丸に貫かれて倒れた。急カーブしてきたシルバーのジープから、グレネードランチャーを装備したカラシニコフが現れた。グレネードランチャーが青いオフロードカーに向かって火を吹く。爆発が車を破壊し、逃げようとしていたドルを外へ投げ出した。オブーが後部ドアの窓を下ろし、ジープに向かって長い連射を放った。ジープがガゼリにめり込み、飛び散った窓から射撃が始まった。幹線道路の左レーンで数台の車が衝突し、一台が炎上した。ベンツの窓からオブーとメログが、そして路上で起き上がったドルが、ジープに向かって射撃を始めた。高速で走ってきた牛乳運搬車がブレーキをかけ、炎上した車を避けようとしたが、流れ弾が運転手の喉《のど》に命中した。牛乳運搬車は右へ急カーブし、黒塗りのベンツに突っ込んだ。青い字で〈牛乳〉と書かれた黄色いタンクがぐしゃっと潰れ、破れた。牛乳がベンツの開いた窓から車内へ迸《ほとばし》る。オブーとメログは牛乳に噎《む》せながら、少年の入ったスーツケースを車外へと引きずり出しに掛かった。オブーは首を負傷しており、急激に力を失っていた。牛乳がたちまち車内を満たし、メログは手探りで後部ドアのノブを見つけて開け、スーツケースごと道路へ転がり出た。オブーは牛乳で窒息し、車内に取り残された。ベンツの開いた後部ドアから牛乳がアスファルトへ迸った。メログはスーツケースをつかんでしゃがみ込み、辺りを見回した。モスクワ環状道路の通行は中断していた。二台の車と爆発したオフロードカーが燃えていた。シルバーのジープに生命の徴候を示す者はいなかった。燃えるオフロードカーからメログの方へ向かって、ドルがよろめきながら歩いてきた。彼は爆発で重傷を負っており、右手に自動小銃を握りしめ、左手で裂けた腹から今にも飛び出しそうになっている内臓を押さえつけながら、地上の最後の歩みを刻んでいた。血塗れで火傷を負ったその顔はもはや判別不能だった。

「力の輪を集めろ……」とドルは掠れた声で言い、ばたりと倒れた。

彼の血が牛乳と混ざり合った。

メログはぶるっと胴震いし、歯軋《はぎし》りし、ドルの血塗れの手から落ちた自動小銃をつかみ、スーツケースを持ち上げ、金属製のガードレールを乗り越え、そして、牛乳の雫をはね散らしながら側溝に飛び込み、そこから草地へ、灌木《かんぼく》の茂みへと分け入っていった——近くにくっきりと見えるチョープルィ・スターンの高層アパート群の方へ向かって。

立ち往生している数台の車から勇気ある人々が身を乗り出した。

「ほらほら、あいつだ！」

「男性の皆さん、やつを捕まえて！」

「どこ行くんだテメエ、待ちやがれ！」

「なんて恐ろしい！」

「ニキータ、警察に通報しろ！」

「だがやつ自身がポリだぜ！　くそっ、化けてやがったのか！」

「悪党を捕まえろ！」

「そうだ、ここに交通警察の詰め所がある、目と鼻の先に！」

「銃声を耳にしただろ、きっともう向かってる！」

大勢の人間が携帯電話をかけていた。

メログは茂みを駆け抜けてガレージを通り過ぎ、ゲネラル・チュレネフ通りに出た。この日曜日、通りはほぼ人気《ひとけ》がなく、走っている車も疎《まば》らだった。通行人も少なかった。たいていの人は歩いておらず、足を止めて環状道路の出来事に耳を傾けていた。シルバーのコンテナガレージの陰に隠れたメログは、スーツケースを地面に置き、牛乳で濡れた顔を拭き、辺りを見回した。アパートの玄関口で三人の女が盛んに話し合っており、樹木や茂み越しに環状道路で起こったことを見極めようとしていた。ティーンエイジャーの集団が別の玄関口から飛び出してきて、そちらの方角へ駆けだしていった。向こうで鈍い爆発音がした——どうやら、燃えていた車のガソリンタンクが爆発したようだ。そばを通りかかった緑のデウ・ネクシアが停車した。陰気で痩せた猫背の運転手が煙草を咥《くわ》えて降りてきて、背伸びをして環状道路の方角を見た。

「いったい何が起きたってんだ？」彼は道端から大声で問いかけた。

「テロリストたちだ」と答えながら、メログはガレージの後ろから姿を現し、男に自動小銃を向けた。「その場を動くな」

男は顰《しか》め面をメログに向けた。そして、牛乳が滴っている警察の肩章を見た。

メログは左手でスーツケースを持ち上げ、車に近づいた。

「後ろのドアを開けろ」

歩くとショートブーツの中で牛乳が大きくぴちゃぴちゃ跳ねた。男は顰め面を強張《こわば》らせながら、頭から足までずぶ濡れになって牛乳を滴らせているメログを睨んでいた。

「カウントダウンするぞ」短い銃身が男の痩せた腹に突きつけられた。

男は我に返った。そして、後部ドアを開けた。

「運転席に座れ。ただし、ゆっくりとな」

銃身が痩せた背中に押しつけられた。男が運転席に乗り込む。モスクワ環状道路の方角からパトカーのサイレン音が聞こえた。メログはスーツケースを後部座席に置き、男がハンドルを握るのを待って、自分は後ろのスーツケースの隣に座った。

「出せ」メログは自動小銃の銃身を運転席と助手席の間に突っ込んだ。

男がシフトレバーをつかんだ。銃身から牛乳の雫が垂れた。そして、運転手の骨張った拳に落ちた。拳が一速に入れた。車が走り出した。

「もっと速く」メログが命じた。

猫背の運転手は速度を上げた。

メログは紫煙を上げる煙草を彼の口から抜き取り、窓の外へ捨てた。車が三叉路へ出た。

「右」

ネクシアはチョープルィ・スターン通りへ曲がった。メログはスーツケースを開けた。少年は相変わらず毛布に包まって眠っていた。メログはスーツケースを閉め、濡れたズボンの左ポケットに手を突っ込んだ。携帯は車に置いてきたらしく、ポケットは空だった。

「携帯を寄越せ」彼は運転手に命じた。

男はベストの胸ポケットから電話を抜き出し、振り返らず後ろに差し出した。メログはそれを受け取り、番号を押しはじめた。

「そいつには……金が入ってない」運転手が言った。

メログは携帯を自分の足元へ投げ捨てた。次の三叉路へ出た。

「右」

アカデミク・ヴィノグラードフ通りを走った。上空でパタパタパタとヘリコプターの音がした。メログは自分側の窓を開けて頭を突き出し、空を見上げた。近くを一台のヘリコプターが飛んでいた。ポプラの綿毛がメログの青褐色の目の睫《まつげ》に引っ掛かった。ポプラの綿毛を擦り取り、周囲に目を向けた。通りは行き止まりで、袋小路になっている。左手には高層アパート群が立ち、右手には森林公園が緑色に見える。

「左。アパートの方」

猫背男は曲がった。

「駐車しろ」

ネクシアはアパートに近づき、他の車と並んで止まった。

「エンジンを切れ」

猫背男はエンジンを切った。メログは自分の窓を閉めようとした。

「窓を閉めろ」

男は実行した。

「今度は自分の服を脱げ」

「え？」

「シャツ、ジーンズ。ただしスムーズにな、わかったか？」

男はシャツを脱いだ。その下から肩に錨《いかり》のタトゥーを彫った青白い痩軀《そうく》が現れた。メログはシャツを取り上げた。座席で身をくねらせながら、男はズボンを引っ張り下ろした。メログはそれを取り上げた。男は背後に目を向けた。こめかみと鼻に汗が滲み出した。

「前を見とけ」

猫背男は前を向き、車とコンテナガレージでいっぱいの中庭を見た。メログは彼の首に強烈なパンチを食らわせた。下手にカットされた薄毛の頭が仰け反るように痙攣し、男の歯がカチカチと鳴った。頭から助手席に倒れた。メログは自分の濡れたシャツとズボンを脱ぎ、猫背男のシャツを着た。シャツは小さく、メログの筋肉質な胴体をぴっちりと覆った。ズボンもやや窮屈だった。メログはトランクを開けるボタンを見つけ、それを開けた。車を降りてトランクを掻き回し、大きなビニール袋を取り出した。車内で自動小銃を袋に入れる。スーツケースを片手に持ち、自動小銃を入れた袋をもう片手に持ち、アパートに向かってゆっくりと歩きだした。不意に、飛んできた鳩《はと》が彼の項《うなじ》に激しくぶつかった。鳩はアスファルトに落ち、羽でポプラの綿毛の房を吹き飛ばそうともがきだした。メログはしゃがみ込んだ。鳩の方を振り返り、メログは足を速めた。高層アパートを二つ通り過ぎて三番目のアパートの玄関に向かい、最初に触ったボタンを押した。

「どちら様？」

「広告を入れさせてください」メログが答えた。

鉄の扉がピーと鳴り、彼は中に入って階段を上がった。三階を過ぎたところで足を止めた。スーツケースを下ろし、踊り場の半開きの窓に目をやる。外は穏やかだった。遠くでサイレンの唸りとヘリコプターの連続音がした。メログは目を閉じ、最近洗われた窓ガラスに額を押し当てた。唇が開いた。息を止め、神経を集中するように動かなくなった。彼の心臓《こころ》が語りだした。

上階で足を引《ひ》き摺《ず》る音がした。

メログは目を開けた。ダストシュートの蓋がぱたんと鳴った。そして、女の声が何やらぶつぶつつぶやきだした。瓶がガシャンと割れた。

メログは息を吸った。スーツケースを持ち上げ、素早く階段を駆け上がる。四階と五階の間でバラ色のガウンを着た小太りの女がダストシュートの壊れた蓋をいじっていた。

「不潔な連中ね……」彼女は蓋を閉めたり開けたりしながらつぶやいていた。

自動小銃の銃身が彼女の脇腹に押しつけられた。

「ひっ！」彼女は金切り声を上げ、腹立たしげに振り返った。

「その場を動くな」

女は口を開けたが、自動小銃を見て黙り込んだ。そして、見る見るうちにひどく青ざめていった。口紅を塗っていないふくよかな唇が色を失った。

「何を……」彼女は後退《あとずさ》った。

「家には誰がいる？」

「ママ……と……それから……娘よ」

「戻れ」

「家にあるお金は……一万五千ぽっちよ……」

「金は要らん」彼は彼女をつついた。

「それなら……何が要るの？」彼女は後退った。

「しばらく身を隠したい。正しく振る舞えば、誰にも手は出さん。喚《わめ》いたりしたら、全員始末する」

女は半開きの扉に向かって歩きだした。２ＤＫの部屋に入る。テレビの声が大音量で鳴り、台所では鶏肉が炒められていた。メログはスーツケースを玄関に置き、扉をバタンと閉めた。女は大きな部屋に入った。テレビを消した。小声で何か言った。メログは部屋を覗《のぞ》き込んだ。女が十歳の娘を抱き寄せて立っていた。

「全員浴室へ」メログは命じた。「俺が出ていくまでそこにいろ」

女と娘は部屋から後退った。娘は好奇の目をメログに向けていた。

「私がママに言うわ……耳が遠いの……」女がつぶやいた。

「言え。ただし早くな」

女と娘が台所へ向かった。メログは後からついていった。台所では小太りで背の低い老女がフライパンで鶏の胸肉を焼いていた。女が近寄り、電気焜炉を切った。

「何をするんだい？」老女は驚いて大きな声を出した。

「ママ、武器を持った人が家に来たの！」彼女の耳に向かって女が叫ぶ。

老女が振り向いた。メログは自動小銃を構えて扉口に立っていた。老女は彼を見つめた。

「あの人が出ていくまで、私たちは浴室にいましょう！」女は老女の耳に向かって叫んだ。

短い手にフォークと汚れた台所布巾を握りながら、老女はメログを見つめていた。彼は浴室の扉を開け放ち、照明をつけた。

「早く！」

「ママ、早く行きましょう！」女は叫び、老女の背中を押した。

フォークから鶏肉の脂が滴っていた。

見知らぬ男に目を瞠《みは》り、手にはフォークと布巾を握ったまま、老女は浴室に入った。続いて母娘が入った。

「あなたはチェチェンの人?」娘が訊ねた。

「違う」メログは答えた。「道具はどこだ?」

「何の?」女が訊ねた。

「大工道具」

「家には……ないけど……そこに、壁の棚に、何か残ってるわ」

メログは扉を閉め、壁棚を探り、ハンマー一本と釘数本を見つけた。踏み汚された寄せ木の床に自動小銃を置き、素早く浴室の扉に釘を打ち込む。

娘が泣きだした。

母親が宥《なだ》めにかかったが、それから自分も泣きだした。

「あの男の目的は? 何が要るんだい? 何かい、爆破でもするつもりなのかい?」老女が大声で訊ねた。

メログはスーツケースを持ち上げ、大きな部屋に移した。カモミールの花束が生けられた花瓶、女性誌の山、血圧測定器をテーブルから払い落とした。スーツケースを卓上に載せ、開けた。少年は毛布の中で俯《うつぶ》せに眠っていた。メログはそっと彼を仰向けにした。眠っている少年の顔には注意を払わず、その胸をつくづくと眺めた。指先で鎖骨を撫《な》で、胸骨に触った。メログの指が止まった。そして震えだした。彼はぶるっと胴震いして少年から後退《あとずさ》った。膝から崩れ落ち、絨毯《じゆうたん》に嘔吐《おうと》した。

素早く口を拭い、息を吸って吐いた。立ち上がった。電話を見つけて受話器を上げ、番号を押す。

「俺一人だ」

「彼は一緒か？」声が訊ねる。

「ああ。アカデミク・ヴィノグラードフ通り。そのいちばん端」

「待ってろ」

メログは受話器を置いた。ほっとため息をつき、窓辺に近づいて外を覗いた。中庭や通りはどこも静かで穏やかだった。太陽が照りつけ、ポプラの綿毛が宙を舞い、疎らな通行人がのんびりと歩いている。フォルクスワーゲンが一台と自転車が二台通り過ぎた。

メログは落ち着きなく欠伸をし、自分の濡れた髪をカーテンで拭いた。スーツケースの元へ戻る。再び少年に近づいたものの、歯軋りして呻きだし、後退り、椅子の背凭《せもた》れに拳を叩きつけた。背凭れが折れ、ばらばらになって飛び散った。手をさすりながら、メログは台所に入った。浴室では女たちが小さく唸るように啜《すす》り泣いていた。炒めた鶏肉が転がっているフライパンに嫌悪の目を向け、メログは戸棚からトマトとリンゴを一個ずつ取った。窓の外を眺めながら、交互に囓《かじ》って食べはじめる。アカデミク・ヴィノグラードフ通りを幅広の六輪トレーラーがゆっくりと走っている。その荷台には、巨大なバケットを備えたオレンジ色のキャタピラ式パワーショベルが積まれている。トレーラーは駐車してある車にぶつかりそうになりながら、相当苦労して移動していた。森林公園ではディーゼルエンジンの高まる唸りが聞こえた。若木をへし折り、古木を傷つけながら、二台の強力なブルドーザーが森林地帯から通りへ出てきて、トラクターに向かって走りだした。それに続いて、ひどく空回りし、灌木の茂みを破壊しながら、テレスコープアームを備えたクレーン車が現れた。メログははたと嚙《か》むのをやめ、食べさしのトマトとリンゴを投げ捨てた。中庭を通って玄関口の方へ二台のコンクリートミキサー車がバックで近づいてきた。ミキサーが回転している。さらにもう一台のコンクリートミキサー車が隣のアパートの角から出てきて、通りへと曲がり、ブルドーザーにぶつかりそうになる手前で止まった。ブルドーザーの運転手が運転席から顔を出し、コンクリートミキサー車の運転手に向かって何か叫んだ。叫ばれた方はエンジンを切ってドアを開け、地面に飛び降り、煙草に火をつけ、ブルドーザーに微笑みかけた。ブルドーザーの運転手も降りてきて、近づいた。

「どこから来た?」

「六番から」にこやかな青年が答えた。

「はあ?」ブルドーザーの運転手は怪訝《けげん》そうに目を細めた。「何しに入ってきやがった? どうやって回りゃいいんだよ?」

「そうカッカしなさんな。動ける場所なら腐るほどある!」

「なら、俺たちはどこに行きゃいいんだ?」

「ホフリャコーフが全部教えてくれるさ。まあ、一服しようぜ」

「ホフリャコーフなんぞに用はねえ……俺はまだ三往復もせにゃならんのだ!」ブルドーザーの運転手は苛立たしげに頭を掻いた。

「上司の方がよくご存じだ!」相手は微笑みながら欠伸をした。

「とんだお利口さんどもだ……」運転手は煙草を取り出しながらため息を漏らした。

隣のアパートの角から中庭へトラックが進入してきた。荷台には黄色い作業服を着た労働者たちがショベルを手に座っている。トラックが停車した。

「さあさあ、オメエら、早く、早く!」声が響いた。

労働者たちは荷台から飛び降り、無我夢中で直ちに中庭の土にショベルを突き刺しはじめた。乳母車を押している二人の女が彼らに怪訝な目を向けた。トラックの車内から太ったチビがチェーンソーを手に降りてきて、短い足をせかせか動かしながらそれを始動させ、一本のボダイジュに近づき、吠《ほ》え猛《たけ》るギザギザの刃を幹に突き刺した。木っ端が飛び散る。

「そらよ、くそったれ……」チビはつぶやき、苦しそうに叫んだ。「ボブローフ、エゴールィチ、他のやつを伐《き》れ！」

斧《おの》を持った二人の男が他のボダイジュに駆け寄り、巧みに刃を幹に食い込ませた。

「あの人たち、木を伐ってるわ！」乳母車を押す女は震え上がった。

「あんたたち、何やってるの？」彼女の友人が叫んだ。

労働者たちは返事もせずに続けた。二階の窓が開いて、老女が顔を出した。それに続いて、上半身裸の男が口をもぐもぐさせながら顔を覗かせた。

「あいつら何やってんだ？」

「言ったでしょ、あの悪党どもはガレージを守り抜くつもりなのさ！」老女ははっきりと言葉を区切りながら自信ありげに言った。

中庭に二台のパネルバンが進入してきた。荷台からバールを持ったタジク人たちがのろのろと降りてくる。手に唾を吐き、気乗りしなさそうに言葉を交わしながら、バールを握ってアスファルトを叩きはじめた。森の中から通りへ二台のアスファルト破砕車が出てきて、鋼の先端をアスファルトに突き刺した。アパートの住人たちが開いた窓から外を覗きだした。伐られたボダイジュはぐらっと揺れて倒れ、天辺《てっぺん》で子どもの遊び場を破壊した。アパートの住人たちが怒号を上げる。チェーンソーを持ったチビはポプラの古木に駆け寄り、猛然とそれを挽《ひ》きに掛かった。オレンジ色のパワーショベルが台の上で回りだし、溢《あふ》れそうになっているごみコンテナにぶつかった。コンテナはひっくり返り、ごみが通りにぶちまけられた。コンクリートミキサー車の元へ古ぼけたＢＭＷが近づき、大鼻の老人が不機嫌極まりない様子で運転席から命令した。

「お前らの足元にぶちまけろ！」

運転手たちは悪態をつきながらそれぞれの車に乗り込んだ。クレーン車のテレスコープアームが広がりだした。車体の長いガゼリが二棟のコンテナガレージの間をぶつかりながらバックで無理に進んだ。車体にはスチール製の籠《かご》が載っており、中に十名のアゼルバイジャン人が赤いヘルメットと作業服を身につけて入っていた。クレーン車は籠をつかみ、素早く持ち上げに掛かった。籠がぐらぐら揺れ、アゼルバイジャン人たちがクレーン車の操縦者に向かって怒鳴りだした。回転するミキサーからアパート前の広場にコンクリートが流れだした。這い動くパワーショベルが二台の車に接触し、アラームが鳴りだす。ポプラの古木がぐらつき、大きな音とともに折れ、枝を電線や樹木やバルコニーに引っ掛けながらゆっくりと倒れていった。木の天辺がメログがいる部屋のガラス張りのバルコニーに激突した。窓枠が折れ、ガラスが飛び散った。開いた窓から叫び声がした。

アパートの周囲で起きていることを余すところなく目の当たりにして、メログは青ざめた。スーツケースに飛びつき、それを閉じて引っつかみ、玄関に駆け込んで扉を開けたが、即座にばたんと閉めた。怒った住人たちが階段を駆け下りてきたのだ。ブザーが鳴る。メログはじっとしていた。それからノックの音。そして、くぐもった女の声がした。

「ニーナ・ワシーリエヴナ、お宅のバルコニーが割られたよ！　ニーナ・ワシーリエヴナ！」

再びブザーが鳴りだした。

メログはスーツケースを手に爪立ちで台所へ行き、慎重に窓の外を見た。下では、アスファルト破砕車の爆音が轟《とどろ》く中、膨れ上がった群衆が機器の操縦者たちと罵り合っていた。操縦席に這いずり込もうと試みている者もある。ミキサーから流れ出るコンクリートがアパートの方へ流れていき、人々の足がはまり込んだ。タジク人たちはバールを叩きつけ、土掘り人は土を掘り、チビは何やら毒づくように怒鳴りながら次のポプラを挽いていた。メログは熟視した。チビの顔は紅潮し、頭は揺れ、口は泡を噴いていた。銀の龍が刺繡《ししゅう》された青いガウンを着た女が彼の方へ駆け寄り、逆立った赤毛を両手で引っつかみ、ポプラから引き離した。チビは踏ん張って抵抗し、彼の手の中でチェーンソーが吠え猛った。彼はぶるっと胴震いして手を振り上げ、チェーンソーで女の顔をざっくり切りつけた。女は悲鳴を上げ、顔をつかんで地面にくずおれた。群衆があっと叫んだ。チビはぶつぶつ言って頭を肩に埋めながら、すさまじい目つきで女を見た。嗚咽《おえつ》を漏らした。群衆の中から数人の男が叫びながら彼に飛び掛かった。そして突然、埃まみれのＢＭＷでやって来たあのすこぶる機嫌の悪い大鼻老人が、指を口に入れ、思いがけず強烈な口笛を吹き、その口笛は機械の唸りや群衆の叫びを遮った。群衆が震え、一瞬固まった。チビに飛び掛かった男たちさえも動きを止めた。命令でも下されたように、車はアスファルトを砕くのをやめた。皆の視線が老人に集まった。彼は明らかに自分の力を誤算していた。強烈過ぎる口笛は痩せこけた彼の体を破壊するに充分だった。老人の大きな鼻から血が噴き出し、目がぐりんと裏返った。彼は痩せた片手を上げ、骨張った拳を握りしめ、鼾《いびき》をかくように鼻を鳴らし、よろめいて仰向けに倒れた。そして直ちに、狂暴な叫び声とともに土掘り人とタジク人たちがアパートの住人に飛び掛かった。バールやショベルが群衆の頭上にちらつき、負傷者たちの悲鳴が響き渡った。パワーショベルのバケットが二階のバルコニーを破壊し、勢いそのまま窓にめり込み、住居の中へ潜り、軋り砕ける音とともに家具を掬い上げ、這い出て、破片をアパートの前の芝生にぶちまけた。アスファルト破砕車がアパートに近づき、鋼鉄の先端を壁にぴたりと付け、轟音とともに破壊を始めた。隣のアパートの中庭から赤い消防車がやって来て、消火ホースからアパートの窓に放水を開始した。ヘルメットをかぶった消防士たちが手際よくホースを伸ばしていく。タジク人と土掘り人たちは、群衆を粉砕して追い払い、血塗れのバールとショベルを手に玄関へ突入してきた。同時に、アゼルバイジャン人たちがチェーンソーで屋根を切り裂いた。

メログはぶるっと胴震いし、乾ききった唇を舐《な》めた。ブザーが鳴り、拳が扉をどんどん叩く。

「ニーナ！　ニーノチカ！　ニーナ！　助けて！」女の喚き声がする。

メログは自動小銃を握り、扉を開け放った。扉の向こうでは三人の女が犇《ひし》めいており、泣き喚きながら扉の中へ入り込もうとした。メログは彼女たちに向かって至近距離から連射を行った。肉片が階段の踊り場に飛び散り、女たちは倒れた。メログは左手でスーツケースをつかみ、断末魔の苦しみに喘ぐ体を走り抜け、階段を駆け上った。上から隣人たちが駆け下りてくる。数人の手には斧やナイフが握られていた。メログは駆け上りながら彼らを撃ち殺し、自分のために道を開けた。轟音、金属音、叫び声がアパート内に響き渡っていた。壁が揺れる。数階上がったところで、メログはピストルを所持した四人のアゼルバイジャン人に遭遇した。屋根からアパートに侵入したのだ。彼らはメログに向かって発砲した。身をかわしながら、彼は最後の長い連射を浴びせた。アゼルバイジャン人たちは叫び声や呻き声を上げて倒れたが、その後ろから他の連中が入ってきた。銃声が響き、弾がメログの首に命中する。彼は空になった自動小銃を投げ捨て、傷を押さえながらスーツケースを持って下へ逃げた。さらにもう一発の銃弾が脇腹に当たった。軽く呻きながら駆け下りる。アゼルバイジャン人たちも遅れずに追ってきた。アパートの下の階が激しく揺さぶられ、壁に亀裂が走り、消防車の放水が窓を叩き、生き残った住人たちが金切り声を上げていた。メログは下に目をやった――バールを手にしたタジク人たちが二階から上がってくる。

「捕まえろ《カペード》！」彼らはメログを見つけて叫びだした。彼は両手でスーツケースをつかみ、最初に行き当たった住居の開け放たれた扉に入り、そして息を呑《の》んだ。眼前に、住居の中身を掻き寄せるパワーショベルのバケットが現れたのだ。メログはスーツケースを胸に押しつけた。バケットが軋みながら迫ってくる。部屋の中では食器ごと食器棚が粉砕され、本棚が割れ、ソファーの革が破れ、テレビがボンと爆発した。バケットの巨大な歯が近づく。メログは後退り、急いで戻った。だが、汗ばんだ浅黒い顔のタジク人たちはすでに間近にいた。

バールで頭を殴られ、メログはスーツケースを放して倒れた。十本ばかりの浅黒い手が青いスーツケースをつかんだ。メログは最後の力を振り絞ってこの手たちと闘った。タジク人たちは彼のことは無視してスーツケースを開け、少年を床へ振り落とした。メログは血塗れの手でしがみつく、しがみつく、しがみつく。

「これがその子《ザッツ・ヒム》よ、このくそ野郎《ファッキング・バスタード》！」女の声がして、脂で汚れたタジク人たちの間から、金めっきされた小型のブローニングを握った美しい手が伸びて、伸びて、伸びてきて、眠っている少年の無防備な薄桃色の胸に銃身が押し当てられ、引き金が引かれた。

「やめろぉぉぉ!!!」メログは絶叫して突進し、履き古したスニーカーを履いた誰かの臭い脚に嚙みついた。

「犬《サーグ》が！」上から唸り声がし、バールの尖った先端がメログのこめかみにバキッと入った。

　メログは目を開けた。

　ベンツは相変わらずモスクワ環状道路を走行していた。

　少年も相変わらずメログの隣にある開いたスーツケースの中で眠っていた。メログは重々しい呻きとともに息を吐き出し、ぶるっと震え、身を屈めて少年の体に頭を押しつけた。

「どうした？」前の座席からトルィヴが振り返った。「見える。お前の心臓《こころ》が騒がしい」

「世界の境界を見失ってる」メログが答えた。「肉どもの夢が這い寄ってくる」

「それは自然なことだ、兄弟メログ。肉が渦巻くとき、肉どもの夢が這い寄ってくる」

「肉はあらゆる世界で俺たちを圧迫する」オブーが左へ車線変更しながら口を挟んだ。「お前の心臓《こころ》は若い、メログ。自分を〈氷〉の上に置いてみろ。そうすれば肉どもの夢は剝がれる」

　突然、ベンツが揺れた。そして、パンクしたタイヤが微かにがたつきはじめた。

　オブーはハンドルを右へ切り、路肩に駐車した。

　車上の男たちは緊張して顔を見合わせた。メログはスーツケースを閉め、スポーツバッグからサイレンサー付きのピストルを抜き出した。トルィヴは座席の下から銃身の短い自動小銃を取り出し、安全装置を外した。

オブーが窓の外へ目を向けた。

「右のタイヤが両方とも。これは偶然じゃない」

「二本分のスペアはあるか?」メログが訊ねた。

「あるとも、御光の加護でな」とオブーは答え、トルィヴの手から自動小銃を取り上げた。「タイヤを交換しろ」

そして即座にドルと連絡を取った。

「こっちは立ち往生だ。タイヤが二本パンクした。どうやらこれは偶然じゃない。兄弟たちが必要だ」

「俺が行く」ドルが答えた。

「駄目だ! それは危険だ。そっちはフェンダーが突き出してるだろ」

「それなら大丈夫だ」

「お前は肉を引き寄せる」

「俺は心臓《こころ》を信じているんだ、オブー。俺がお前たちのところへ行く」

「ドル、俺たちに必要なのは兄弟たちだ! 肉が渦巻いている。俺にはわかる」

「盾を呼ぼう」

「それは危険だ! 肉に感づかれる。単に兄弟たちが必要なんだ」

「呼ぶよ」

トルィヴは車を降り、前輪の交換に取り掛かった。フェンダーの突き出たオフロードカーが横を通り過ぎ、十メートル離れた場所で止まった。オブーがスモークガラスを下げた。回転灯を付けた道路パトロール課の白いトヨタがベンツに横付けした。車から降りてきたのは膨れっ面をした小太りの中尉で、むっちりした手に火のついていない煙草を持ったまま挙手の礼をした。

「ご苦労様です！」

ジャッキを回しつづけながら、トルィヴは頭を上げた。

「ご苦労」

「両方同時に？　大変ですな！　ベンツにもハンドルの誤り、と言いますが。手伝いましょうか？」

「大丈夫だ、中尉さん、自分たちの力でやる」スモークガラスを下げ、いつでも撃てるようにピストルを握りながら、メログがトルィヴに代わって答えた。「今、俺たちにはこの力ってのが腐るほどあるんでな！」

オブー、メログ、そしてトルィヴがげらげら笑いだした。

「それはそうでしょうな……」中尉は薄笑いを浮かべ、落ち着きなく欠伸をし、ポケットを叩きだした。「くそっ、どこにやった……いつもみたいに車の中か……」

彼は相棒に向かって叫ぼうと背を向けたが、メログが窓からライターを持った手を出し、カチッと鳴らした。

「ほらよ」

「ああ……」中尉は身を屈めて火をつけた。「ありがとうございます。それではまあ、お気を付けて」

「じゃあな」

中尉は煙草をくゆらせながらトヨタに乗り込み、車は走り去った。

メログは軽く目を閉じ、安堵の吐息を漏らした。

「自分を〈氷〉の上に置かなければ」

「〈氷〉は俺たちの王座だ。それは平衡を与える。そして光は力を与える」

「光は力を与える」とメログは繰り返し、再び目を閉じた。

トルィヴがタイヤの交換を終えた。

ベンツが先に走りだした。メログは再びスーツケースを開け、眠っている少年の手をそっとつかんだ。

「肉は強力だ。だが、その力には限界がある」

「肉は危険だ、兄弟メログ。だが、やつらは王座を持たない」オブーが言った。

「肉はただ飢《う》え渦巻くのみ」トルィヴは湿ったナプキンで手を拭きながら付け加えた。

「破滅が近いことを嗅ぎつけているが故に」メログが少年のぐったりした冷たい指をそっと握りながら付け加えた。

ベンツはキエフスコエ街道に折れ、ヴヌコヴォ空港の方角へ向かった。

希望の小円環

私の心臓《こころ》が兄弟たちの存在を感じる。

そして私は自らの夢を離れる。ここ数年、絶え間なく見つづけている夢。惑星地球での私の眠りを助けてくれる夢。私の輝く夢。常に私とともにある夢。

私たちはついに一緒に、みんな、みんな、みんな、最後の一人まで、あの場所へと近づいていく、それはもう間近にある、私には見える、それは霧の中から浮かび上がる、避けることはできない、それは望まれた必然であり、私は最後の瞬間に気絶するのを恐れ、兄弟姉妹の手をつかむ、つかむ、つかむ、私の腕が彼らを抱きしめる、私はあの群れの中に、愛しい群れの中にいる、私は彼らに寄り添う、彼らの体に触る、彼らの体はもうじき光に溶ける、私とともに溶ける、永久に溶ける、私は顔たちを、愛しの顔たちを覗き込む、この十年間ずっと私の周りにいて、私たちの目的への歩みを助けてくれた顔たち、私は彼らの心臓《こころ》の鼓動に、肉のモーターの最後の打音に耳を傾ける、そこには私たちに固有の光が隠れている、間もなくみんなが還るはずの光、原初の光、恐怖の惑星地球で私たちを破滅から遠ざけてくれる光、すぐ、すぐ、すぐそばにある光。

　兄弟モホの手が私の顔に触れる。私はそれを認め、思い出す。そして体が覚醒する。目を開ける。兄弟モホと姉妹トボが私の寝床の枕元に立っている。二人とも気が昂ぶっている。そして私はすぐさまその理由を理解する。見窄《みすぼ》らしい地上の言葉を発するまでもない。二人の心臓《こころ》が喜びに輝いている。私は彼らの心臓《こころ》に耳を傾ける。そして、それがどんな喜びなのかを理解する。心臓《こころ》が期待でおののく。私の心臓《こころ》は他の兄弟たちの心臓《こころ》よりはるかに年齢を重ねており、強い力を有している。けれども、期待で無邪気におののく力を失ったわけではない。心臓《こころ》が震える。まるであの頃に戻ったように。あの頃、少女だった私はアルプスの山中に連れていかれた。私の胸は血を流した。氷のハンマーが揺さぶった。そして若い心臓《こころ》を叩き起こした。ブロ老人が私の心臓《こころ》に触れた。おかげでそれは、甘美な光の期待でおののきだしたのだった。

　指を動かす。そして痩せ細った両腕を上げる。兄弟たちに向かって伸ばす。両手が震える。モホとトボが身を屈めて私の手のひらをつかむ。自分たちの胸に置く。

　私の心臓《こころ》が彼らの心臓《こころ》にあいさつする。

　モホとトボが私の体から毛布を下ろしてくれる。それは肉体を延命させる山草で織られた毛布だ。私の老体が地球の空気と出会う。この空気は苦く、破壊的だ。

毎朝私を介助してくれる兄弟メフとポルが入ってくる。彼らの体は若く、筋骨隆々。力と安らぎを放っている。兄弟たちのたくましい腕で体が持ち上げられる。体は地上の生に疲弊している。心臓《こころ》の知識で萎《しな》びている。捜索に必要な〈能力〉の欠如による苦しみで窶《やつ》れている。ブロとフェルだけが備えていた〈能力〉。全員を直ちに発見することを可能にする〈能力〉。この六十年間、私一人にはついぞ明かされることのなかった〈能力〉。真の生涯、私はそれを苦しみながら渇望してきた。心臓《こころ》は絶えず祈った。脳は喚いた。血は沸き立った。骨はみしみしと軋んだ。

私は兄弟たちの腕で広々とした石造りの間へと運ばれていく。そこでは水色の浴槽が待っている。兄弟たちは衰弱した私の体を温かい浴槽にそっと入れる。浴槽には搾《しぼ》りたての牛の乳が張ってある。乳が滾《たぎ》り、泡立っている。私の体を呑み込む。広間に兄弟たちの声が響く。一人一人が静かに何かを話している。そして一人一人を私の心臓《こころ》は覚えている。数十、数百の声が縺《もつ》れ合い、大理石の円屋根の下で目に見えない群れと化す。声たちは常に私とともにある。私はそれを聴く。声たちが鳴り響く。この音楽とともに私の毎朝が始まる。

私は目を閉じる。

そして空間に浮かぶ。

そしてすべての仲間の心臓《こころ》を見る。

この瞬間、その数は二万一千三百六十八人。

私を含めれば、二万一千三百六十九人。

肉機械の世界では残りの千六百三十一人の捜索が行われている。合唱《コーラス》の中に彼らの声は聞こえない。彼らの心臓《こころ》は見えない。彼らはいまだ覚醒を待っている。氷のハンマーとの出会いを待っている。私たちを待っている。

搾りたての乳は素早く私に熱を与え、浴槽から抜けていく。私はメフとポルに抱え上げられる。

極上の亜麻で織ったタオルで包まれる。二つの青い石の上に座らせられる。兄弟たちの指に助けられ、私の弱った体は地球の加工食品から逃れる。その後、氷のように冷たい山水で体を洗われる。透き通った水が元気を与えてくれる。山の穏やかな氷の記憶を保存しているのだ。

そして私は生きはじめる。

メフとポルに衣装部屋へ運ばれる。私は温かい大理石の上に腰かける。今日のドレスを選ぶのだ。薄い青から濃く暗い青まで、私は様々な色合いのドレスを持っている。けれども、どのドレスも裁ち方はまったく同じ。

今日は特別な日だと心臓《こころ》で知っている。澄み渡る空の色をしたシルクのドレスを選ぶ。姉妹ヴィへがトルコ石の櫛《くし》ですっかり白くなった私の薄い髪を梳く。姉妹ニュズとペが体にごま油を擦り込む。私は姉妹たちの腕に寄り掛かりながら立ち上がる。そしてドレスに覆われる。姉妹たちに腕を取られ、円形の小部屋に連れていかれる。部屋は山の紫の石を削って造ったものだ。水が滴り、針《タ》葉樹林帯《イガ》の草から煎じた茶の入った碗《わん》が置いてある。それらが老体に力を与えてくれるのだ。毎朝私はこの部屋に二十三分間留まる。ちびりちびりと茶を啜りながら、心臓《こころ》を解放する。そして頭脳を集中させる。紫の領域は私に残酷な地球の世界を思い出させる。肉機械の言語を、肉機械の慣習を、欲望を思い出す。彼らの陰鬱な世界が私の内に浮かび上がる。私をさらなる闘争へと備えさせる。

紫の領域を出た後、私は仕事に取り掛かる。

けれども、今日は特別な日だ。特別な仕事が控えている。肉機械の世界に興味はない。食堂へ入る。広々としていて、白い。窓が開いている。岸に寄せる波の音が聞こえる。私たちが創造した大海原が近くでうねっているのだ。海鳴りは大いなる過ちを思い出させる。食堂の中央にはライラック色の石でできた大円卓がある。中円環——二百三十名の兄弟姉妹——が収まる大きさだ。

私は円卓に着く。卓上には果物や野菜が並んでいる。毎朝、島の〈家〉で同居している全兄弟姉妹が食卓に着く。今日も彼らはここにいる。私には彼らの心臓《こころ》が見える。ガー、ノロ、ラト、モホ、トボ、メフ、ポル、ヴィヘ、ニュズ、ペ、シェー、フォルム、ダス、ルチ、ビー、オ、ヴー、サム、オン、ウト、ゼー、ユゴムが同席している。だが、いつものように食事を始めるためではない。彼らはとても重大なことを私に伝えたがっている。彼らは知っているのだ——私の心臓《こころ》が甘く察しているのが何かということを。この数年というもの、私は苦しみながらそれを夢想してきた。予感が高まっていた。心臓《こころ》の中で光が波打っていた。そして、私たち全員がひどく渇望していた。

　食堂では地上の言語だけで話す決まりだ。食べ物を呑み込む間、心臓《こころ》を休ませるために。しかしこの朝、私たちの頭に食事のことはない。兄弟ガー——この家での私の介助長——が静寂を破る。

「フラム、彼はすでに兄弟たちと一緒です」

「知っている」私は心臓《こころ》を抑えながら答える。

「肉が渦巻いています」姉妹シェーが身震いする。「肉が兄弟団に抵抗しているのです」

「知っている」

「肉は障害を生みます」フォルムが真っ直ぐ私を見る。

「知っている」私は心臓《こころ》の煌めきを鎮めながら答える。

「兄弟団は彼のために闘っています」兄弟ヴーが言う。「彼は我々の元へ向かっています」

「知っている」

「盾が彼を掩護しています」

「知っている」

「光が肉を押し広げれば、今晩にも彼はここに到着します」姉妹ゼーが言う。

彼女は堪えきれずに心臓《こころ》を燃え上がらせる。

「わかっている！」私はお返しに炎を出しながら答える。

私の強い心臓《こころ》が燃え上がる。〈家〉の厳格な規律が乱れる。私たちは心臓《こころ》で語り合う。待つ時間があまりにも長過ぎた。裏切られた期待は数知れない。だが今回も、〈家〉の全住人はただ信じているだけだ。けれども私は知っている！　なぜなら、私がそれを欲したのだから！　私はひどく知りたかった——今回ですべてが実現し、すべてがあるべき場所に収まり、すべてが正しい形をとり、すべてが集まり、一体となり、一つに溶け合うことを。肉の幕が開き、残りの者たちが見出され、大いなる円環が閉じられることを。そして心臓《こころ》が輝きだす。そして筋繊維が崩れる。そして骨が折れる。そして脳が粉々になる。そして苦の連鎖が断ち切られる。そして御光が宇宙に原子の塵を撒き散らす。

心臓《こころ》はこれまでそれ以外のことを知らなかった。

心臓《こころ》は今もそれ以外のことを知らない。

心臓《こころ》は重要なことについて語る。

私たちは微動だにせず円卓に着いている。

私たちの心臓《こころ》が燃え盛っている。

秘められた言葉が光る。原初の光となって流れる。今、家の中にいるのはきっかり二十三人。小円環。いちばん小さな輪。他にも、兄弟団によって運命的な瞬間に作られる、中円環（二百三十人）や大円環（二千三百人）もある。これは支援の輪。そして決意の輪。けれども今日は、この期待の日は、小円環を作る。これは希望の輪。何となれば、私たちは八度も待ったのだから。八度も期待した。八度も信じた。そして、希望は実現しない定めだった。恐ろしい地球の世界は八度とも私たちからもっとも大事な希望を奪い去った。

今日、私たちは九度目の期待をかける。希望の小円環で。私たちは輪を作る。この瞬間、兄弟団によってさらに六つの小円環が形成されていることを知っている。ここから遠く離れた場所で。大海原が私たちを隔てている。異なる国々で六つの小円環が結ばれた。兄弟たちが私たちを感じている。彼らの心臓《こころ》が希望に燃えている。私はこれらすべての円環を、輪の中にいるそれぞれを心臓《こころ》で見る。

そして彼らと語り合う。

私たちの円環が他の円環と語り合う。

地上の四十八分間。

私たちの心臓《こころ》が落ち着く。手が解ける。私は口を開け、大海原の苦い空気を胸いっぱいに吸い込む。私たちが犯した大いなる過ちの空気。それは修正を求めている。

兄弟姉妹たちが私を見ている。

彼らの心臓《こころ》が聞き入っている。

「私たちは準備をせねばならない」私はささやく。

彼らの心臓《こころ》が理解する。

三人の心臓《こころ》

キエフスコエ街道から十一キロメートル地点、オブーがハンドルを握るベンツが、青いフラッシュライトを点灯させている黒塗りのゲレンデヴァーゲンと後続の護送ジープを高速で追い抜こうとした。

　オブー、トルィヴ、そしてメログが歓声を上げた。

「これはウフだぞ！」メログは呻き、燃え上がった。「御光の加護だ！　盾がともにある！」

「光がともにある！」トルィヴとオブーが言った。

「光がともにある！」オブーは嬉しそうに繰り返し、ベンツをジープの後ろに付けた。

　三台の黒い車列はさらに疾走した。

　ヴヌコヴォへ、それから飛行場へと折れ、メインターミナルを通過し、プライベートジェットのターミナルに到着した。ゲレンデヴァーゲンが停車し、後部ドアが開く。そして即座にメログがベンツから青いスーツケースを手に降りてきて、ゲレンデヴァーゲンの中へ慎重にスーツケースを移した。二対の飢えた手がそれを受け取った。一方の手はわからないはずがなかった——毅然とした白い手、広い手首に生えた金色の産毛、バラ色の小さな爪。

「ウフ！」メログは息を吐き出し、心臓《こころ》が歓喜で燃え上がった。

　しかし、スーツケースはゲレンデヴァーゲンの奥へと消え、スモークガラスのドアが閉まり、車はターミナルの遮断機へ向かって走りだした。歓喜の眼差しでそれを見送りながら、メログは両手を胸に当てた。唇が震えだし、脚の力が抜けた。彼は膝からくずおれた。

「ウフ……」

　オブーとトルィヴがベンツから飛び出すように駆け寄ってきて、メログの体を起こしに掛かった。ターミナル付近をぶらついていた警官が近づいてきた。

「どうかしましたか？」

　オブーとトルィヴはメログを立たせた。

「心臓《こころ》がね」オブーは警官に答えた。

「ウフ……」とメログは言い、呻き声とともに空気を吸い込んだ。

オブーとトルィヴはよろめく彼を車へ連れていった。

「仕事が腐るほどあって、急に発作が起こったんだ……」オブーはこちらを見つめている警官の傍らを通り過ぎ、病的に唇を歪めた。

「あの……当直医を呼びましょうか?」警官は小さなポケットから無線機を取り出した。

「ありがとう、だが必要なものは全部揃ってるんでな」トルィヴが答えた。

二人はメログをベンツに乗り込ませた。オブーは車の向きを変え、その場を離れた。

短い書類チェックの後、ゲレンデヴァーゲンは遮断機を通り過ぎ、飛行場に出た。それに続いて護送ジープが通過した。小型ジェット機に近づき、二台の車が停止する。警備の者たちが出てきて、ゲレンデヴァーゲンを取り囲んだ。車からウフとボルクが降りてきた。ウフはアタッシェケースを、ボルクはスーツケースを運んでいた。護衛の一人がスーツケースに手を伸ばしたが、ボルクは頭を横に振った。

「要らん、自分で持つ」

ウフは護衛隊長と握手し、隊長は道中の無事を祈った。飛行機のハッチが開き、タラップが下りてくる。青い制服と青い手袋を身につけた碧眼の美人スチュワーデスがハッチに現れ、温かい微笑みを浮かべた。ウフが最初に段を上り、スチュワーデスと握手して機内に入り、アタッシェケースを座席に放り投げた。ボルクが続いてスーツケースを運び入れ、機内に置いた。コクピットから二人のパイロットが出てきて、ウフにあいさつし、飛行準備が整っていることを報告した。パイロットたちは光の兄弟ではなかった。ウフは彼らと二言三言形式的な言葉を交わし、二人はコクピットに姿を消した。スチュワーデスの姉妹ノーが機内の扉を閉めた。ボルクとウフはスーツケースをテーブルに置き、開いた。少年が眠っていた。ボルクはひどく青ざめ、ぶるっと身震いし、燃え上がった。唇がわなわなと震えだした。彼はスーツケースのそばに膝を突き、絨毯を両手でがっしりつかみ、爪が折れるほど強く握りしめた。胸から呻き声が迸った。姉妹ノーは少年を見て細い指で顔を覆った。

ウフは平静を保っていた。御光の名の下に数多くの偉業を成し遂げたその強力な心臓《こころ》は彼に従っていた。彼は慎重に毛布を広げると、少年をもっと楽な姿勢にさせ、座席に座り、震えているボルクの白ちゃけた金髪の頭に手を置いた。そして素早く心臓《こころ》で助けた。ボルクの頬が紅潮し、目が閉じ、頭がぐったりと胸に垂れた。

「光がともにある」ウフは白っぽい小さな睫を伏せながら言った。

「光……光が……ともに……」ボルクは蚊の鳴くような声で言い、呻きながら仰向けに倒れた。

ノーが金縛り状態から抜け出し、ボルクの上に屈み込んだ。

「彼の心臓《こころ》は待ちくたびれたのだ」ウフが言った。

「助けてあげて」ノーが頼む。「私の手には負えない」

ウフが近づいてボルクの腕をつかみ、ノーがもう片方の腕をつかんだ。二人の心臓《こころ》がボルクの心臓《こころ》を助けた。彼が目を開けた。抱え上げられ、座席に座らされた。

「光がじきにお前を体から解放する」ウフは、汗に塗れて青ざめたボルクの顔に指先で触れた。

ボルクはじっと少年の方へ目を向けていた。ウフの手を押し退け、立ち上がろうとする。しかし、ウフが押し止めた。

「己を〈氷〉の上に置け」

ボルクは呻きながら目を閉じた。ノーはスーツケースの中で眠る少年から片時も目を離さず、胴震いしながらウフの手を取り、錨に縋《すが》るように強く握りしめた。

「自制しろ」

そしてウフは強い心臓《こころ》たちが近づいてくるのを感じ、窓の外に目を向けた。政府ナンバーを付けた黒塗りのベンツ６００が警察のアウディに護送されながら飛行機の方へ近づいてくる。

「兄弟たちだわ！　御光のご加護ね！」ノーはウフの手を胸に当てて立ち上がり、出口へ飛んでいった。

間もなく兄弟オドーとエフェプが機内に入ってきた。大柄で、太っていて、白髪で、青い目と長い顎ひげを持つオドーは、暗紫色の法衣を纏《まと》っていた。その胸には府主教の十字架とパナギア（主教が十字架と並べて胸に下げる、聖母マリアの絵がはめ込まれたメダル）が下がっており、むっちりした白い手は錫杖《しゃくじょう》を握っている。濁った青い目をした小柄なエフェプは、落ち着きのない頭に白髪交じりの短い毛を逆立て、白い口ひげと小さな顎ひげを蓄えていた。ライトグレーのスーツを身につけ、襟《えり》の折り返しにロシア連邦議会下院議員の三色徽章《きしょう》を付けている。

機内の扉を閉め、ノーはその前に立った。

兄弟たちは中に入って足を止めた。彼らの目も止まった。スーツケースの中で眠っている子どもに向かって。オドーは錫杖をノーに手渡し、少年から目を離さず、法衣の衣擦れをさせながらゆっくりとスーツケースの前の床にしゃがみ込んだ。エフェプはじっと立っていた。僅かに見開かれた目は瞬き一つしなかった。

ウフが二人の方へ歩み寄り、両手を差し伸べた。

エフェプが手を伸ばした。オドーはたくましい手のひらをゆっくりと持ち上げた。眠っている少年の頭上で三人の兄弟の手が結ばれ、輪が形作られた。兄弟たちは目を閉じた。

座席のボルクと、扉の前で錫杖を手にしているノーはぴたりと動きを止めた。

数分後、兄弟たちの肩に軽い震えが走った。そして手が解けた。

「よし！」オドーは目を開けながら重々しい低音を発した。

「よし……」エフェプは安堵の吐息を漏らしてささやいた。

「よし」ウフがはっきりと言った。

ボルクは嗚咽を漏らし、喜びのあまり座席の中で身を捩《よじ》らせながら自分の口を押さえた。姉妹ノーが錫杖を放り出してボルクに飛びつき、自らも震えながら彼を抱きしめた。

オドー、エフェプ、そしてウフは彼らに注意を払わなかった。

「私は確信していた。だが、完全にというわけではなかった」ウフが口を開いた。

「フラムにさえ眠っている心臓《こころ》は見えない」エフェプが素早く瞬きしながらつぶやいた。

「フラムは知っているが、見ることはできぬ」オドーがよく響く声で言った。「大円環のみが見ることを可能にする」

「ただしそれは大円環の中心に眠っている肉がいればの話だ」エフェプが異を唱えた。

「もはや眠っている肉に大円環は不要だ」ウフが鋭くため息をついた。

「眠っている肉はここにいる」オドーは床から錫杖を拾って膝を上げ、癖で顎ひげを撫でながら低い声で言った。

「肉が目覚める」エフェプは自分の顔を慎重に少年に近づけた。

「肉が光となる！」オドーは白い鬣《たてがみ》のような髪を振った。

ボルクとノーは号泣していた。

「己を〈氷〉の上に置け！」オドーが錫杖で床を突き、声を響かせた。

ボルクとノーは嗚咽を堪え、そしておとなしくなった。

「兄弟よ、我々は心臓《こころ》からあなたを羨《うらや》む」エフェプはウフの手を取った。「あなたは彼とともに飛ぶのだから」

「お主はフラムに会う。お主は対面を助ける！」オドーが言葉を引き取った。

「あなたは大いなる輪を閉じる！」エフェプはウフの手を固く握った。

「お前たちは私とともに来てはならない」ウフは心臓《こころ》で支えながら言った。

「我々は知っている」オドーが答えた。

「我々は知っている」エフェプは安堵し、そしてウフを安堵させた。

「私もそれを知っている」ウフは苦しげに微笑み、そして彼の赤味がかった小さな睫が閉じた。

「お前たちの居場所はここだ。肉が渦巻いている」

「我々が抑え込むとも！」オドーは自信に満ちた声を響かせた。

少年は眠りながら唸りだした。ウフを除く全員が緊張した。

「あと四時間は眠っている」ウフが言った。「さあ時間だ、兄弟たち」

オドーとエフェプは短く燃え上がった。

「ウフ！　ノー！　ボルク！」

「オドー！　エフェプ！」他の者たちも応えて燃え上がった。

エフェプが最初に機内を出た。オドーは重い眼差しを眠っている少年に投げ、心臓《こころ》の閃光を消し、錫杖で床を突き、荒々しく法衣の衣擦れをさせながら出ていった。

ボルク、ウフ、そしてノーは少年の紙おむつを脱がせ、青い半ズボンを穿かせ、胸に大きくて真っ赤なイチゴがプリントされた青いTシャツを着せた。座席に寝かせた。

ウフはパイロットの呼び出しボタンを押した。機内の扉が丁重にノックされる。姉妹ノーが開けた。痩せてすらりとしていて、髪と眉は黒、目は茶色のパイロットが入ってきた。ウフが握手した。

パイロットは眠っている少年を横目で見て、さっと視線をウフに移した。

「準備は整っていますが？」

「頼む」ウフはうなずいた。

「国境警備隊を呼びます」パイロットが出ていった。

　間もなく、飛行機に国境課の緑のラーダが近づいてきた。若い中尉と中年の大尉が機内に乗り込み、パスポートと手荷物のチェックを始めた。ウフのパスポートに少年は彼の息子と記載されていた。

「サッカーのし過ぎで疲れたんですね、きっと?」中尉は微笑みながら眠っている少年に目を向け、パスポートに〈出国〉のスタンプを押した。

「だったらいいのだがね!」ウフはパスポートを仕舞いながら悲しげに頭を振った。「テレビゲームだよ。やめさせるのは不可能だ」

「六歳で?　それはすごい!」中尉は好意的に頭を振った。

「そういうゲームなんかも出てきて、我々はいったいどこへ向かうのでしょうな?」丸顔の税関職員がおもねるようにウフの目を覗き込んだ。

「光の世《あのよ》界だ」ウフは真面目に答えた。

　ボルクとノーは甘く心臓《こころ》を震わせた。税関職員は何となく生気を失ったようになって退屈しはじめ、こくりとうなずいて出口に向かった。

「道中ご無事で」中尉が微笑んだ。

「そちらもお達者で」ウフが答えた。

　将校たちが出ていき、ハッチが閉められる。エンジンがブーンと音を立てはじめ、飛行機が滑走路に向かって動きだした。

「この子が目覚めるとき、私たちはまだ上空だ」ウフは少年のベルトを締めてやり、隣の座席に座って自分のベルトを締めた。「あともう少し薬が要る。だが、眠りは深くなくていい。あちらにも国境がある」

「私が必要なものを揃えます」ノーが答えた。

飛行機が離陸した。

ウフは窓外を遠ざかっていく氷の国に目をやり、座席の清潔で白いヘッドレストにがっしりした赤毛の頭を預けた。

「御光に栄えあれ《グローリア・ルーチ》！」

武器庫

現地時間七月七日四時五十七分、ウスチ＝イリムスク発サンクトペテルブルグ経由ヘルシンキ行きの貨物列車がフィンランド国境を通過し、税関上屋に入ってブレーキをかけた。昇ったばかりの太陽の斜光が、連結された二両の青いディーゼル機関車と、青い字で大きく〈ICE〉と書かれた十八両の灰白色の冷凍車の上を滑っていく。列車が止まるとすぐ、税関の少尉と一頭のシェパードを連れた二人の警官が機関車の方へ近づいてきた。機関車の二つ目の車両の青い扉が開き、長身ですらりとしたブロンド男が鋼鉄の段を下りてきた。ライトブルーのサマースーツを身につけ、白と青のネクタイにはアイス社の銀色のピンを留めている。手には青いアタッシェケースを握っていた。

「おはようございます《ヒュヴァー・フオメンタ》！」ブロンド男はフィンランド語で元気よく言い、にっこりと微笑んだ。

「おはようござぁます」一方、うっすらと口ひげを生やした背の低い尖り鼻の税関職員の返事にはあまり元気がなかった。

ブロンド男は彼にパスポートを渡し、受け取った方は越境のしるしが付いたスタンプをさっと確認してパスポートを返却し、背を向けて税関の白い建物の方へ小股で歩きだした。ブロンド男の方は大股で並んで歩き、警官たちは列車のそばに残った。

「焦げた臭いがしますが、こちらの夏も日照り続きですか？」ブロンド男は流暢《りゅうちょう》なフィンランド語で話しだした。

「ええ。もっとも、燃えているのはそちらの国の泥炭地ですがね」税関職員はしぶしぶ答えた。

二人は建物に入り、二階へ上がった。同行者が小さな事務室の扉を開けた。ブロンド男が中に入り、廊下に残った税関職員が扉を閉めた。机に向かっているのは税関の小太りで薄毛の大尉で、コーヒーを飲みながら書類を選り分けているところだった。

「おはようございます、ラッポネンさん」

「ニコライじゃないか！　おはよう！」大尉は肉付きのいいがっしりした手を差し出しながら微笑んだ。「なんだかずいぶんと久しぶりだな！」

「前の二回は昼間でしたから。トゥイルサさんが受け付けてくれました」ブロンド男は差し出された手を握った。

「そうだった、そうだった……」大尉は微笑みを浮かべながらブロンド男を眺めていた。「君はいつも元気だな、体も引き締まっているし。見ていて気持ちいいよ」

「ありがとうございます」ブロンド男はアタッシェケースのロックを弾いて開け、書類のファイルを差し出した。

ラッポネンはそれを手に取り、細い金縁のスクエア眼鏡を掛け、書類を捲《めく》った。

「いつも通り、十八両？」

「十八両です」

ブロンド男はアタッシェケースから小さな氷のハンマーを取り出し、書類の上に置いた。それは小指ほどの長さで、氷の代わりに水晶の塊が付いていた。

「これは何だね?」ラッポネンが眉を釣り上げた。

「アイス社は今年で十周年を迎えます」

「おお!」ラッポネンは土産を手に取った。「私はてっきり、君が賄賂《わいろ》でも渡そうとしとるのかと思ったよ!」

二人は笑いだした。

「十年か!」ラッポネンはミニサイズのハンマーをくるくる回した。「時間は飛ぶように過ぎる、まるでシューマッハのように。なのに、我々ときたら同じ場所に留まって、ただぼうっと目を見開いているばかりだ。まあいい、見に行くとしよう……」

彼は立ち上がり、ファイルをつかんだ。

「今は各車両を検査することになっている。そして私が立ち会わねばならん。そういうご時世なのさ、知っての通り」

「知っています」

「法は法だからな」

「法が我々を人間にするのです」

ラッポネンは急に真面目な顔になってため息をついた。

「上手いこと言うじゃないか、ニコライ。ロシア人がみんなそれを理解してくれればいいのだが」

二人が列車に近づくと、税関検査の手続きが始まった。各冷凍車には一立方メートルのキューブ形に切り揃えられた氷が積まれていた。最後の車両は三分の一しか埋まっていなかった。

「シベリアは氷不足なのかい?」ラッポネンは送り状にスタンプを押しながらにやりとした。

「積み込みが間に合わなかったもので」ブロンド男は書類を受け取ってアタッシェケースに仕舞っ

た。

ラッポネンが手を差し伸べた。

「道中の無事を祈る、ニコライ」

「ラッポネンさんもお達者で」ブロンド男が手を握った。

税関職員たちは建物へ、ブロンド男は列車の先頭へ向かって歩きだした。たどり着き、段を上ってディーゼル機関車に乗り込み、扉を閉める。列車の前方で緑のライトが点灯し、車両がごとりと動きだした。ブロンド男はサロン室の扉を開けた。青みがかった柔らかい光で下から優美に照らされたサロン室は、ハイテク様式で装飾され、ライラックグレーのソファーや透明なバーカウンター、それに四つの小さな寝台車室が備え付けられていた。肘掛け椅子で副機関士が微睡《まどろ》んでおり、カウンターの向こうではブロンドの大柄な女車掌が食器をガチャガチャさせていた。

「終わった」ブロンド男は肘掛け椅子に腰を下ろし、アタッシェケースをガラステーブルに置いた。

「近頃はえらく時間がかかる……」赤毛の機関士が目覚めて伸びをした。

「肉どもに新しい時代が来たんだ」ブロンド男はスーツの上着を脱いでハンガーに掛け、欠伸をした。「ミル、頼む……」

「グレーのお茶ね」車掌が暗青色の目をちらっと向けながら引き取った。

「その通り。それから、スモモを四つ足してくれ」

車掌は言われた通りにし、盆に載せて運んできた。

「あなたはちっとも眠ってないわ、ラヴー」

「眠りは私とともにある」と彼は答え、スモモを囓った。

車掌は彼の隣に座ってその膝に頭を置き、すぐに寝入った。

ラヴーはスモモを平らげ、灰色がかった煎茶を飲み干した。そして目を閉じた。副機関士も彼の例に倣った。

　列車は速度を上げ、森林地帯をひた走った。

　四十八分後、ブレーキがかかり、列車は本線から逸れて鬱蒼《うっそう》たるトウヒ林の中を徐行しながら進んだ。間もなく前方の林の中に、緩やかな丘と、〈ＩＣＥ〉という青いロゴが付いた銀色の大門が見えてきた。列車は門に近づき、シグナルを送った。門が左右に開いていく。

　サロン室で眠っていた者たちが目を覚ました。

「御光に栄えあれ」とラヴーが言った。

　車掌と副機関士は彼の手を握りしめた。

　車両が門を潜る。その後にはすぐ地下へと延びるトンネルが始まっていた。暗いトンネルに入ったが、長くはかからなかった。前方に光が差して両側に狭いプラットホームが浮かび上がり、青と白の滑らかな壁が鈍く光りだした。

　そして列車が停止した。

　そこへ直ちに、青い制服を着た多数の警備員と、フォークリフトに乗った白いつなぎにヘルメット姿の労働者たちが近づいてきた。手にアタッシェケースを持ったラヴーが最初にプラットホームに降り立ち、誰にも注意を払うことなく、プラットホームの中程にあるガラス張りのエレベーターの方へと早足で向かった。歩きながら電子キーを取り出し、三面角の窪みに当てる。エレベーターのドアが静かに開き、ラヴーは中に入った。ドアが閉まってエレベーターが上昇を始めた。そしてすぐに停止した。ラヴーは降り、ビデオカメラと電子キー用の三面角の窪みが付いたどっしりした鋼鉄の扉の前に立った。キーを当てると、扉が開いて青緑色の明るい大ホールが現れた。ホールにはまったく人気がなく、床一面にアイス社のモザイク状の巨大エンブレム――交差する二本の氷のハンマーと、その上で燃え盛る心臓――がでかでかと描かれている。心臓の上に白髪の痩せた老人が立っていた。白ずくめで、丁寧に切り揃えられた白い顎ひげを蓄え、黄色がかった青い目をラヴーに注いでいた。ラヴーはアタッシェケースを大理石の床に置いた。

「シュア！」

「ラヴー！」

二人は互いに近づき、抱き合った。老人の心臓《こころ》はラヴーよりもはるかに賢明だった。だから、ラヴーがどれほど長い道のりを経てきたかを知っている彼は、自分の心臓《こころ》を抑え込み、兄弟のあいさつとしてただ短く柔らかい閃光を出させるに留めた。

ラヴーは老人の抱擁の中でほっとして動けなくなった。シュアの心臓《こころ》はいつもこの世のものならぬ平安を与えてくれるのだった。

老人が最初に抱擁を解いた。皺《しわ》だらけだが硬い手でラヴーの顔に触れ、アメリカ訛りの英語で言った。

「光は我々とともにある」

「光はあなたの心臓《こころ》の中にある、兄弟シュア」ラヴーは正気に戻った。

老人は、あたかも初めて見たかのように、ラヴーの若く美しい顔を真正面からじろじろ見つめていた。彼は一人一人の兄弟との出会いを、まるで初対面のように、あたかも愛しい心臓《こころ》を新たに発見し直すかのように喜ぶ能力を持ちつづけていた。それが老人に絶大な力を与えてくれるのだった。シュアは大勢の光の兄弟たちよりもさらに遠く深くまで心臓《こころ》で見ることができた。

「長旅で疲れただろう」シュアはラヴーの手を取りながら続けた。「行こう」

ラヴーは足を踏み出したが、振り返って床に置き去りになっている青いアタッシェケースに目をやった。それはモザイクの巨大な氷のハンマーの一本の上に直に立っていたが、氷と同色で、そうした一致のためにほぼ完全に姿を消していた。

「今となってはそれは不要だ」シュアは微笑んだ。「誰にも必要ないのだよ」

二人はホールを出て、すぐにシュアの豪華な住まいに入った。そこはどこもかしこも簡素で機能的にできており、全室に冷色の石が見られた。シュアは兄弟を平安の間へと案内した。兄弟クドーとアイがラヴーを出迎えた。心臓《こころ》の抱擁であいさつしてから服を脱がせ、オイルを擦り込み、薬草エキス入りの湯船に浸け、どこかへ引き下がった。シュアがストロベリーティー入りのカップを差し出した。

「まだ信じられません」曹灰長石でできた浴槽に横になりながら、ラヴーはカップから一口飲み、石の出っ張りに頭を預けた。「心臓《こころ》は知っています、しかし理性が信じようとしないのです」

「お前の理性はときに心臓《こころ》より強い」老人は言った。

「はい。そしてそれが私を悩ませるのです」

「悩むことはない。お前の脳は兄弟団のために多くを為した」

「御光の加護で」

「御光の加護で」老人は繰り返した。

室内に静寂が垂れ込めた。ラヴーはもう一口飲み、唇を舐めた。

「これからどうすればいいのですか？」

「今日、お前はフラムの元へ飛ぶ。彼女には助力が不可欠だ。それはお前の心臓《こころ》を助けることにもなる」

ラヴーは何も答えなかった。押し黙ったまま、ゆっくり紅茶を啜っている。その間ずっと、老人は少し離れた場所でじっと座っていた。ようやくラヴーが空になったカップを浴槽の広い縁に置いて立ち上がり、緑がかった水から出た。老人は彼に長いバスローブを与え、着るのを手伝った。二人は食堂へ移動した。そこには六本の大きな蠟燭《ろうそく》が燃え、果物の載った円卓があった。シュアは暗青色のブドウの房を、ラヴーは桃を手に取った。彼らは腹が膨れるまで黙々と食べた。

「なぜフラムが私を呼んでいるのですか？」ラヴーが訊ねた。

「彼女は会うのだ」シュアが答えた。

ラヴーの心臓《こころ》が躍った。そして理解した。彼は震えだした。

「彼女には円環が必要」ラヴーの口が辛うじて聞こえる声で言った。

「彼女には強力な円環が必要だ」シュアが応じた。「〈氷〉を知っている者たちで作る円環が。これからお前は彼女とともに行動する。最後まで」

「だが、あなたは私より強い心臓《こころ》をお持ちだ。なぜ彼女とともに行かないのです？」

「武器庫を放置するわけにはいかない。私はこれを心臓《こころ》で支える」

ラヴーは理解した。

シュアの黄色がかった青い目がじっと向けられていた。彼の心臓《こころ》はラヴーがフラムを思い出すのを助けた。彼は二度彼女に会ったことがあったが、心臓《こころ》で語ったのは一度きりだった。その心臓《こころ》はラヴーを揺さぶった。どんな障害物だろうと物ともせず知ることができるのだ。

「私の出発はいつですか？」彼は訊ねた。

「四時間半後だ」

ラヴーは指の震えを鎮め、息を吸って吐き出した。

「最後に武器庫を見せていただけますか？」

「もちろんだとも。我々にはあそこへ行く義務がある」

「これから。今すぐにでも！」

「否、兄弟ラヴー。今、お前の心臓《こころ》は我が寝室での深い眠りを求めている。お前は興奮している。そして平衡を失っている。武器庫に入れるのは強い心臓《こころ》の持ち主だけだ」

「そうですね」ラヴーは返事に手間取りながら言った。

「必要なときに私がお前を起こす」

二時間十分後、二人はエレベーターに乗り込んだ。ラヴーは白い苔《こけ》が敷き詰められたシュアの広々としたベッドで休息を取り、元気で落ち着いた様子だった。さっきと同じライトブルーのサマースーツとぱりっとした白いシャツを身につけている。エレベーターが下降を始めた。そして停止すると、扉の前に自動小銃を持った大柄な警備の中国人たちが現れた。彼らの横を通り過ぎ、シュアは光っている正方形の認証装置に手のひらを当てた。扉が脇にスライドした。二人は大きくて明るい〈氷挽き兼研磨場〉に入った。ここでは数十名の若い中国人労働者が働いていた。彼らの機敏な手は、コンベアーで運ばれてくる一立方メートルの氷のキューブを受け取り、ノコギリで必要な個数に挽き分け、旋盤で削り、穴を穿《うが》ち、研磨して、仕上がった氷のハンマーの頭部をコンベアーに載せてさらに〈組立場〉へ送っていた。シュアとラヴーは労働者たちの列の間を歩いた。中国人たちは二人に目もくれず、緊張感を持って巧みに自分の仕事をこなしていた。素早い手は目にも留まらぬ速さで動き、氷が解けないように努めていた。雫が垂れるごとに厳しい罰金が課せられているのである。シュアとラヴーは作業場を端から端までゆっくりと歩いた。その向こうは〈皮加工場〉になっていた。同じ若い中国人たちが天寿を全《まっと》うした動物の皮を細い筋状に切り取り、それをコンベアーのベルトに置いていく。皮は続いて〈柄製作場〉へと運ばれていき、そこでは樫《かし》の枝を削って必要な太さと長さを備えた柄が作られていた。二人の光の兄弟はこれらの作業場を通り、メインの〈組立場〉に入った。ラヴーは中に入ると足を止め、目を閉じた。シュアがそっと彼の肩をつかみ、心臓《こころ》で助けた。ラヴーが目を開けた。

作業場では五十四名の中国人が氷のハンマーを組み立てていた。ひんやりしており、中国人たちは白手袋、耳覆い付きの帽子、青い綿入れ上着という恰好で働いていた。壁と天井には伝統的な中国の風景画が描かれており、天井からは冷気とともに穏やかな中国の音楽が流れていた。完成した氷のハンマーはガラスのコンベアーに載せられて垂直に降下していく。ラヴーはコンベアーに近づいて足を止めた。彼の目は下へ流れていくハンマーをじっと追い、心臓《こころ》はその一本一本にあいさつし送り出した。シュアはラヴーの状態を理解していた。昼光と区別できない人工光が磨かれたハンマーの上で煌めき、湾曲部できらっと光り、窪みへと流れ込む。氷のハンマーは途切れることなく次々にゆっくりと下へ流れていった。

「氷の力は……」とラヴーの青ざめた唇が言った。

「これからも我々とともにある……」シュアが後ろから彼の肘《ひじ》を握りしめた。

ラヴーは次々に下へ流れていくハンマーの魅惑的な光景から目を逸らすことができなかった。彼の心臓《こころ》が燃え上がった。

しかし、シュアが支えていた。老人のたくましい手がラヴーの体を揺らし、心臓《こころ》が方向付け、唇がささやいた。

「下へ！」

二人はエレベーターの扉に近づいた。エレベーターでさらに下の階へ連れていかれ、再び自動小銃を持った警備隊に迎えられた。中国人たちの目つきは冷淡だった。最下階の扉を開けるにはシュアの手のひらだけでは駄目で、光線が彼の目の角膜をスキャンし、敏感なセンサーが声を聞き取った。

「兄弟シュア、武器庫の守護者」

五十センチもの厚みを持つ鋼鉄の門が静かに開いた。即座に新たな警備班が現れる。全員白ずくめで、ガスマスクを着け、白い手に白い自動小銃を持ち、最後の扉——超頑丈な鋼鉄でできた小さな円い扉——を見張っていた。この日の合い言葉は中国語だった。

「橡実《シアンシー》（ドングリ）！」

合い言葉を聞いた警備員たちは道を開け、背を向けた。シュアはシャツのボタンを外していつも首から下げているプラチナ製の鍵を取り出し、目立たない鍵穴に差し込んで回した。見えない氷の鐘が鳴り渡り、どっしりした扉が左奥へと開いた。シュアとラヴーは穴の中へ足を踏み入れた。再び氷が鳴り、扉が元の場所に戻った。

二人の前に光の兄弟団の武器庫が広がった。

巨大な地下室は、狭いものの、果てしなく長かった。そこには数十万本の氷のハンマーが保管されており、蜂の巣状のガラス棚に整然と並べられ、下から照明を当てられていた。低いアーチ状の天井が兄弟団の眠れる武器庫の上に垂れ下がり、白大理石の床板は完璧な清潔さを保っていた。ずらりと並んだガラスの巣房には霜が付着している。不断の冷気が貴重な氷を保存しているのだ。ここは無人だった。二台のロボットシャトルのみが、おさおさ警戒を怠らない蟻のように、眠れるハンマーたちの頭上をモノレールで走り、氷の平穏を見守っている。少し離れた場所ではガラスのコンベアーが静かに武器庫を充《み》たしていた。中国人たちの素早い手で製造されたばかりの新しいハンマーがいくつも、厳めしく輝く不断の流れとなって上からすーっと下りてきて、眠れる武器の列に加わっていく。

ラヴーは一歩、二歩、三歩と進んだ。シュアはその場に留まり、ラヴーを心臓《こころ》で解放した。

「氷……」ラヴーの口が開いた。

指がガラスの巣房に触れる。そして、ぶるっと震えた。ラヴーの心臓《こころ》も震えた。

シュアが背後から近づいてきた。

「氷はもうあそこにはありません」ラヴーが言う。「今日、私が乗ってきたのが最終列車です」

「今や氷はここにあるだけだ」シュアは心臓《こころ》で助けずに穏やかに答えた。

「ここにだけ……」

「ここにだけ」シュアが確固たる口調で繰り返した。

ラヴーの心臓《こころ》は闘っていた。だが、シュアは頑なに助けなかった。

ラヴーは床に腰を下ろした。息を吐き出した。そして、長い間を置いてから言った。

「私には難しい」

シュアが近づいて言った。

「信じることが難しい。そして、理解することが」

「そうです」

「自分を〈氷〉の上に置きなさい」

「努力しています。しかし、氷はもはやあそこにない。私には……難しい」

ラヴーの声が震えだした。

「氷はここにある」シュアの両手がラヴーの肩に落ちた。「そして、最後の最後まで我々とともにある。皆の分は足りる。私は知っている。そしてお前も、兄弟ラヴーよ、それを知らねばならない」

ラヴーは大理石の床板を見つめながらじっと座っていた。

「お前はそれを知らねばならない」シュアは心臓《こころ》で助けずに繰り返した。

そして、ラヴーの心臓《こころ》は自力で持ち直した。

「私は知っている」

彼は軽々と立ち上がった。心臓《こころ》が落ち着いたのだ。

「誰が最後のハンマーを作るのです？」彼は穏やかに訊ねた。

「もうできあがっている」

「誰の手で？」

「私の手で。我々はそれを取りにここへ下りてきたのだ」

ラヴーは理解した。

シュアは巣房の一つの青いボタンに触れた。ガラスのスクリーンが脇へ開く。シュアは氷のハンマーをつかんでさっと自分の胸に当て、瞬間的に心臓《こころ》で燃え上がり、ハンマーをラヴーに差し出した。

「これで誰を目覚めさせるか、お前は知っているだろう」

ラヴーはハンマーを手にした。自分の胸に当て、燃え上がった。

「知っています」

「お前はただ知っているだけではない」シュアは助けながら確信を込めて言った。

「私は……知っている……」ラヴーが緊張しながら言った。

そして突然、嬉しげに微笑んだ。

「私にはわかる！」

シュアは力を込めて彼を抱きしめた。氷のハンマーがラヴーの顔に触れた。ラヴーはハンマーの柄を握りしめた。そして出し抜けに鋭く叫んだ。薄青色の目に一瞬で涙が溢れた。彼の心臓《こころ》はわかったのだ。

「行こう。私がお前を見送る」シュアが言った。

フラムは桟橋で自分の金の肘掛け椅子に座り、大海原を眺めていた。いつもそうやって出迎えをするのだ。

日暮れまで北西の風は収まらず、波は砕けて桟橋に叩きつけながら、バラ色の大理石の上をフラムの椅子まで這ってきて、彼女の痩せ衰えた裸足を舐めた。うっすらと青く、ほとんど色褪せてはいるものの相変わらず大きく澄んだフラムの目は、ある方向へじっと向けられていた。そこでは、麦わら色に染まった雲の陰に隠れた太陽の円盤が海に接していた。フラムの両脇には兄弟メフとポルが座り、湿り気を帯びた風に日焼けした筋肉質な体を曝していた。他の兄弟姉妹は家の中で、各々が自分の場所で待っていた。

フラムの心臓《こころ》がぶるっと震えた。

「もうここに！」彼女の口がささやいた。

そして、痩せて骨張った両手で滑らかな金の肘掛けに寄り掛かりながら腰を浮かした。メフとポルがさっと立ち上がり、彼女の体を支えた。

「もう！」と彼女は繰り返し、年老いて黄ばんだ歯を剥き出しながら、嬉しそうに、子どもっぽく微笑んだ。

メフとポルは水平線に目を凝らした。そこには相変わらず何もなかった。しかし、フラムの心臓《こころ》が誤るはずがない。一分経った。二分、三分、そして、落日の濁った円盤の左側から一つの点が現れた。

家の中の者たちもすぐさまそれに気づいたらしく、歓声が響いた。

「肉に阻止されなかった！」フラムの痩せた指が兄弟たちの太い手首を握りしめた。

家から桟橋へ向かって兄弟姉妹たちが階段を駆け下りてきた。

白い小艇《ランチ》が近づいてきた。

フラムは船の方へ歩いて行こうとしたが、彼女の濡れた裸足の前方は桟橋の突端だった。兄弟たちに引き留められる。彼女の体は震え、心臓《こころ》は燃え盛っていた。

「もうここに！」フラムは老人らしい金切り声を上げ、兄弟たちの腕の中でもがきだした。

彼女の痩せた体が捩れ、皺だらけの唇に泡が噴き出した。兄弟姉妹たちが駆け寄り、抱きしめ、脚にすがりついた。

「ご自身を〈氷〉の上に置いてください！」ガーが心臓《こころ》で助けた。

他の者たちも自分たちの号泣や嗚咽を堪えながらすぐさま助けに入った。しかし、フラムの心臓《こころ》は〈氷〉の上に横たわることを嫌がった。折り曲がった指が兄弟たちの手や顔に食い込み、羸弱《るいじゃく》な体がもがき捩れ、泡とともに口から掠れた唸り声が飛び出した。

「ここにぃぃぃ！　ここにぃぃぃ!!!」

片時も途切れることのない期待を抱きつづけたこの長い数十年間で初めて、兄弟団の最年長にして最強の姉妹の心臓《こころ》は、達成されたことを受けとめきれなかった。心臓《こころ》が失われた。強大で賢明なその心臓《こころ》は、突然、まるで昨日氷のハンマーの打撃で目覚めたばかりのように、まるっきり幼く、未熟になってしまった。フラムの心臓《こころ》が力なくおののいていた。

兄弟団はそれを感じた。

フラムは抱え上げられ、取り囲まれ、たくさんの体に押しつけられた。彼女を取り囲んでいる者たちの心臓《こころ》が燃え上がった。フラムは身を捩っていた。数十本の手が彼女を一番星が煌《きら》めく空へと持ち上げた。

「ご自身を〈氷〉の上に置いてください！」たくさんの口と心臓《こころ》が言った。

フラムは身を捩っていた。

そして、あたかも、近づいてくる船から届いた大波が桟橋の突端を乗り越え、白い塩の泡となって、我を忘れた心臓《こころ》のために格闘している者たちの群れに降りかかったかのようだった。フラムは静かになり、深い失神状態に陥った。ポルが彼女をたくましい腕にそっと抱えた。フラムの心臓《こころ》は〈氷〉の上に横たわり、彼女に平安を与えた。

船が近づいてきた。

皆がそれを見つめていた。

ランチは先が尖っていて白く、力強く波を切り裂いていた。半円を描いて桟橋に接岸する。甲板にはウフが眠っている少年を抱きかかえて立っていた。桟橋にいる者たちは叫びだしそうになるのを堪えながら身震いした。船は重々しく波に揺られていた。ともづなが投げ下ろされ、船が係留され、タラップが渡された。

ウフが少年を抱きかかえて桟橋に降りてきた。金属製の箱を抱えたラヴー、そしてボルクがその後に続く。

兄弟姉妹たちは黙って道を開けた。ウフは濡れた大理石の上を数歩進んだ。その顔は強張って微動だにせず、まるで仮面のようだった。しかし、灰青色の目は爛々《らんらん》としていた。自分の強力な心臓《こころ》をできる限り抑制しているのだ。全員がそれを感じた。そして自分たちの心臓《こころ》も抑制した。ウフはポルの腕の上で失神しているフラムに気づいた。

「どうした？」

「待っておられたのです」ポルが答えた。

ウフは理解した。

「家へ行くとしよう」と彼は言い、先頭を切って階段を上りだした。

ポルがその後に続いた。他の者たちもぞろぞろ動きだした。海風が彼らの背中に吹きつけ、衣服を揺らし、失神したフラムの長い白髪をそよがせた。

ウフは少年を抱きかかえて家に入り、小さなテラスと瑪瑙《めのう》の廊下を通り過ぎて覚醒の間へ出た。円形で、青緑色で、広々としたその広間は、心臓《こころ》の会話のための場所になっていた。新たに見出された者たちの心臓《こころ》が目覚めさせられ、原初の光への道が開かれるのもこの広間だ。高く狭い窓は開いており、半透明の円屋根が広間に覆いかぶさっていた。

ウフは空色のモザイクの円の中心に少年を慎重に置き、そこから離れて床に腰を下ろした。兄弟姉妹たちが黙々と円周に沿って座る。ポルはフラムをウフの隣の冷たい床に下ろし、ウフは心臓《こころ》の聡《さと》い老女の白髪頭をそっと腕に受け止めた。

広間に静寂が訪れた。

聞こえるのはただ、海から岸に打ち寄せる波の音と、岸辺でペリカンたちが夜に備えて眠たげに鳴き交わす声だけだった。

「天を開け」ウフが命じた。

半透明の円屋根が静かに左右に開き、車座になった者たちの頭上に三日月の浮かぶ夕暮れ空が広がった。西の方は珊瑚《さんご》色に染まっている。日が沈み、星は一分ごとに輝きを増していく。薄闇が広間を満たした。座っている者たちの姿が凍りついた。暗青色の空から闇が降りてきた。そして、兄弟姉妹たちの顔がその中に沈んだ。

夜が訪れた。

フラムが身じろぎした。弱々しい呻き声が広間に響く。ウフは慎重に彼女の頭を持ち上げた。フラムの唇が暗闇の中で開いた。

「あの子は……ここにいる。私たちとともに……」

「ああ」ウフは静かに答え、彼女に心臓《こころ》でそっと繰り返した。

フラムは我に返った。助け起こされ、顔から長い髪が払われた。そして彼女は眠っている少年を目にした。

「もうじき目覚める」ウフが言った。

「知っている」彼女の口がささやいた。

再び、皆が動きを止めた。

広間の開いた天井の上を一羽の夜鳥が飛んでいった。

少年が身じろぎした。

車座になった者たちの黒い姿に震えが走った。しかし、フラムはすでに自分の強い心臓《こころ》を支配していた。心臓《こころ》が服従していた。彼女は為すべきことを知っていた。そして、迅速にそれを為さねばならないことを知っていた。

少年が頭を擡《もた》げた。それから躊躇《ためら》いがちに上体を起こし、大理石の床に座った。体が少し揺れていた。首を回し、弱々しく呼んだ。

「ママ」

車座になった者たちは微動だにしなかった。

「ママッ！」少年はもっと大きな声で呼んだ。

そして再び床に寝そべった。

フラムはウフの手を握りしめた。

「あの子の胸を持って。守って。支えて」

ウフは理解した。自分のシャツをかなぐり捨てた。少年に近づき、背後から腋の下をつかんで持ち上げ、背中を自分の胸に押しつける。

「ママ。ママ！」と少年は呼び、啜り泣きはじめた。

「ハンマーを！」フラムは腰を浮かしながら大声で求めた。

ラヴーが彼女の足元に箱を置いた。それは七本の氷のハンマーを収納できる兄弟団の標準的な長持型冷凍庫だった。ラヴーがロックをパチッと鳴らしてそれを開ける。青い光が箱の内部とフラムの顔を照らし出した。箱の中にはたった一本のハンマーが、シュアのハンマーが白い冷気を上げながら入っていた。すかさず、島の〈家〉でいつもハンマーを打っている三人——ダス、ヴー、ウト——が前に進み出た。彼らの熟練した手は何百本もの氷のハンマーを粉々にし、何十もの心臓《こころ》を目覚めさせてきた。しかし、フラムは頭を振った。

「駄目よ。あなたたちだとあの子を殺してしまう。私にはわかる」

少年はウフの胸の上で啜り泣いている。輪がざわついた。誰が打つ？　兄弟たちの黒い姿が不安げに動きだした。熟練したハンマー打ちが駄目となると、誰ならできる？　闇の中で姉妹たちが活気づいた。

「フラム、私ならできます！」

「フラム、私にハンマーをください！」

「フラム、私の手でやらせてください！」

しかし、フラムは頭を振った。

「駄目よ」

皆が騒ぎだした。

「誰が打つ？」

少年は啜り泣いている。ウフは黙って立っている。

フラムは身を屈め、ハンマーを手に取った。

皆が静まり返った。

ハンマーを握り、前屈みになりながら、彼女は円の中心へ向かっていった。疲労困憊《こんぱい》して痩せた体は思うように動かなかった。ふらつき、つまずき、骨張った脚をやっとのことで運びながら、どうにかウフの元までたどり着いた。開いた箱の青い光で照らされたその姿を見て、少年は黙り込んだ。フラムは彼の前に立って背筋を伸ばした。口から息がぜいぜい漏れていた。彼女はハンマーの柄を握りしめた。ハンマーは暗闇で微光を発しながら手の中で震えていた。

少年はじっとフラムを見つめていた。彼女は彼の目を覗き込んでいた。ハンマーが手の中で微かに震えていた。彼女はそれをゆっくりと後ろへ持っていき、振りかぶった。車座になった者たちは心臓《こころ》を向けて動きを止めた。

ウフは備えながら目を閉じた。

ハンマーが半円を描いて少年の胸を打った。そしてすぐさまフラムの手から飛び出し、石の床に落ちて闇に輝く青いかけらとなって砕けた。フラムは呻き声を上げてウフの足元に倒れた。少年は短い悲鳴を上げ、意識を失った。姉妹たちが彼に飛びついた。ウフは目を開けずに支えていた。姉妹たちの手が少年の体に触れた。

「心臓《こころ》で語れ！」

「心臓《こころ》で語れ！」

「心臓《こころ》で語れ！」

少年の心臓《こころ》は沈黙していた。

ウフが目を開けた。その強い心臓《こころ》は鉄敷であることをやめて蘇《よみがえ》り、姉妹たちの根気強い心臓《こころ》を後方から援護した。

「心臓《こころ》で語れ！」

少年の剝き出しの脚がぴくっと動いた。皆が息を呑んだ。

「ゴルン！　ゴルン！　ゴルン！」目覚めた心臓《こころ》が語りだした。

ウフは鋭く叫び、心臓《こころ》を消耗しながら仰向けに倒れかかった。体が支えられ、床に横たえられる。

少年は抱え上げられ、金色と青の階段を駆け足で下へ、新たに見出された者たちを収容する静かで快適な部屋へと運ばれる。兄弟姉妹たちもそちらの方へ走っていく。

覚醒の間は空っぽになった。

モザイクの床にはウフとフラムだけが横たわったままでいた。そして、開け放たれた箱が相変わらず青い光を放っていた。フラムが最初に我に返った。手を突いて身を起こし、ウフを感じた。それから彼を見た。這い寄って隣に身を横たえ、痩せた手で抱き、心臓《こころ》で柔らかく突いた。仰向けに横たわっていたウフはぶるっと震えて身じろぎし、湿った夜気を体内に吸い込んだ。

「ゴルン……」彼の口から息が漏れた。

「ゴルン」フラムが繰り返した。

二人の心臓《こころ》が新たな名を発した。

「私は信じていた。だが、知ってはいなかった」ウフが言った。

「私は信じていなかった。だけど、知っていた」フラムが応じた。

二人の頭上の夜空に流れ星がきらりと光った。

ウフは片手を伸ばしてそばに転がっている氷のかけらを拾い上げ、指で握りしめ、自分の胸に置いた。フラムの指が彼の拳を押し広げ、氷に触れた。二人の手がともに氷のかけらを握りしめた。

「氷が成したのだ」ウフが言った。

「それを成したのはあなたよ」フラムが応じた。「あなただからできた。あなたは全員を信じさせた。私以外の全員を……」

「私は信じていた。なぜなら、私がそれを欲したから。強く欲したから」

「あなたの心臓《こころ》は私たちが生き長らえることを知っていた。それを見ることを」

「いや、知らなかった。だが、私は光を信じていたんだ。私の心臓《こころ》の中の光を」

「あなたの賢い心臓《こころ》の中の」

「光が我々を助けた」

「我々の光」

「我々の光……」

二人の心臓《こころ》が輝いていた。

その頭上には星が輝いていた。

大円環

鉄機械を運転しているのはメログだ。私は助手席に座り、オブー、トルィヴ、ヤストは後ろに座っている。メログは鉄機械を運転して氷の国の首都を走っていた。この街の時計は十八時三十五分を示している。街路は多数の鉄機械で埋め尽くされていた。鉄機械には肉機械たちが乗っており、彼らは労働日を終えて都心から自分たちの石の家へと向かうところだった。家では彼らの近しい肉機械たちが、そして身体の幸福が待っているのだ。

我々は都心を出てとある通りを走っていた。その通りにはこの国の非常に有名なある肉機械にちなんだ名がつけられていた。八十八地球年前、この肉機械は自分の同志たちの力を借りて氷の国を三百年以上支配してきた肉機械たちの王朝を打倒し、自らの政権を、新たな法の前での全肉機械の平等に基づいた政権を樹立した。その法に従って氷の国の全肉機械は一つの家族として生き、この家族のために、氷の国の全肉機械の身体の幸福のために労働せねばならないとされた。七十四年間、氷の国の肉機械はこの法に従って生きた。その後、その法に従って生きることをやめた。なぜなら、肉機械たちの間に兄妹の絆などあり得なかったからだ。自分たちを一つの家族と感じ、他の肉機械の身体の幸福を喜ぶことは長続きしなかった。どの肉機械も己の身体の幸福を真っ先に欲した。身体の幸福のために肉機械は騙《だま》し、奪い、殺す。故に、彼らは平和のうちに長く生きることができない。肉機械は絶えず競い合い、敵対し合い、迫害し合い、盗み合ってきた。一方の国が他方の国を襲った。肉機械は絶えず武装し、よりいっそう完全な兵器を製造した。そして身体の幸福のために絶えず殺し合いをした。身体の幸福が肉機械の主たる目的だった。身体の幸福は肉機械の体が気持ちよく快適に存在するときに訪れる。自分自身の身体の幸福のための生——それこそが惑星地球の全肉機械の主たる法なのだ。

鉄機械の流れの中をゆっくりと進み、我々はとある広場にたどり着いた。その広場には、四十三地球年前、地球周辺空間への鉄機械飛行を成し遂げたある肉機械にちなんだ名がつけられていた。あの時代、氷の国はこの飛行をたいへん誇りにしていた。なぜなら、この国の肉機械はそうした飛行を行う能力を持つ鉄機械を製造することができたからだ。この国の支配者たちは自分たちの国力を他の国に見せつけたかった。他の国が氷の国を畏怖するように。この広場にはその飛行を成し遂げた肉機械の鉄像が立っていた。それが建てられたのは、この国の肉機械たちがこの肉機械を、もうとっくに生きてはいない肉機械を記憶するためだ。

我々はこの広場を右折した。そして、数十地球年前に氷の国の支配者の一人だった肉機械にちなんだ名のついた通りを走った。この通りは先ほどより鉄機械の数が少なかった。鉄機械が我々を追い越していく。それに乗っている肉機械たちは一刻も早く家に帰り、待ちに待った身体の幸福を得ようとして急ぐのだった。我々はとある石造りの建物を通り過ぎた。その上部には金めっきされた四本の鉄棒が一つに組み合わされたものが立っていた。建物の窓は半開きで、中から肉機械たちの歌が聞こえてきた。彼らは天上の存在者への愛を歌っていた。彼らの信ずるところでは、その存在者こそが、地球や、彼らや、地球上の全存在を創りだした。この存在者に、そして、肉機械に兄弟の生き方を教えるために地球へとやって来たその息子に祈りを捧げながら、彼らは死後に新たな身体とその身体の永遠の幸福が保証されることを願うのだった。私は窓の中にいくつもの項垂《うなだ》れた頭を見た。祈りを捧げながら、彼らはごく普通の鉄機械に乗ってそばを通り過ぎたのが誰なのか、疑いもしないのだった。

我々は左折し、とある大きな建物の前に出た。そこでは頭のいい肉機械たちが自分の知識を若い肉機械たちに伝えていた。氷の国にあるその種の建物の中でもそれは最大のものだった。建物は丘の上に立ち、氷の国の首都の上に聳《そび》えていた。我々がこの建物のそばを通り掛かったとき、その扉から数百もの若い肉機械たちが出てくるところだった。一日中彼らは机に向かい、賢い肉機械の話に耳を傾けたり、紙に記された何千もの文字を読んだりする。この若い肉機械たちは未来の生に備えているのだ。彼らは鉄機械や建物を造る方法を、計算の方法を、物質を結合させる方法を、地球周辺空間へ鉄機械を発射する方法を、紙に文字を書く方法を、地球の中の石や金属を見つける方法を、他の国を征服する方法を、他の肉機械を騙し殺す方法を学んでいる。

我々はこの大きな建物を通り過ぎて左折し、とある広場に出た。ここにはたくさんの鉄機械が止まり、肉機械が歩いていた。広場の真ん中で肉機械たちが食料を売っていた。それは果実、野菜、様々な動物の屍肉や屍肉片などだった。家路を急ぐ肉機械たちが食料を買っていた。それを用いて家で複雑な食事を作るのだ。そこには、穀物を発酵させた汁を飲んだり、炎を上げずに燃える葉の煙を体内に吸い込んだりしている肉機械もいた。それが彼らの体に快感を与えるのだ。

肉機械の群れは小さな建物の方へ向かい、その扉の中に入った。これは地下への入り口だった。そこでは鋼の道を走る数百の鉄機械が肉機械たちを街の様々な区域へと運んでいる。自分たちの鉄機械を近くで乗り捨て、我々は地下への入り口に向かった。肉機械の群れに取り囲まれる。我々は入り口で金を支払い、この群れと一緒に地下へ降りた。肉機械の群れは自分たちの欲望で渦巻いていた。その中には家路を急ぐ疲れた肉機械たちがいた。家では近しい肉機械や、温かく複雑な食事、ベッド、その中で肉機械の影が動いたり話したりするガラスの箱が彼らを待っているのだった。果実や穀物を発酵させた汁をたらふく飲んだ肉機械もいた。その汁は彼らを他の肉機械より元気で生き生きとさせ、彼らは一時的な身体の幸福を味わいながら、大声で喋り笑っていた。同じ色の布地を頭にかぶったり首に巻いたりした肉機械の群れが同じ言葉を大声で叫んでいた。この肉機械たちはこれからある特別な場所へ行くのだった。そこでは、二十名ほどの肉機械が草原で弾む球を脚で転がしたり飛ばしたりする様を、数万の肉機械が緊張の面持ちで追う。この球の動き次第で肉機械たちは歓声を上げたり、泣いたり、殴り合ったりする。穀物を発酵させた汁をたらふく飲んだ若い肉機械の集団はある特別な建物に向かっていた。そこでは暗闇で白い壁に肉機械たちの影が映し出される。若い肉機械たちはこの影たちをめぐって激論し、影同士を比較し、どの影の方が優れているかをはっきりさせようとする。若い肉機械たちはこの影たちに似ようと努めていた。

長い鉄機械が到着し、扉が開いた。肉機械の群れが扉に殺到する。中から別の群れが出てくる。肉機械たちが押し合う。一方は出ようとし、他方は入ろうとする。我々は群れを掻き分けて扉の中に入った。扉が我々の背後で閉まり、鉄機械が動きだした。中では肉機械たちが座ったり立ったりしていた。入ってきた肉機械は自分の体をより楽にするため、我先にと空席に座ろうとした。座っている肉機械は微睡《まどろ》んだり、文字で覆われた紙の束を捲ったりしていた。文字を読みながら彼らはそれらを言葉に組み立て、それが肉機械の頭に様々な空想を引き起こすのだった。これらの空想は肉機械を日々の心配事から引き離す。果実や穀粒を発酵させた汁と同じく、紙の文字は肉機械の体に一時的な快楽を与える。群れを押し退けながら、鉄機械の中を片脚のない肉機械が二本の木の杖に寄り掛かりながら歩いていた。食べ物を買うために憐れっぽい声で金を乞うている。脚のない肉機械にわずかな金を与える肉機械もいたが、大半はその憐れっぽい声が聞こえない振りをしていた。

　間もなく鉄機械が停止した。我々は肉機械の群れを掻き分けて降りた。そしてたちまち仲間を感じた。群れの中に大勢いる。彼らは同じ方向へ向かっていた。我々も彼らとともに歩きだした。仲間たちは出口へ急ぐ群れの中を歩いた。肉機械たちは互いに先を越そうとして押し合いへし合いしている。我々は彼らの動きに逆らって歩いた。地下空間の反対の端に黄色い扉があり、そこに氷の国の言葉が書かれていた。その文字は、黄色い扉に入ることができるのは地下空間で働く肉機械だけだと警告していた。仲間たちがちらほらこの扉に入っていく。我々もまた中に入った。扉のすぐ向こうには肉機械の制服を着た兄弟ティズが座り、秩序を監視していた。彼が通すのは仲間だけだ。我々は入った。そして、装置の助けを借りてさらに地下深くへと潜った。そこには地下シェルターが広がっていた。肉機械が大きな戦争に備えて掘ったのだ。このシェルターには数万もの肉機械が収容でき、数ヵ月間地下で安らかに生活できることになっていた。九年前、兄弟団はシェルターを手中に収めた。氷の国の政府に対してシェルターの責任を持つ肉機械は抹殺され、兄弟マーがその地位に就いた。

　鉄機械が我々をシェルターの中心へ送り届けた。ここには兄弟団によって大きな円形のホールが築かれていた。中に入ると、私の心臓《こころ》がおののきだした。ホールにはすでに多くの仲間が集まっていた。ここへ潜入した経路も様々だ。ある者は我々と同じく肉機械の地下空間を通って、ある者は地上から直接。新たに到着した兄弟たちがひっきりなしに入ってくる。私の心臓《こころ》は期待で輝いていた。兄弟姉妹たちは完全な沈黙の中で並び立っていた。肉機械の言語で話す必要などなかった。我々の心臓《こころ》は別の会話を待っていた。私は仲間たちを見ていた。ここには、ウフや、オドーや、スタムや、エフェプや、ツェのような強力な心臓《こころ》もあれば、最近氷のハンマーで目覚めたばかりの若い心臓《こころ》もあった。我々の心臓《こころ》は備えていた。ついに機械がホールにきっかり二千三百人の兄弟姉妹が集まったことを告げた。残りの兄弟姉妹はホールには入らず、扉の外に残った。姉妹ツェが強い心臓《こころ》で燃え上がった。合図だ！　ホールの滑らかな床で円形に配置された二千三百個の青い点が輝いた。各人が自分の点の上に立った。我々は大円環を形成し、手を上げて繋いだ。

私はたくさんの心臓《こころ》を感じた。

準備が整った。

だが、突然、一つの心臓《こころ》が脱落した。私はたちどころに震えた。大円環が閉じない！　我々は手を放した。兄弟ドルーがどさっと床に倒れた。彼の身に何かが起こったのだ。失神したか、あるいは死んだか。彼は迅速に運び出された。ホールに姉妹イウケドが入ってきて兄弟ドルーの位置に立った。大円環が閉じられた。我々の手が再び繋がれた。目が閉じた。心臓《こころ》が燃え上がった。

我々は兄弟ゴルンを見た。

彼が輪の中心で輝きだした。

我々は彼と語りだした。

私は兄弟オブーとヤストの手と舌の感触で気がついた。二人は私の顔を撫でたり舐めたりしていた。彼らの心臓《こころ》は私より強い。目を開けると、ホールに動きがあった。兄弟姉妹たちが出ていくところだった。我々も同じように出ていかなければならない。ホールを後にして鉄機械に乗り込む。

他の兄弟姉妹とともに地下空間の出口地点まで送り届けられた。兄弟ティズの傍らを通って黄色い扉の向こうに出た。そして肉機械の群れの中に出た。彼らの時計が七時二十八分を示していた。肉機械たちは仕事へと急いでいたが、大部分はそれを望んでなどいなかった。彼らは重苦しい不満で渦巻いていた。群れは入り口から彼らを目的地へと送り届ける鉄機械の方へ黙々と移動した。我々はこの群れの間を進んだ。肉機械たちは下へ急ぎ、我々は上へ向かう。彼らは無言で我々を押しやる。群れを潜り抜け、我々は地上に出た。ここにも大勢の肉機械がいた。彼らは自分たちの体を呑み込む地下へ向かって歩いていた。その多くは歩きながら炎を上げずに燃える葉の煙を貪《むさぼ》るように体内に吸い込んでいた。

群れを通り過ぎ、我々は通りを歩いた。その通りには地球の世界に意味と調和を見出そうとした肉機械の名がついていた。一歩また一歩と歩き、我々は昨日自分たちの鉄機械を乗り捨てた広場にたどり着いた。肉機械から果物を買って平らげ、自分たちの鉄機械に乗り込む。

そして、光の兄弟姉妹の捜索に出発した。

ゴルンの朝

ゴルンは優しい感触で目を覚ました。柔らかい手が顔や体を撫でていた。彼は青いバラの花びらが敷き詰められた広い寝床に横になっていた。頭上には熱帯の庭園が広がり、シュロやモクレン、タイガーウッドなどが生えていた。園内では鳥たちが大声で鳴き交わし、多彩な大型の蝶がひらひらと舞っていた。すでに日は昇り、揺らめく影が仰向けで眠る少年の白い体の上で、そしてその両脇に寝そべる二人の少女の浅黒い体の上で震えていた。

　ゴルンが頭を擡《もた》げた。少女たちはすぐさま寝床の上で身を起こした。十三歳の双子の姉妹、アクとスケエ。二十六ヵ月前にクリミアで兄弟団によって発見された姉妹は、子どもらしくない強く賢い心臓《こころ》の持ち主だった。昨夜、二人は、新たに見出された者たちの歓迎と慰安を行っていた〈南方の小さな家〉があるスリランカからこの島へ送り届けられた。少女たちは青と金色のビーズで編まれた同じショーツを穿き、日に焼けた胸の乳首は八角形のキャップの形に削られた大粒のサファイアで隠されていた。二人とも髪は二十三本の長いお下げに編まれ、金粉で覆われていた。お下げには濃い青から淡い青までありとあらゆる色調の宝石が輝き、双子の首、手首、踝《くるぶし》には、ダイヤやトルコ石が鏤《ちりば》められた金の輪がはまっていた。少女たちのすらりとした浅黒い体はココナッツオイルの芳香を発していた。

　ゴルンは寝返りを打って呻きだした。少女たちがそっと彼を助け起こす。少年は自分を取り巻いている光彩陸離たる世界に目を向け、少女たちを見つめた。

「おはよう、あたしたちの兄弟」双子は同時に言った。

　少年は知的障害児特有の小さな口を開いて二人を見ていた。彼は高山植物で織られた軽いパンツを穿かされていた。胸には大きな白い絆創膏が貼られている。双子は彼の肩を支えながら微笑みかけた。ゴルンの下唇に涎《よだれ》の雫が溢れて垂れ、下に長く伸びた。スケエが指で彼の口を拭った。

「もっと眠っていたくない？」

「ううん」彼はスケエを見つめながら言った。

　それからアクに目を移した。

「あたしたちはあなたの姉妹」双子は同時に言った。

「ううん」ゴルンはじっと見つめている。

「あたしたちはあなたの姉妹」双子がまた繰り返した。

「いつから？」ゴルンは濡れた唇を舐めた。

「今から」スケエが答えた。

「あなたにはとってもたくさんの兄弟や姉妹がいるの。これまであなたはそれを知らなかっただけ」アクは彼の手を取った。「あたしの名前はアク」

「あたしはスケエ」スケエは少年のもう片方の手を取った。

「お姉ちゃんたちは……どこにいるの？」

「あたしたちはここにいる。あなたと一緒に。いつまでも」

少年は首《こうべ》を回らして辺りに目をやった。黒と黄色の大きな蝶が滑空しながら舞い降りてきて、少年の脚の間の青いバラの花びらに止まった。彼は蝶を見つめた。蝶は羽を揺らしながら止まっていた。

「しましま……」と少年はつぶやき、濡れた唇を舐めた。「大きいの？　こんなに？」

双子は彼の手を握っている。

「みんなどこなの？」ゴルンは淡青色の目を揺れている蝶の羽から離さずに訊ねた。「ママはどこ？　ヴェーラおばさんは？　来るの？」

「これから全部お話ししてあげる」アクが言った。「あたしたちをもっと強く抱きしめてくれたらね」

「どうやって？」少年は涎を垂らしながら、魅せられたように蝶の羽を見ていた。

「こうやって」双子は彼の腕をつかんでその下に金色の頭を潜り込ませ、少年に体を押しつけた。

二人の腕が彼の白い体に巻き付き、浅黒い体が密着し、唇が彼の耳に触れた。

「こ、こ、こんにちは、あたしたちの兄弟ゴルン！」

双子の心臓《こころ》が躍った。そして滑らかにゴルンの心臓《こころ》をつかんだ。

少年の顔に震えが走り、眉が痙攣した。亜麻色の短い頭髪が逆立った。

「ネコンイヌ……」と彼の唇が言った。

彼は屁を放いた。体に細かい震えの波が四度走り、動かなくなった目に涙が溢れた。近くにある桜の枝で鳴き交わしていた二羽の鳥が黙り込んだ。

少年の震えが止まった。微動だにしない。そして、股間に尿がちょろちょろ流れだした。

彼に密着している双子は石化したかのようだった。少年は瞬きも身じろぎもせず震えていた。そして小便を漏らしていた。尿は青い花びらが敷き詰められた白いシルクの寝床に静かに流れていった。脚の間の水溜まりがシルクの生地の上に這い広がる。青い花びらが浮かび上がって揺れる。尿が蝶に達した。蝶が止まっていた花びらが浮かび上がり、ぐらりと揺れた。そして蝶は飛び立った。

アク、ゴルン、そしてスケエは、四十二分間凍りついたように動かなかった。

ようやく双子の心臓《こころ》が沈黙した。

双子はぶるっと震えた。唇が開き、呻きや啜り泣きの声とともに、温かく湿った芳しい熱帯の空気を貪るように吸い込んだ。腕が解け、双子はバラの花びらを払い落としながら寝床に仰向けに倒れた。少年は座ったまま、じっと目の前を見つめていた。バラの花びらの上に仰向けに横たわりながら、双子は貪るように、嬉々として呼吸していた。二羽の鳥の声が再び枝の中で蘇った。

ゴルンが瞬きした。そして、右足の指がぴくぴく動いた。濡れた唇が震え、口の中で舌が動きだした。

「あむぅぅ……あ……むぅぅ……ちょうだい……」とゴルンは言い、目で双子を見つけた。

彼女たちは歓喜に満ちた双眸《そうぼう》を彼に向けながら呼吸していた。目から涙が流れだした。

「ちょうだい、ちょうだい……」ゴルンは唸りだし、彼の両手が双子の方へと伸びた。

アクとスケエは彼の手を取った。

「ちょうだい、ちょうだい、ちょうだい……」ゴルンは二人をつかみ、涎を垂らしながら唸った。

双子は苦労して身を起こし、ゴルンを抱いた。今度は心臓《こころ》が疲れた二人が少年に凭《もた》れ掛かった。

彼の方は彼女たちの心臓《こころ》を強く欲していた。

「ちょうだい、ちょうだい、ちょうだい！」彼はふらついている双子の肩と頭をがっしりつかみながら啜り泣いた。

二人の方は疲労した腕を彼に巻きつけながら声もなく泣いていた。彼女たちの心臓《こころ》はゴルンの心臓《こころ》と出会って疲れ切っていた。これほどまでに強い力を持つ心臓《こころ》は初めてだった。フラムの強大な心臓《こころ》でさえ、この驚異的な力を放っている、まだほんの小さな心臓《こころ》には敵わないのだった。

「ちょうだい、ちょうだい、ちょうだい‼」ゴルンは泣き叫び、その顔は苦悶に満ちた表情に歪んだ。

双子は再び彼と語りだした。

ゴルンがぴたりと止まった。目が生気を失った。開いた口から涎がおびただしく流れだした。

さらに三十八分が経過した。

双子は痙攣し、呻き声を上げながら寝床に倒れた。

ゴルンが身じろぎした。顔が紅潮し、手が細かく震えていた。開いたままの乾いた口から切れ切れの熱い息が迸った。

「も……っと、もっと、もっと！」と彼は唸りだした。

双子は息も絶え絶えになりながら横たわっていた。

「もっと！　もっと！　もっと！」ゴルンが泣き叫ぶ。

アクは金粉で覆われた頭を何とか寝床から離した。スケエは陸《おか》へ打ち上げられた魚のようにぴくぴくしながら呼吸していた。彼女には起き上がる気力さえなかった。

「もっと！　もっと！　もっと！」ゴルンは頬を真っ赤にして泣き叫んだ。

その手がスケエの金髪をがっしりつかみ、揺さぶりだした。

「もっと！　もっと！　もっと!!　もっと!!!」

寝床を取り巻いている森ががさがさ動きだした。〈大海原の家〉の全兄弟姉妹がのっけからここで援護していたのだ。大きな葉や太い幹の陰に隠れ、最初の会話を追っていた。今、彼らの心臓《こころ》は憂慮していた。

「彼女たちには助けが必要だ。支えなければ！」ウフが寝床に近づきながら話しだした。

「彼女たちでは抑えられない！」シェーが金切り声を上げた。

「彼の方が強い！」ダスが叫んだ。

「彼女たちが壊れる！」ボルクが唸った。

「もっと！　もっと！　もっとぉぉぉ!!!」ゴルンは声を限りに叫び、失神しているスケエの髪を引き抜いた。

周囲の森の葉ががさがさ動いた。数十本の腕が葉の間から泣き叫ぶゴルンの方へ差し伸べられた。しかし彼は何一つ気づかずに叫びつづけ、スケエの頭を揺さぶり、涙と涎を撒き散らしていた。彼の目覚めた心臓《こころ》は飢えていた。

「私が支える！」ウフが前に進み出た。

「駄目よ!!」フラムは金切り声を上げて皆を押し止めた。「あの子は彼女たちを渇望している！　最初の者たちを！　あなたは鎮めてしまう！　彼女たちでなくてはならない！　二人を助けましょう！　支柱になるのです！　皆が彼女たちの下で！」

数十本の手がアクとスケエを持ち上げ、少年の体に押しつける。ゴルンは無我夢中で彼女たちを抱きかかえ、そのまま動かなくなった。フラムはアクの背中に、ウフはスケエの背中に密着した。スケエが目を開けた。

「語れ！」取り巻いている者たちの心臓《こころ》が命じた。

そして、双子が再びゴルンと語りだした。

兄弟姉妹たちが二人を支えた。ウフはスケエを少年に押しつけ、フラムは衰弱した腕ではそれを行う力がなく、アクの日焼けした背中に自分の体を密着させていた。メフとポルはフラムを背後から支え、シェー、ボルク、ニュズ、そしてペはウフを支えていた。その他の者たちは両手を前に伸ばし、頭を寝床に置いて周りを取り囲んでいた。彼らの心臓《こころ》が包囲し支えた。

二十三分が経過した。

アクとスケエの心臓《こころ》が沈黙した。双子は気を失っていた。兄弟たちの手が二人を抱き起こし、横たえた。彼女たちの耳や鼻からは血が流れていた。

凍りついたように動かなかったゴルンがぶるっと震えた。そして、彼の心臓《こころ》が初めて輝きだしたのを皆が感じた。満ちたのだ。そして、最初の平安を得た。

ゴルンが身じろぎした。そして自分を取り囲んでいる者たちを見た。皆、黙って彼を見ていた。彼は寝床に両手を突いて膝立ちになった。それから起き上がり、背筋を伸ばした。彼の突き出た目の表情は注意深く自覚的になっていた。目はあたかもこの一夜のうちに脱皮したかのように、よりいっそう澄んでいた。青い部分が薄まって瞳孔の方へ凝集していた。目は周囲の世界を滑るように動いた。今や少年の世界の見方は違っていた。まだゴルンとしてではないが、さりとてもはやミーシャ・テレーホフとしてでもないのだった。

世界が少年を取り巻いていた。この世界は今や新しく、まだ最後まで理解することはできなかった。世界そのものに惹かれることはなかったが、しかしそこにはとても望ましい何かがあった。その何かが彼を惹きつけ、悩ませた。それは世界に点在していた。

ゴルンは目を動かし、ぼんやりと見分けた。

葉、空、枝、蝶、草、そして、青い花びらが敷き詰められた寝床。それらの間で、彼を見つめる者たちが動きを止めた。彼らの中にそれがあった。とても望ましいものが。世界より強いものが。それなくしてはもはや生きるのが不可能なものが。

ゴルンはふらふらと寝床の端へ歩いていった。兄弟姉妹たちは微動だにせず彼を見つめ、聞き入っていた。ゴルンは彼らの元へたどり着き、片手を伸ばした。そして顔に触れた。それは姉妹シェーだった。彼は彼女の顔を触りだした。姉妹シェーの心臓《こころ》は固まった。シェーの隣では、しゃがみ込んだガーが寝床の前で凍りついていた。ゴルンはもう片方の手で彼の顔に触れた。

兄弟姉妹の誰一人、物音一つ立てなかった。

鳥たちが寝床の上に広がるタイガーウッドから飛び立った。

ゴルンの開いた唇が微かに動いた。

「おお……きいの？　そん……なに？」

皆、新たに見出された心臓《こころ》を観照しながら固まっていた。強大な心臓《こころ》。かくも長く強く待ち望まれていた心臓《こころ》。ゴルンの一挙手一投足が兄弟姉妹たちに歓喜を呼び起こした。彼らはまるで、目覚めたての心臓《こころ》を脅かすことを恐れているかのようだった。

ゴルンはシェーとガーの顔を触り終えた。ビー、ウト、フォルムに目を移し、近づいて触りはじめる。

「たく……さん？　これ……も？　そん……なに？」

フォルムの隣でフラムが膝立ちになっていた。ゴルンは彼女に片手を伸ばした。二人の目が出会った。しかし、ゴルンはもはや目を見てはいなかった。彼はぼんやりと心臓《こころ》で見ることを試みていた。フラムはそれを感じていた。

「そ……れ？　ぼく……の？」

「お前のだ！　こころで！」とフラムは口だけでなく言った。

ゴルンの手をつかみ、自分の老いさらばえた胸に置いた。

「お前のだ！　こころで！」

ゴルンはぴたりと動きを止めた。彼の心臓《こころ》が予感で燃え上がった。それは知ることを始めた。フラムの細い皺だらけの首に両腕が巻き付いた。二人の体が密着した。

麻痺したように固まっていた兄弟姉妹たちが身じろぎした。彼らの手がフラムとゴルンに差し伸べられた。心臓《こころ》たちが輝きだした。

「ぼく……の。ここ……ろで」ゴルンが言った。

「こころで！」フラムがささやいた。

「ここ……ろで」ゴルンが繰り返した。

そして、理解した。

彼の心臓《こころ》が止まった。その中で過去が目覚めた。今やそれは独立していた。そして目覚めた心臓《こころ》の前に恐怖として立ち現れた。

震えがゴルンの体を走った。激しく痙攣し、後ろに仰け反りはじめる。小さな口が大きく開いて深い呻きを発した。

フラムは直ちにそれが何かを理解した。

そして皆が理解した。

ゴルンの腕の輪が解け、頭が仰け反った。そして彼は兄弟姉妹たちが差し出した手のひらへと仰向けに倒れた。号泣が彼を揺さぶった。

フラムは甘美な疲労の中で目を閉じた。

心臓《こころ》の涙がゴルンをとらえた。脚をばたつかせ、指で自分の白い胸を引っ掻きながら、彼は泣き喚いた。頭が仰け反り、涙と涎が手を貸す者たちの顔に飛ぶ。

「御光に栄えあれ！」フラムは嬉しそうに自分の骨張った両肘を握りしめながら言った。

数十本の手が号泣するゴルンを抱え上げ、石だらけの小道を通って〈家〉へと運んだ。泣き声が野生の熱帯林に響き渡った。鳥や動物たちが警戒するように耳を傾け、真昼の日差しで温められた葉の中で鳴き交わしていた。

空っぽになった寝床にはフラムとウフだけが残った。フラムは自分の肘を握りしめ、寝床の角のシルクのシーツに頭を乗せて、石だらけの広場に座っていた。ウフは角のそばで彼女と斜交《はすか》いになってじっとしていた。二人は、ゴルンの尿でびしょ濡れになった皺くちゃの青いバラの花びらが撒き散らされた寝床を分かち合っていた。

二人の心臓《こころ》は疲れて沈黙していた。それはまさに発見の陶酔的疲労だった。それも、何という発見だろう！　フラムとウフはそれがどういうものかを理解していた。

「あの子は私が期待していたよりも強いわ」フラムはひんやりするシルクを頰で撫でながら言った。

「はるかに強い」ウフが応じた。

「いちばん強くなる」

「すでに最強だ」

海からの突風が木々の樹冠を揺らし、フラムの長い白髪をそよがせた。

青い花びらが数枚、寝床から石の上に落ちた。

「我々は持ちこたえた」ウフが言った。

「光が助けてくれた」フラムは辛うじて聞こえるような声で寝床の滑らかな角に向かってささやい

た。

樹木から寝床にブロンズのように青い大きな昆虫が落ちてきた。ひっくり返ろうとして、仰向けで気だるげに転がりはじめる。その輝く黒い四肢がバラの花びらを丸めだした。

「今やすべてがお前にかかっている」ウフが言った。

「準備はできているわ。私は生涯これを待っていたのだから」フラムは頭を上げた。

「彼はお前を拠り所にしている。お前だけを。私はお前とはいられない」

「私が下に立つ。そして支える」

「我々は大円環で援護する」

「最初に必要なのは中円環よ。それも、一つじゃなくて」

「それならすでにできあがっている」

「私が支えを得るために必要なの」

「それならもうあるだろう、フラム。我々がお前の下にいる」

ウフが立ち上がった。

「あなたは戻るのね」フラムは理解した。

「私は行かねばならない」

「わかってる。あなたはあそこに必要だわ。肉が渦巻いている。あなたは肉を食い止める」

「私は肉を食い止める。そして兄弟たちを守る」

彼は背を向けて石だらけの小道を歩きだした。

「守って……」フラムの老いた唇がささやいた。

オリガ・ドローボト

　トースターがピーッと鳴り、トーストが二枚飛び出した。大きなコップをパイナップルジュースと氷半分ずつで満たし、オリガはトースターに近づいた。

〈パパとママ〉コップに口を付け、パンを皿に並べながら、彼女は無意識に考えていた。

　しかしすかさず、命令法のフレーズを大声で唱えることによって自戒した。

「去れ《ビゴーン》！」

〈辛い過去を断ち切る剣〉――精神科医の言葉は正しかった。最初のうち、オリガは信じなかった。けれども、あの日から半年経った頃から〈剣〉が機能しはじめ、助けられるようになった。〈剣〉は両親の幻影を断ち切ってくれたが、それは対になったあらゆる事物や生物の中に仮想的に現れた――並んでいる靴、キスし合う鳩、会社の門前にある石像、アダムとイヴ、大統領のピースサイン、金のイヤリング、数字の69、エドガー・ポーの二巻本、交尾する蠅、そしてついには、あの頃はまだ立っていて、ロフトの南向きの窓から三人揃って見ることができたツインタワーの、三年に及ぶ不在の中にまで。この今もオリガは六階にある自宅からマンハッタンを一人で見下ろしていた。といっても、三年前まで世界貿易センター《WTC》のタワーが立っていた場所をではなく、隣のアパートの屋上にあるおかしな貯水槽を。それはいつも彼女にウェルズの『宇宙戦争』の表紙に描かれた火星人を想起させた。それは父親が好きな小説だったが、結局彼女は読まず仕舞いだった……。

「オーレチカハイーーコ！」窓際に立っている鳥籠の中でオウムが言った。

　彼女は彼のことを、高齢のフィーマのことを思い出し、鳥籠に近づいて餌を撒き、水飲み器に水を足し、リンゴからほんのひとかけらを切り取り、籠の柵の間から突っ込んだ。フィーマはオリガを見ながら、挟んだリンゴのかけらを物騒な嘴《くちばし》で啄《ついば》みはじめた。

〈この子も覚えてる……〉

そしてすかさず見えない剣を振り上げ、断ち切った。

「ビゴーン！」

フィーマは太い舌を出しながら咀嚼し、それから言った。

「ドント・ウォーーリー！」

「ビー・ハッピー！」オリガはうなずいて笑いだした。

さあ、一日の始まりだ。

オリガはやや塩辛い山羊乳のチーズ〈シャヴルー〉を二枚のトーストに塗り、それぞれに円くスライスしたキュウリを三切れずつ置き、レタスの葉を二枚かぶせ、レタスの上には七面鳥のハムを、ハムの上にはトマトの円いスライスをぴしゃりと載せ、二枚を合わせて分厚いサンドイッチを作り、がぶりとかぶりつき、コップをつかんでパソコンの前に座った。サンドイッチの塊をよく噛んで氷の浮かぶジュースで流し込み、キーボードを叩いた。モニターが起動し、男性の低い声が歌うようにあいさつした。

「ハーイ、オールガーー！」

「おはよ《プリヴェェット》」オリガはロシア語で答えた。

受信箱を覗く。メールが四通。一通目は職場から〈リマインダー、休暇後の十六日にオリガはフィラデルフィアで大理石調達の契約に立ち会うこと〉。二通目はシカゴのリーザから〈飲み食いしながらロシア語でダべる〉ためにやって来るという六度目の誓い）。三通目は父親の同僚のピーターから〈今度のウィークエンドにグリルパーティーのお誘い〉。

〈始終私を誰かに紹介したがるんだから、変な人！〉オリガはあの純朴な太っちょを、ドイツビールやフリージャズやピクニックの愛好家であるピーターを思い出してにやりとした。〈いいえ、ピーター、土曜日にはもう私はここから遠く離れた場所にいるの……〉

四通目は……。

「イェップ！」オリガは嬉しそうに裸足で床を叩いた。

おはよう、オリガ。

昨夜はほとんど朝までサイトに貼り付いていたよ。ニュースがある。第一に、なかなか捕まらないマイケル・レアードにやっと連絡を取ることができた。彼から返信が来たんだ！　彼は実にもう二年も協会のコーディネーターをやってる。彼に君のメールも転送した。君の誘拐談や、君や君の亡きご両親の写真と一緒に。これで僕と君はサイトのデータベースに登録されたわけだ。今に僕たちにはたくさんの友達ができる。協会の本部は広州（中国南部）にある。マイケルは電子メールをあまり信用していなくて、より詳細な話をするために現地へ来てはどうかと勧めてくれた。広州で僕たちに見せたいものがあるんだそうだ。ビザのことは協会が手伝ってくれる。彼らは一般的な招待状を持っていて、ホテルも手配してくれるとのこと。招待される側はチケットを買うだけでいい。それとの関連で考えたんだけど、イスラエル旅行を広州訪問と一緒にするのはどうかな？　結局のところ、イスラエルから中国は、ヨーテボリやニューヨークからよりは近いわけだし！　これが第一。第二に、これは一石二鳥で、時間も節約できる。それに、正直言って、何ヵ月もずっと推測や憶測を巡らせながら暮らすことにうんざりしたんだ。行動を起こしたい、何かやってみたいんだ。

ご返事待ち侘びています。

君のビョルン・ワシュベリより

オリガは嬉しくて手を叩き、サンドイッチのことも忘れてキーボードを叩きだした。

ビョルン・ワシュベリ、おはよう！

あなたのアイディアは素晴らしいわ、すごく気に入った。テル・アヴィヴで手に入る情報はとても重要で、私たちの事件について多くのことを明らかにしてくれると信じてる。その後でなら中国へ飛んでレアードと会ってもいいわ。これはすごいことになりそう！　私も待ったりあれこれ推測したりすることにはうんざりしていたところなの。何かやってみる時ね！　おまけに、私は休暇のおかげで今のところ自由だし。あなたからの招待状を待ってすぐに中国の大使館へ行くわ。テル・アヴィヴに関しては万事順調、私の名前でプリマ・アスター・ホテルに二つ部屋を予約したわ。ホテルは海岸の真上に立っていて、私は以前にも泊まったことがあるの。ビザを取ってチケットを買ったら教えてね。待ち合わせは空港にしたいのだけど。私の合い言葉は〈Odin v pole voin（ロシア語で〈戦場の一人は戦士である〉。〈戦場の一人は戦士にあらず（＝何事も一人ではできない）〉という諺を逆転させている）〉。あなたのも待ってるわね！

じゃあまた！

オリガ

その晩、オリガが公園のサイクリングから戻ると、ビョルンの返信が待っていた。そこには広州への招待状と〈Kräftskivan〉という合い言葉があった。

「スウェーデン語の何かね……」オリガはにやりとして電話帳の元へ飛んでいき、ニューヨークの中国領事館の住所を探し出した。

「明日、明日！」彼女は招待状をプリントアウトし、自分の写真を二枚見つけ、すべて自分の青いアメリカのパスポートに挟み込んだ。

コーヒーをたっぷり作ってミルクを入れ、パソコンの前に座る。そして〈www.icehammervictims.org〉とアドレスを入力した。モニターに画像が現れた。上半身裸の若い男女が互いの胸の中心にある傷を手のひらで押さえ合っている。上には〈氷のハンマー被害者協会公式サイト〉とあり、下にはありきたりなリンクが並んでいる。〈協会沿革〉、〈ニュース〉、〈人物〉、〈フォトギャラリー〉、〈被害談〉、〈出版〉、〈仮説〉、〈入会〉。オリガは〈被害談〉のリンクに飛んだ。よく知っているテクストにさっと目を通し——彼女はとっくの昔にそれらを通読していた——最後に三つの新しいテクストを発見した。

ステファニー・トレグローン、十四歳、ニューカッスル、オーストラリア

クリスマス休みの一週間前、映画の助監督だっていう二人の女の人がうちの学校にやって来た。その人たちが言うには、ピーター・ウィアーの有名な映画『ピクニックatハンギング・ロック』のリメイクのエキストラのために少女たちを募集するらしいの。この映画はオーストラリアじゃ誰もが知ってて、うちの両親はいつもそれを観てた——あたしがまだ幼かった頃も。うちの家にはビデオもDVDもある。私は両親に連れられてマセドン山の断崖へ、一九〇〇年二月十四日の悲劇的な事件が起こったあの場所へ行ったこともある。あの聖バレンタイン・デーに、アップルヤード女学院の上級生たちはまさにこの断崖へピクニックに来て、そして三人の少女が跡形もなく消え失せた。うちのクラスの女子はみんなすごくその映画に出たがった。そのデボラとエレンっていう助監督たちが言うには、リメイクの監督はデヴィッド・リンチになる予定で、今まさにキャスティングの真っ最中、リンチはまったく無名の女生徒たちを抜擢しているから、あたしたちの誰かが映画で台詞付きのれっきとした役を演じることのできる可能性も大。うちのクラスからは三人の女子が選ばれて、あたしはその内の一人だった。学校全体からはもう七人選ばれた。あたしたちはみんな青い目で金髪だった。自分が選ばれたときは、そりゃもう大喜びしたわ！　私はウィアーの映画に出てくる女の子の一人のミランダが大好きだった。彼女って、まるで天使みたいにきれいで繊細なんだもの！　目が驚くほど青くて、金髪がすごく素敵なの。あの映画の後は『マッドマックス』に出演しただけで、実際にはハリウッドスターになれずに終わっちゃったのはすごく残念。エレンとデボラが言うには、あたしたちはクリスマスの後でシドニーへ行って、そこで選ばれたみんなと会い、そしてリンチが直々にあたしたちの中から必要な子を選ぶらしい。交通費が支給されたわ。あたしたちに同行したのはスージー・ハレのママのミセス・ハレ。あたしたちはシドニーに到着して、十二時頃に海岸通りにあるオペラハウスに向かった。すごく大きな建物で、あたしは子どもの頃に二度、オペラの『ペール・ギュント』とバレエの『ジゼル』を観にそこへ行ったことがあった。あたしたちはいくつもあるホールの内の一つに案内された。千五百席もあるホール全体が女生徒でいっぱい！　そしてみんな青い目で金髪なの！　そんなのを見たのは生まれて初めて！　そして、その中にはミランダに似た子がたくさんいた。もちろん、自分なんかは絶対選ばれっこないってすぐにわかったわ。だって、ホールには美人の子が山のようにいたんだもの！　あたしたちはリンチを待った。だけど、彼の代わりに三人の人が舞台に上がった。ぽっちゃりした若い男の人と、中年のおばさんと、禿げて痩せて、すごく真面目そうな男の人。そして、おばさんはあたしたちに、リンチはすごく忙しいから、選出はアシスタントの自分たちが行いますと言った。このおばさんは映画のシナリオライターだと自己紹介した。そしてこの三人は舞台の真ん中に置かれた肘掛け椅子に座って、女の子たちに、二人ずつペアになって順番に舞台へ上がるように言った。女の子たちはそうした。この三人はそれぞれのペアをしげしげと見つめて、それから近づくように頼み、おばさんが女の子一人一人の胸の、首の付け根の辺りに手を当てた。それで、そんなことが四時間近くも続いたの。その間に千五百人から選び出されたのはたった三十六人だけ。その中にあたしも入ってた。その後、彼らはあたしの連絡先を書き留め、Eメールで連絡すると言った。あたしは喜び勇んでお家に帰ったわ。まるで天国にいる気分！　うちの学校から選ばれたのはあたしだけだったんだもの！　あたしは便りを待った。だけど、何日経っても誰からもメールは来なかった。待つしかなかった。両親や学校の友達は慰めてくれた──映画を作るのは時間がかかるから、待ちなさいって。だからあたしは待った。だけど、ぞっとする出来事が起きて、女優になる邪魔をされたの。下校途中、メインストリートを渡ってたら、一台の車が止まって、運転席の女の人がセスノックへの道順を訊ねてきた。まっすぐ行って信号を右です、と私は言った。すると女の人は笑いだして、耳を指差した──聞こえません！　あたしは近づいて同じ事を言った。最後に覚えてるのは、女の人の手に小さなマスケット銃の形をしたペンダントが握られていたこと。気づいた頃にはもう、病院だった。胸と首がものすごく痛かった。胸全体に包帯が巻かれていて、そこに傷があった。その後で自分が幹線道路で発見されたと聞かされた。あたしはあの女の人と話していたときに車に撥ねられたの。女の人はいなくなってた。

〈あーあ、ステファニー、あなたは女優さんになれなかったのね……〉オリガは悲しげな笑みを浮かべた。〈それに、デヴィッド・リンチがこれからそのリメイクを撮ることはまずないでしょうね……〉

「フィーモチカハイーーコ！」オウムが叫んだ。

「誰よりもね」オリガはうなずいた。

そして二つ目の被害談に取り掛かった。

ジャミーリャ・サビートワ、三十八歳、テミルタウ、カザフスタン

私は地元の街の市場で四年間働いていました。私と夫のタイムラーズ・サビートフは〈ベシュバルマク〉という名前の店を持っており、市場商人のために温かい食事を作っていました。メニューはベシュバルマクやプロフ、バウルサク、ラグマン（いずれも中央アジア料理）です。私ども夫婦は料理の腕前がいいので、どの商人もいつも満足していました。市場の管理部も満足していました。二〇〇五年四月四日、夫が調理器具一式を買いにカラガンダへ出かけたので、私は妹のタマーラと店を営業していました。タマーラは私の七歳年下で、夫が忙しいときはいつも手伝ってくれていたのです。その日、私たちはいつものように朝から食材を煮たりして一通り調理を済ませ、十三時頃には店を開き、営業を始めました。店に商人たちがやって来ては食べ物を買い、それぞれの場所へ帰っていきます。私もタマーラも大変美人でしたので、私たちは市場で大変好かれていました。私たちの母はロシア人で、父はカザフ人でした。母の髪はブロンドで、目は暗青色で、とてもきれいでした。そしてもっとも肝心なことは、私とタマーラも同じ目をしていて、同じ金髪だったということです。父からは、鼻、唇、黒い眉を受け継いでいました。いつもみんなからふざけてママっ子だと言われたものです。カザフスタンには目の青い人は少ないですし、ブロンドもあまりいません。ですから、男性たちはいつも私たちの気をひこうとして、食べ物を買うときにあれこれ愉快なことを言ってくるのです。そしてその日も、店に一人の男性がやって来ました。地元の人ではなく、それまで一度も見かけたことのない人でした。背が高く、すらりとした金髪碧眼の男性で、美男子で、身なりもよく、お金持ちに見えました。うちのプロフが美味いかどうか訊ねられたので、私たちは言いました――試しに食べてちょうだい、みんな褒めてくれてるから。彼はスプーンにプロフを掬い、お米を少し試食しました。そして言いました――すごく美味しい、これはきっと、君たちがすごい美人だからだね。そして、私たちの美貌についてあれこれ言葉を並べ立てました。私は彼に市場で何を買ったのか訊ねました。彼は、友人のトフィク・ハリロフの顔を見るために市場に寄っただけだと言いました。これは市場のオーナーで、大金持ちの人です。そして男性は言いました――市場には満足してるよ、とくに、君たちみたいな美人さんが働いてるってところがね。そして、耳当たりのいい言葉で私たちを冷やかすのです。タマーラが男性の職業を訊ねると、彼はこう答えました。自分はアルマトゥイでビジネスをしていて、レストランを二つ所有しており、仕事でカラガンダに来たのだが、旧友のトフィクを訪ねるためにテミルタウに寄ったのだと。そして訊いてきました――君たち、今晩は何してるの？　私たちは答えました――食器を洗って片して、夫や子どもの待つ家に帰るわ。すると彼は、プロフを食べに一緒にトフィクのところへ行かないかと提案しました。私たちは、晩は夫が外出させてくれないし、家事もたくさんあるからと言って断りました。すると彼は、それなら今すぐ一緒にレストランに行こうと言ってきました。そしてまた耳当たりのいい言葉で私たちを冷やかすのです。彼があんまり愉快なものだから、私もタマーラも笑ってしまいました。彼は言いました――たまには嫁や旦那から離れて息抜きすることも必要だよ、連れ合いをいっそう強く愛するためにはね。そして、一緒に来るよう説得を続けるのです。私たちは言いました――いいわよ、ただし一時間だけね。彼――いいとも、レストランはどこがいい？　タマーラ――〈ジュルドゥイズ〉で。これはテミルタウ一豪華なレストランです。彼――問題ない。それで私たちは店仕舞いをして、彼と一緒に歩きだしました。そして市場を出ると、彼は自分の車に近づきました。すごく高そうで、ピカピカで、美しい自動車でした。彼は後ろのドアを開けて言いました――娘さんたち、どうぞ座って。私たちが乗り込むと、彼はハンドルを握って走りだし、音楽をかけました。すると突然、車内の仕切りが上がり、私たちはガラスで彼から隔てられる形になりました。そして何か酸っぱいものが空気中に充満して、私は意識を失いました。気がつくと、地面に倒れていました。頭を上げると、辺りは夜で、顔の下には砂があって、どこかで犬が吠えていました。体を起こそうとするとたちまち胸が痛みました。まるで、誰かに強く殴られたみたいに。目を凝らすと、そこは砂漠のどこかで、私は街の外にいたのです。そして、タマーラが隣で倒れているのが目に入りました。触ってみても動きません。死んでいるのです。それで私は朝まで彼女のそばに座り通していました。泣きながら座っていたのです。歩く気力はありませんでした。朝になって、街道を通ってサラニからやって来る労働者たちが私たちに気づき、拾ってくれました。夫が呼ばれ、病院に担ぎ込まれました。私は胸全体を痛めつけられており、あざがびっしりできていました。タマーラの方はもっとひどくて、胸全体が粉々になっていました。胸骨が砕け、折れた肋骨が皮膚から突き出しており、見るに忍びませんでした。胸の傷が癒えるまで一ヵ月入院しました。後で、警察から変質者だろうと言われました。

「うーん……ありふれた話ね……」オリガは言った。「結局、そいつはあなたと妹さんを〈ジュルドゥイズ〉に連れていかなかったわけね……。もちろん、変質者よ、ジャミーリャ。変質者。そいつはニューヨークからシドニーへ飛んで、シドニーからカラガンダへ飛んだ。それから……なんと、チューリッヒ！　この変質者はいい暮らししてるんだわ……」

トーマス・ウルバン、五十二歳、チューリッヒ、スイス

三年前、私は自動車事故に遭って、近い記憶を一時的にほぼ完全に失った。妻の名前も忘れ、自分に一人娘がいることも信じられず、自分が建築家だということもわからず、等々。その代わり、遠い記憶の方は逆にひどくはっきりして、幼少期や少年時代の、それまですっかり忘れていた出来事が浮かび上がってきた。例えば、家族で自分の五歳の誕生日が祝われたときの様子や、そのとき家には誰がいて、何を食べて、何を話して、何がプレゼントされたか、などということを残らず詳細に思い出したんだ。思い出したことは他にもたくさんある。入院していた半年の間に、たくさんのことを思い出した。まるで自分についての映画でも見せられているみたいだった。そして、子ども時代や青春時代の大量のエピソードの中から一つ、とても奇妙なものが浮かび上がってきた。いまだにそれを上手く説明することができない。一九七二年の夏、私が十五歳になったばかりの頃、姉のミリアムが私に、チューリッヒのハレンシュタディオンで行われる、ロックバンド〈レッド・ツェッペリン〉のライブチケットを買ってくれた。当時はこのバンドのことをほとんど知らなかったが、若者雑誌ではすでに数多く記事が書かれており、早々とスーパーバンドに成り上がっていた。姉が買ってくれたのは高価なチケットで、私の席はステージの真ん前だった。ライブは素晴らしく、私は初めてあの偉大なミュージシャンたちを見て、ロバート・プラントを間近で目にし、彼の見事な歌声を耳にしたのだった。ライブには深い感銘を受けた。それまでに自分が行ったことのあるバンドのライブは、ザ・フーとシカゴだけだったが、レッド・ツェッペリンは他のバンドより頭一つ飛び抜けていた。とくに私が気に入ったのは、ロバート・プラント――長身で、スマートで、ふさふさした金髪と青い目、そして〈黄金の〉声の持ち主。ライブが終わると、観客は荒れ狂った。私たちはスタジアム前の広場に駆けだして、「レッド・ツェップ！　レッド・ツェップ！」とシュプレヒコールを繰り返した。そして私はそこに、〈ロバート・プラント・ファンクラブ〉というプラカードを握っている、巻き毛でブロンドのすごく美人な女の子二人組を見かけた。彼女たちの周りには若者たちが群がっていた。私もそばに近づいた。プラカードの隣には机が置いてあって、三人目の巻き毛でブロンドの女の子が座り、ファンたちをプラント・クラブに登録しているのだった。私はプラカードに書かれた条件を読んだ――金色の長髪、碧眼。ぴったりじゃないか！　あの夏、私はジョージ・ハリスンの真似をして、髪の毛はほとんど肩まであったんだ。女の子たちは私の住所と電話番号を書き留め、また連絡すると言った。そして私は満足して帰路についた。家で自分の貯金箱を壊して、レッド・ツェッペリンのレコードを二枚買いに行った。そして、ひっきりなしに聴きまくっていた。数日後、電話があって、ロバート・プラント・ファンクラブの最初の会合が行われると伝えられた。私は自転車に乗って十六時ちょうどに指定された住所に赴いた。チューリッヒベルクのハートラウプシュトラッセにある裕福な地域だ。そこには大きくて古めかしい別荘が立っていて、野生のブドウの蔦が絡みつき、門にはレッド・ツェッペリンのプラカードとロバート・プラントの大きなポスターが掛かっていた。私は自転車を塀に立てかけ、木戸の呼び鈴を鳴らして自分の名を告げた。私は中に通され、その別荘に入った。それは豪華な家具や調度が設えられた古邸宅だった。そして、家の中では〈胸いっぱいの愛を〉がノンストップでかかっていた！　こいつは実に奇妙だった。何しろ、こんな古風な調度の中で、ヴィクトリア様式の家具の真ったただ中で、レッド・ツェッペリンの音楽が流れてるんだ！　あの巻き毛でブロンドの子の一人が私を玄関で出迎え、広々とした客間に案内してくれた。そこにはもう三十人ほどの若者が座っていた。金髪碧眼の若い男女だ。基本的に私と同年代だったが、年上もいた。テーブルにはノンアルコール飲料や煙草、ポテトチップスなどが置いてあった。私たちはまず音楽を聴いた。それからお互いに言葉を交わし、自己紹介し合った。その間にも別のブロンドの男女が入ってきた。大広間は徐々に埋まっていき、満杯になったところで音楽が途切れた。そして、目も眩むような美貌の女性が私たちの前に現れた。長身で、スタイル抜群、ブロンズのような肌、金色に輝く髪、由緒正しい貴族のような顔立ち、深青色の目。全身青一色で、青い手袋をはめて、靴やアクセサリーさえも青かったくらいだ。彼女は大広間の真ん中に立って私たちに語りかけた。といっても、スイス方言ではなく、純粋なドイツ語でだ。彼女が言うには、ロバート・プラントは人間たちの中に迷い込んだ堕天使で、彼は天上界の言語で歌い、その歌声を聴くことで私たちは皆、より自由に、より快活になり、天上の愛とは何かを理解する。今日から私たちは交流を始めるが、レッド・ツェッペリンの音楽は私たちが外面・内面ともに美しくなる手助けとなるだろう、とのことだった。その深く穏やかな声に魅了され、私たちは彼女から目を逸らすことができなかった。彼女は金色の堕天使が描かれた平らな青い箱を手にとって開け、私たちに差し出した。箱の中にはこの天使と同じ形をした小さなチョコレートが金箔に包まれて入っていた。「天上界の音楽と魂を通わせましょう！」――微笑みを浮かべながら彼女は言った。そしてこの瞬間、ロバート・プラントが力強くけたたましい声で歌いだした――〈ベイビー、僕は君の元から去る《アイム・ゴナ・リーヴ・ユー》〉。私たちは皆、箱からチョコレートを取り、金箔を破いて食べだした。それは上等なスイスのチョコレートだった。私は自分のチョコレートを平らげた。そして数分後、意識を失った。気がつくと夜で、私は舗道に倒れていた。二人の警官に体を引っ張られていた。そこは街の中心、よく学生たちが飲んでいる〈オデオン〉というバーのそばだった。隣には私の壊れた自転車が転がっていた。頭がガンガンして、吐き気がした。そして、ひどく胸が痛んだ。胸全体が傷ついていたんだ。警官たちからは、多分、車に轢かれたのだろうと言われた。親が呼ばれ、私は病院に担ぎ込まれた。血中からアルコールが検出された。それから熱に浮かされたような状態に陥り、高熱を出した。胸に包帯が巻かれ、睡眠薬が注射された。二週間入院した。胸骨の真ん中に窪みが残った。それは今も残っている。当時はいくらロバート・プラント・ファンクラブのことを話しても、いくら自分が別荘にいたことを証明しようとしても、親は信じてくれなかった。どうせどこかのバーで友人と酒を浴びるほど飲んで、酔っ払った状態で自転車に乗って車に轢かれたのだろうと決めつけられた。後で私はハートラウプシュトラッセに行って、あの別荘の木戸の呼び鈴を鳴らしてみた。メイドが扉を開けた。当然のことながら、その別荘にはいかなるクラブも存在しなかったし、メイドにとってプラントの名前は初耳だった。これはもう何年も後になって知ったことだが、別荘に住んでいたのはハシディズム（十八世紀中頃に起こったユダヤ教の神秘主義的革新運動）の信徒の家族で、スイス屈指のダイヤモンド商だった。同年代の知人や友人もこのクラブについては何も知らなかった。一度、私は路面電車であのとき別荘にいた女の子の一人に遭遇したことがある。私は彼女に気づいたが、彼女の方は微笑みを浮かべながら、そんなところには一度も行ったことがないと言った。そして、こうしたことはみんな、奇妙な夢として忘れ去られていた。事故に遭って近い記憶を失うまでは。それで私は思い出した、あの忌々しいチョコレートを食べた後の出来事を、残らず思い出したんだ！　あのとき私は肘掛け椅子から絨毯にずれ落ちた。だが、眠り込んだわけじゃなく、単に動けなくなっただけだった。指一本動かすこともできなかった。けれども意識はあって、周囲の音は全部聞こえ、自分の鼻の先にある赤と灰色の絨毯の模様が見えていたんだ。そして、他の連中の身に起きたことも聞こえた。彼らは椅子の中で動けなくなるか、床に倒れるかしていた。それから、数人の男が入ってくるのを耳にした。何やら、言葉少なに騒いでいるのが聞こえた。それから私は両腕を抱えられ、階段を下へ引き摺っていかれた。地下室に連れ込まれた。その後で体を持ち上げられ、壁に鎖で繋がれた。隣にも誰か若い男女が繋がれていた。たくましい手が私のシャツを脱がした。そして細長い箱が開けられるのが見えた。中には三本の奇妙なハンマーが入っていて、最初、その頭部はガラスでできているように思えた。筋骨隆々で白ちゃけた金髪の得体の知れない男がそのハンマーをつかんで振りかざし、鎖で繋がれた青年の胸に全力で振り下ろした。そしてすぐ、あの青服の貴婦人が青年に近づき、胸に顔をぴたりと当てた。それから後ろに飛び退いた。そして男が再び打った。女がまた密着した。そして言った――「空っぽのクルミね」。青年は壁から外され、脇へ引き摺っていかれた。男は別のハンマーをつかみ、まったく同じように娘の胸を殴りはじめた。青服の貴婦人はまるで耳を傾けるように彼女の胸に顔を押しつけた。男の打ち方が強過ぎたので、ハンマーは粉々になり、破片が飛び散った。そして再び貴婦人が言った――「空っぽのクルミね」。娘は壁から外されたが、引き摺られていくとき、私は、彼女の口から血が流れていて、脚が痙攣してぴくぴく震えているのに気づいた。同時に別の二人が引き摺り込まれ、壁に繋がれた。私の方にハンマーを持った男が近づいてきて、振りかぶり、私の胸のど真ん中に全力で振り下ろした。打撃が強烈過ぎて、ハンマーの頭部から破片が飛び散った。痛みで目の前の何もかもがぐらぐらしはじめた。だが、相変わらず身動きはできなかった。青服の貴婦人が私の胸に耳を当て、何かを聴いていたが、やがて後ろに飛び退いた。男がもう一度打った。目の前のすべてがぐらぐらしている。またあの美人が近寄ってきて、青い手袋で私の胸からハンマーの破片を払い落とし、そしてようやく、ハンマーの頭部がガラスではなく、氷でできているのだと気づいたんだ！　彼女は耳を胸に密着させた。私の意識が遠のいていった。最後に聞いたのは、「空っぽのクルミね」という声。それから後のことはどれもすでに書いた通り――バー〈オデオン〉、警官、血中のアルコール、傷だらけの胸……。この出来事が記憶に浮かんできたのは一年前のことだ。忘れないよう、即座に書き留めておいた。退院した私は、あの死ぬほど打ちのめされていた娘のことを思い出しながら、図書館に行き、一九七二年夏のチューリッヒの新聞の綴じ込みを引っ張りだした。そして、衝撃的な事実を発見したんだ！　判明したのは、あの夏、チューリッヒで四人の娘と二人の青年が行方不明になったということだった。彼らの写真が掲載されていた。四人とも金髪碧眼だった！　あの夏、チューリッヒでアルコールや麻薬による酩酊状態で車に轢かれた若者の数は四十八人。そして全員、胸腔に外傷を負っていた！　チューリッヒ警察のボスは、『ノイエ・チュルヒャー・ツァイトゥング』のインタビューで、これほど多数の若者が自動車に轢かれたことは、二十年の勤務の中でも前代未聞だと語っていた。私は苦労して、自分と同年代で、あの夏に怪我をしたその四十八人の内の三人を探し出した。三人とも髪は亜麻色（二人はすでに白髪）で、目は青かった！　そして全員が胸に重傷を負っていた。一人は私に胸の真ん中の傷痕まで見せてくれた。そして三人とも、レッド・ツェッペリンのあのライブにいたんだ！　そして三人とも、私と同じように、後で〈ロバート・プラント・ファンクラブ〉に登録していた。だが、別荘なんかにはいかなかったという。氷のハンマーで叩き殺されそうになった地下室に関する私の話に対する彼らの態度は、穏やかに言って、懐疑的だった。別荘の所有者と接触する試みも失敗に終わった。私の家族は総じて、これはすべて私が近い記憶を失ったときに見た幻覚だと考えている。医者は、これは記憶喪失の際の一時的な錯乱だと信じている。もっとも、私にとやかく言う資格などないわけだが……。誘拐を手がかりにインターネットを探し回り、とうとうこのサイトに行き着いたときは、嬉しくて本当に叫んじゃったよ！　証言談を読み漁った！　誘拐され、氷のハンマーで打たれ、死ぬほど痛めつけられた人たちがこんなにもいる！　つまり、私の気が狂っているわけではない！　つまり、これは全部あったことなんだ！　誰がそれをやったのか？　その理由は？　この悪党どもはどこのどいつなんだ？　それを知りたくてたまらない‼

「私も……」オリガは言った。「ぜひとも知りたいわ」

彼女は立ち上がって伸びをし、窓の外に目をやった。黄昏が迫っていた。ニューヨークに蒸し暑い七月の晩が這い込み、明かりがつきはじめた。けれどもここノーホーは、いつものように、どんな天候だろうと素晴らしかった。オリガはパックから煙草を一本抜き取り、イースト・ヴィレッジに面する北側の窓へ近づいて、吸いはじめた。そんなわけで、今日、彼女は三つの被害談を読んだ。サイトには全部で四百以上の投稿がある。その多くを彼女は記憶しており、彼女の思考はそこへ戻っていこうとした。これらの物語は今やオリガにとって大切な人生の書であり、彼女から両親を奪った、不安定で希望のない周囲の世界に打ち込まれた杭なのだった。これらの杭は彼女の拠り所であり、そのおかげで彼女は気落ちしたり鬱になったりせずに済んだ。氷のハンマーを耐え抜いた者たちの名前を彼女は知っており、兄弟姉妹の名前のように口にした。マリー・コルデフィ、エドワード・フェラー、コジマ・イリシ、バーバラ・スタチンスカ、ゾートフ家のニコライとナターシャ、ヨーザス・ノルマニス、サビーナ・バウアーマイスター、ズラータ・ボヤノワ、ニック・ソロモン、ルート・ジョーンズ、ビョルン・ワシュベリ。彼らは皆、氷の拷問を潜り抜けた。皆、重い打撃で痙攣し、吐血し、失神した。皆、それから苦痛の中で生活に戻り、傷ついた胸で息を吸っては痛みに叫んだ。皆、周囲の人から共感を得ようと、起こったことはすべて混じり気のない真実なのだと証明しようと無駄な努力をした。そして皆、無理解という、まさにあの氷みたいな壁にぶつかったのだ……。

今や、そこにまた三人が加わった。

〈やつらは記憶を奪うためにみんなに何か注射してるんだわ〉オリガは窓の外を眺めながら煙草を吸っていた。〈だけど、全員に効果があるってわけじゃない。それとも、注射が間に合わなかったのかしら？　あるいは……もう死んだと思った？　けど、私は生きてた。ビョルンも。バーバラも。サビーナも……〉

オウムは鳥籠の中でごほんと咳をし、羽を広げた。そしてロシア語で静かに言った。

「蒸気機関車《パラヴォース》」

オリガは吸いさしを揉み消してフィーマに近づいた。〈蒸気機関車《パラヴォース》〉という言葉を教えたのは亡き父だった。

「いいえ、フィーモチカ、蒸気機関車《パラヴォース》じゃないの。飛行機《サマリョート》よ。それも、色んなことを考え合わせると、もう間もなくね……」オリガは籠の中に指を突っ込み、オウムのバラ色の爪を掻いた。「あなたのことはまたアマンタに預けるわね。寂しい？」

「蒸気機関車《パラヴォース》！」とオウムは答えた。

フラムとゴルン

ゴルンは二日目に正気に戻った。

彼の心臓《こころ》は六年間の地上の生の悲しみを涙で洗い流した。小さな体は疲労困憊していた。顔の肉が落ちて大人びた。今や彼はもう、無意味な地上の生を担わされた知的障害児ではなく、光を帯びるゴルンなのだ。今や彼には〈光〉の名の下の偉業を成す覚悟がある。彼は己の新たな道を歩みはじめる。大いなる道を。この間ずっと私は彼につきっきりだった。彼の心臓《こころ》が泣いている間、私は脇に退いていた。座って見ていた。そして、守っていた。彼の心臓《こころ》が過去から浄められた今なら、近づくことができる。

ゴルンが待っている。

私は彼の両の瞼に指を置く。目が開いて、こちらを見る。これは兄弟の目だ。私たちにとってもっとも重要な兄弟の。そして、私は彼を兄弟団に加えなければならない。彼の心臓《こころ》が落ち着いた。聴く準備が整ったのだ。

そして私は彼と語りはじめる。

ゴルンの心臓《こころ》は開かれている。それは欲している。それは己が力で私を揺さぶる。新たな力で。私たち皆が待ち望んでいた力で。私が助けに入る。

燦然《さんぜん》と輝く盾のように、私はゴルンと世界の間に自分の心臓《こころ》を置いた。私の老いた体は光る盾の影と化した。体の影が世界を遮る。時期尚早だ！　私の曲がった背中の後ろに地球世界が広がっている。丸く、移ろいやすく、自らを貪り食らう危険な地球世界が背後で唸っている。私の背中は広い影だ。ゴルンの純粋な心臓《こころ》に世界を見せるわけにはいかない。時期尚早だ！　地球世界と接触する準備はできていない。無慈悲な世界。それは自らを貪り食らい、自滅の憤怒で渦巻いている。私の震える手が大陸を遮る。骨張った指が広がり、都市を覆い隠す。皺くちゃの手のひらの下で肉機械たちが渦巻いている。村や町、道路や装置が、拷問の傷痕を残す私の弛《たる》んだ尻の後ろに犇《ひし》めいている。私の肩が地上の軍隊の重苦しい秩序を覆い隠す。頭が、私たちが大量の仲間を発見した北方の国々を遮る。肉機械の狂暴な世界を私は己が体の影で覆い、輝く心臓《こころ》を待望の兄弟の方へ向ける。

私はゴルンを防衛する。

私はゴルンを守護する。

私はゴルンを保護する。

私はゴルンを養護する。

ゴルンの心臓《こころ》が急激に開いていく。それは願望の輝きとなって流れる。それは要求する。その成長は早い。兄弟団の誰一人としてゴルンほど早い心臓《こころ》は持たない。誰もこれほど急激に光を成長させることはできない。私たちは喜ぶ。私たちは光り、歓喜する。新たに見出された兄弟を取り巻く私たちの心臓《こころ》が光の喜びで輝く。そして、光の歓喜が兄弟団を恍惚で満たす。私たちは信じた！　ゴルンは私たちに〈成就〉を確信させた。心臓《こころ》が夢想し、大円環や小円環で語り合い、眠りの中で呻き、死の間際にささやいたこと――それが近づいたのだ！　ゴルンがそれを近づけてくれたのだ。

私たちは彼の心臓《こころ》と体を守る。

毎朝、私の手がゴルンの体を目覚めさせる。私の心臓《こころ》が彼の若く強い心臓《こころ》を目覚めさせる。姉妹たちがゴルンを抱きかかえ、沐浴の間へと運んでいく。花や草を浸したこの上なく清らかな水で姉妹たちが彼の体を洗う。絹のように柔らかい布地で拭く。香油を塗り込む。服を着せる。服は山に自生する植物で織られたものだ。姉妹たちはゴルンに平安と気力を与える針葉樹林帯《タイガ》の薬草茶を飲ませる。熱帯樹の果実を差し出す。

ゴルンは果実を呑み込む。

彼の体が成長する。

しかし、心臓《こころ》の方ははるかに早く成長する。

心臓《こころ》が丈夫になる。それは光を養分とする。心臓《こころ》の言語の最初の数語を覚える。私たちの心臓《こころ》から言葉を吸う。ゴルンの心臓《こころ》の中で計り知れない光の力が増大する。私の熟練した強い心臓《こころ》でさえ、この圧力を押さえ込むのは難しい。ゴルンはすべてを直ちに抱擁することを望んでいるが、まだ己の中に収めることはできない。彼は猛烈に渇望している。彼の心臓《こころ》の飢えを癒やすのが私の運命なのだ。彼や兄弟団に害を与えぬよう、私は大変な慎重さでもってそれを行う。なんとなれば、ゴルンが私たちにとっていかなる存在かを理解しているからだ。そのことは全大陸の兄弟姉妹が理解している。あちらではいくつもの心臓《こころ》が輝いている。あちらでは手と手が繋がれている。そして円環が作られている。小円環、中円環、大円環。それらは地上の生の闇の中で輝きだし、私たちに心臓《こころ》の光を送る。私たちはそれを受け取る。それは私たちの心臓《こころ》を強くする。私たちはゴルンと光を分かち合う。

私はゴルンを警護する。

私はゴルンを防護する。

私はゴルンを満たす。

私はゴルンを支える。

そして、彼の心臓《こころ》の中の光が増大し、膨張する。

ゴルンの心臓《こころ》が次第に光で満たされていく。しかし、私は地球世界の認識をゴルンから遠ざける。まだ早い！　時期尚早だ！　心臓《こころ》がしっかりして初めて、世界に接触してもいい。私たちが創った世界に。そして道に迷った世界に。完全な心臓《こころ》だけに世界を見ることができる。そして、その本質を理解することができるのだ。

私はゴルンの心臓《こころ》を大事に備えさせる。

ビョルンとオリガ

レモンイエローのTシャツと白い短パンを身につけた非常に背の高いブロンド男が、赤いスーツケースをガラガラ引きながら人混みの中を伸び伸びと歩いてきた。

〈あれが彼だわ。ずいぶんのっぽなのね！〉オリガはさっとグレープフルーツジュースを飲み干し、バーカウンターに六シェケル（シェケルはイスラエルの通貨単位）を置いた。

ブロンド男が近づいてきた。控え目に微笑んでいる。電子メールの写真の彼は、下顎がもっと重たく、首はそれほどスポーツマンらしくないようにオリガには見えた。ブロンド男の獅子鼻には雀《そば》斑《かす》に混じって玉の汗が浮かんでいた。

「Odin v pole voin」彼は胸から出る深い声で頑張って合い言葉を話した。

「Kräftskivan」オリガは金属製の高いスツールから滑り降りながら返事をした。

彼女の低いヒールが床に触れた。

〈私より頭二つ半も高いわね……〉と、彼女は小さな手を差し伸べながら気がついた。「ハーイ、ビョルン」

「ハーイ、オリガ！」彼は笑みを広げた。

オリガは自分の小さな手で彼の巨大で湿った手のひらを力強く握りしめた。

「こんなに背が高いとは思わなかった《アイ・デイドウント・エクスペクト・ユー・トゥ・ビー・ソー・トール》」彼女は、彼の黄色い胸に描かれた赤いザリガニの周りで曲がりくねっている〈Kräftskivan〉の文字を読んだ。

「二メートル一《トゥー・ハンドレッド・アンド・ワン》」彼は正直に答えた。「それで君の赤毛はどこへ行ったの《アンド・ホエアズ・ユア・レッド・ヘアー》？」

「時には自分自身の何かを変えてみる必要があるのよ《サムタイムズ・ユー・ニード・トゥ・チェンジ・サムシング・アバウト・ユアセルフ》」オリガはサングラスを掛け、重いバッグの紐をさっと肩に掛けた。「じゃあ《ウェル》、行きましょうか《レッツ・ゴー》？」

スウェーデン男は典型的なスカンジナビア訛りの英語を話し、オリガは後天的に身につけたアメリカ訛りの英語を話した。

彼女の重いバッグになど気づきもせず、彼は首を回しはじめた。

「行くって、どこに……」

「私の後についてきて」オリガは確固たる足取りで出口の方へと歩きだした。「〈Kräftskivan〉って何なの？」

「ザリガニのお祭りさ」ビョルンはスーツケースをガラガラいわせながら二歩で彼女に追いついた。

「ザリガニを食べる日ってこと？」

ビョルンは笑みを浮かべながらうなずき、付け加えた。

「君の合い言葉はもう自分でロシア語から翻訳したよ。正確には、助けてもらってだけど」

「素晴らしいわ！」オリガは頭を振った。「これであなたは私の人生の原則を知っているのね」

乾燥して暑い七月の空気の中に出た。タクシーに乗り込み、オリガはヘブライ語でゆっくりとペタク・チクヴァ地区の住所を告げた。

「かしこまりました《ズジェーラエム》」運転手はロシア語で答え、ミラー越しにオリガに微笑みかけた。

とくに驚きもせず、彼女は煙草を取り出した。

「車で吸ってもいいかしら？」

「ここはアメリカじゃありませんから！」運転手は笑みを広げた。「健康のためにどうぞ、煙を深くお吸いください」

「ありがとう」彼女は火をつけた。

「彼はロシアの出身？」ビョルンが訊ねた。

「ええ」エアコンが入っているにもかかわらず、オリガは窓を開けて温かい風に顔をさらした。

「ここはロシアから来た人たちが多いんだね」ビョルンは長くがっしりした首の上に乗っている白ちゃけた頭を振った。

「ええ」オリガは窓の外に灰を落とした。「ここはロシアから来た人たちが多いわ」

ペタク・チクヴァまで黙々と走った。日差しに浸された丘陵性の風景を疾走し、車は埃っぽい酷暑のテル・アヴィヴに入った。通りをくねくね進み、運転手は異様に長い建物の前でブレーキをかけた。

ビョルンが支払おうとしたが、オリガが先に運転手に五十シェケルの札を握らせた。

「君はフェミニストなの？」ビョルンは自分の巨体を車から引き出しながら訊ねた。

「もうやめたわ」オリガは半ブロックにわたって延びている薄ピンクの三階建ての建物に目を向けた。

貝殻石灰岩でできた小さな玄関階段の方へ歩いていく。扉には〈167〉という真鍮《しんちゅう》製の大きな番号札が掛かっていた。オリガはベルを鳴らした。相当な早さで五十歳くらいの麗人が扉を開けた。

「オリガ・ドローボトさん？」ユダヤ人的な発音のロシア語で愛想よく訊ねる。

「ええ。こんにちは」オリガはサングラスを外した。

「私はジーナ。どうぞ中へ」

「ハーイ、アイム・ビョルン」スウェーデン人がうなずきかけた。

二人は小さな玄関の間に入った。

「お腹《なか》は空いてない？」女性が訊ねた。「正直に言ってくださいね！」

「ありがとう、ジーナ、お腹はいっぱい」オリガはバッグを床に下ろした。「自分たちがここに来た目的を少しでも早く果たしたいんです。もちろん、できればの話ですが」

ジーナはため息をついた。

「今すぐになら可能です。あの人が眠っちゃわないうちなら」

「それならぜひ」

「私の後についてきてください」ジーナは階段を上りはじめた。

オリガとビョルンは後について歩きだした。屋内はひんやりしていて、上の階のどこかで閉じ込められた犬がくーんと鳴いていた。二階でジーナは二人を扉の方へ連れていき、扉を開け、部屋の中を覗き込んだ。そして、美しい手を動かして入るよう促した。オリガとビョルンは部屋に入った。それは一人用の小さな寝室だった。窓のブラインドがわずかに下り、窮屈そうなベッドでライラック色のパジャマを着た痩せぎすの老人がキルト毛布をかぶって横になっていた。両手は毛布の上に置かれ、胸の上には空っぽのカップが立っていた。彼が大きな音を立てて重々しく息をすると、カップが呼吸のリズムに合わせて上下した。入ってきた者たちを目に留めると、彼はカップをつかんで胸からベッド脇のサイドテーブルに移した。

「パパ、こちらがその二人よ」ジーナが言った。

「そうだと思った」老人が言った。「半時ほどで済ませてくれると大変ありがたい。さもないと、また眠ってしまうのでな。これは病、いい病、それも実にいい病だ。永久《とわ》の眠りといってな。まあ、最悪の病というわけじゃなかろう、なあ、ジーノチカ？」

ジーナはうなずいた。

「もう百万回も言ってるでしょ、パパのことが羨ましいって」

「羨むがいい！」老人は美しい入れ歯を露わにして薄く笑った。「それから、うちの世界一のキャロットジュースを持ってきなさい」

「パパの助言がなくちゃ、とても生きていけないわね！」ジーナは頭を振って出ていった。

「座りなさい、お前さん方のためにすでに椅子を用意しておいた」老人は寝返りを打って二つ重ねられた枕に背中を凭せ掛けた。「では、すぐ本題に入るとしよう」

　客たちは腰を下ろし、オリガは小型のボイスレコーダーを取り出した。

「ダヴィード・レイボヴィチ、長時間ご迷惑をかけるつもりはありませんが、信じてください、これはとても……」オリガが話しだそうとしたが、老人はそれを遮った。

「余計な言葉は抜きにしてくれ、頼む。この六十年間でわしはこの話を三百八十六回した。今日で三百八十七回目だとしても、わしの舌は回るだろう。それがドーラの親友の頼みだというならなおさらだ。お前さん方も準備はいいかね？」

「はい」オリガが答えた。

　何一つわからないビョルンは、背筋を伸ばし、日に焼けた拳を自分の白い膝に置いて座っていた。ジーナが、新鮮なキャロットジュースが入った背の高いコップを二つ持って現れ、ナプキンで包んだまま客に差し出した。

「では、本題に入ろう《ビキツエル》」老人はキルト毛布の端に手摺《てすり》のようにつかまりながら話しだした。「いかにしてわしは収容所に入ったか、それはさして重要ではない。わしはベロルシア（ベラルーシの旧称）とポーランドの二つの収容所にいたが、その後はもうあそこにいた。要するに、四四年の春にそこへ入ったのだが、その前日にわしは十七歳になったばかりだった。まあ、そこがどういう場所で、何が行われとったかはお前さん方も知っとるだろうから、わざわざ話す必要はあるまい。列車がそこに入ると、わしらは車両から降り、すぐに並ばされ、検査を受けた。そして列車全体から二十八人が選ばれ、自分もその中に入っていた。わしらは皆、たった二つの点で似ておった。第一に、列車に乗っていた全員と同じくユダヤ人であること、第二に、残らず金色か亜麻色の髪をしていて、目が青いということ。今でこそ白髪になって目も濁り、こうして地平線と平行に寝ておるが、当時のわしは金髪碧眼のすらりとした美男子だった。無論のこと、わしは、自分たちがどこへ連れていかれるのかも、何の目的で選ばれたのかも理解しとらんかった。それに、二十八人の誰一人として理解しとらんかった。何を理解すればいい？　理解することなど何一つありゃせんのに。あそこは至るところで焼け焦げた人間の臭いがして、四六時中灰が舞っとった。ほれ、それこそ理解せねばならんことだ。要するに、わしらは衛生処理を施され、それからバラックに連れていかれた。このバラックの中で見かけたのは金髪碧眼のユダヤ人だけだった。そういうバラックは男用と女用の二つあり、全員が金髪碧眼だった。赤毛も沢山いた。これはどことなく奇妙で、笑いが込み上げてくるほどだった。その理由をめぐる会話や推測が山のように行われ、多くの者は陰気に冗談を言った――今に自分たちから本物のアーリア人が作られ、総統のために戦うべく東部戦線へ送り込まれるのだと。わしらを使って実験が行われると言う者もいた。だが、わしらは何もされんかった。実験されたのは別の者たちだった。火葬場へ行ったのは、別のバラックの別の連中だった。とにかく、六ヵ月が経過した。わしらはそれでも灰にはならんかった。そして、その間に二つのバラックはほとんど満杯になった。列車が来るたびに、わしらのところへ青い目のユダヤ人がどんどん加えられた――五人か、十人か、あるいはそれ以上の人間が。時には一人もいないこともあった。その後、前線が迫ってドイツ人たちが動揺しはじめた。炉がフル回転していた。それでも、わしらは相変わらず手つかずのままだった。そして十月、あれは確か十一日のことで、わしらは〈外へ出ろ《ラウス》！〉と命じられた。わしらは自分たちの二つのバラックを出て、検査を受けた。そして、わしらのところに隠れとった連中が選び出された。黒い目や、褐色の目や、緑の目をした者たち。そういう連中もいて、わしらが匿っとったのだ。彼らはわしらから引き離された。それから、わしらは巨大な輸送列車に積み込まれた。そして列車は収容所を出て、西へ向けて走りだした。どう考えればいいかわからんかったが、それでもやはり、あの呪わしい場所を後にできたことは嬉しかった。あそこは屍臭しかせんかったからな。わしらは自分たちがドイツに連れていかれるものと思い込んでいた。だが、列車はたった二時間走っただけで停止したのだ。そして、降りるように命じられた。それでわしらは降りた。列車は何もない野原に止まっていた。そして、真横には巨大な砂採取場があった。これは巨大な窪地で、砂の穴だった。列車に乗っていた護衛隊がこの採取場の縁に立ち、わしらに採取場に下りるよう命じた。それでまあ、わしらは全員理解したわけだ——やっぱりドイツにはたどり着けず、ここで一巻の終わりなのだと。ロシア人が攻勢を強めていることは収容所でも知られとった。つまり、ドイツ人どもは早くわしらを始末したいというわけだ。わしらはこの採取場に向かって歩きだした。他にどうしようがある？　周りは原野で、逃げ場などどこにもない。わしらの数は二千人くらいだった。それより少ないことはない。その採取場に下りると、座るように命じられた。わしらは座った。そして祈った。すぐに機関銃射撃が始まるとわかっていたからだ。だが、誰もわしらに銃口を向けなかった。わしらは座して待っている。自動小銃を持った護衛たちは採取場の縁に立っている。そして急に上から、わしらが下りてきたところから、二つのスーツケースを持った親衛隊員たちが現れた。彼らはそのスーツケースを開け、中から二人の老人を取り出した。というか、それはもはや老人ですらなく、何やら皆目見当のつかないもので、わしは最初、自分たちの収容所にいた、骨と皮ばかりに痩せこけた子どもたちかと思った。しかし後から、これが年老いた男女だと気づいた。二人は信じられぬほど痩せており、わしらより細く、まるで地下にでも閉じ込められていたかのように、何やら全身が白かった。髪も雪のように白く、とても長かった。親衛隊員たちは彼らを子どものように腕に座らせた。そしてわしらの方へ下りてきた。この年老いた男女は親衛隊員の腕に座ったままわしらを見つめた。その顔はとても奇妙だった。凶悪でも善良でもなく、何やら理解不能な顔。まるで、もうとっくの昔に死んでいて、何もかもがどうでもいいとでもいうような。そんな顔は一度も見たことがなかった。収容所の死にかけの人間でさえ、もっと別の顔をしていたものだ。この二つの顔はやはり実に異常だった。そしてこの二人も青い目をしていた。その目はこちらに向けられていた。だが、その視線もまた異常で、まるでわしらを貫くかのようなのだ。いいかい、人が考え事をしていて、虚ろな眼差しがどこかにじっと向けられていることがあるだろう。その目はそんな感じだった。彼らはわしらを見ながらまったく聞こえない声で何かつぶやいていた。そして、親衛隊員たちはわしらの中から何人かを連れだしに掛かった。あちらで一人、こちらでまた一人、というように。それは実に長いこと続いた。その後で、わしからあまり離れていないところに座っていた青年が連れていかれた。それはクラクフ出身のモイシャだった。わしは彼と収容所で知り合い、それどころか少しばかり親しくしていたのだ。彼はわしより年上だった。戦前は小間物店で売り子として働いとった。わしと同じく、彼も家族を残らず殺されていた。強い信仰心の持ち主で、もし神が自分を生かしておいてくれるなら、レベ（ハシディズムの指導者）になると言っていた。このクラクフ出身のモイシャはある一枚の紙を肌身離さず持ち歩いていた。それは灰色の蠟引き紙で、戦前まではニシンを包むのに使われていた。一日中、彼は紙を丸めて持ち歩いていた。晩になり、就寝が告げられ、バラックに鍵が掛けられると、彼は板寝床に横になり、手のひらの上でこの紙を伸ばした。とあるレベがゲットーで彼にこの紙を与えて言ったのだ――そら、この紙、これはお主自身だ、人生は昼の間お主を揉《も》みくしゃにするが、夜になればお主は真っ直ぐに伸び、世界を忘れ、己のまったき真実の中で再び神の御前に現れる、と。夜になると彼はいつも紙を伸ばし、それを頭の下に置いた。そして彼はこの紙に助けられた。さて、彼が大勢の中から引きずり出されたとき、この年老いた男女はなぜか非常に興奮しはじめた。実際に引きつりを起こし、体を折り曲げ、震えだしたのだ。あのとき、わしは癲癇《てんかん》だと思った。そしてわしらの中から全部で三十人ばかりが連れ出された。彼らは列車の方へ連れていかれ、車両に乗せられた。あの痩せこけた癲癇患者たちも運び去られた。そしてリーダーが護衛隊に命令を下し、護衛隊は列車に向かって歩きだした。わしらは祈りはじめた。これから銃殺されるとわかっとったからだ。わしは項垂れ、砂を見つめながら祈った。砂の中に一匹の蟻が見え、わしはこの蟻を見つめながら祈りに祈った。自分自身が蟻のようだったが、蟻よりもなお悪かった。なぜなら、蟻はこれからも生きつづけるのに、わしはこれから銃殺されるのだから！　そして急に、汽車が汽笛を鳴らし、車列をごとごと引く音が聞こえた。列車が走りだした。どんどん、どんどん、どんどん遠ざかって行く。それっきり！　列車はない。親衛隊員もいない。わしらは採取場に座っている。辺りは空っぽの原野。誰も何もわからなかった。で、わしらは立ち上がり、採取場から這いだした。そして歩きだした。走る気力はなかった。よろめきながら方々へ歩いていく。わしは三人の人間とともに歩いた、彼らは皆ワルシャワ出身だった。わしは運がよかった。なぜなら、わしらは何と言っても金髪碧眼で、ポーランド人は反ユダヤ主義者であってもなお、わしらを受け入れてくれたからだ……これはまさに……彼らは、これは……なんということだ《アゾーヘン・ベーイ》……あそこにおったのは……善良な人間も卑劣な人間も……あの女性《パニ》はヴィスラワという名で、彼女の父には片腕がなく……そして彼女たちは……彼女たちは……だが……それだけではなく……普通のように……」

　老人は欠伸をしたかと思うと、一瞬で鼾を立てはじめた。

「終わりよ」扉口に立っていたジーナが老人に近づき、毛布を掛け直した。

　彼は口を開けたまま非常に大きな鼾を立てていた。枕の上で頭が震えていた。上の階に閉じ込められている犬が鼾を聞きつけ、よりいっそう強く鳴きだした。

オリガはボイスレコーダーを仕舞って立ち上がった。ロシア語のわからないビョルンも立ち上がった。

「教えて、ジーナ、その二千人の生き残りはいるの？」

「ええ」ジーナは客たちから空になったコップを回収した。「イスラエルでパパは二人に会ったことがあるわ。十五年くらい前のことよ。だけど、彼らが今どこにいるかは知らない」

「突き止めようとしたのね、あれがすべて何だったのか？　なぜ自分たちがその二つのバラックに入れられ、連れだされ、それから解放されたのか？」

「ええ、ええ……」ジーナがつぶやきだした。「もちろん、突き止めようとしたわ……。ごめんなさい、犬の散歩に行かないといけないの」

彼女は扉を開け、狭い木の階段を駆け上がった。上の階のどこかで扉が開き、若い女の怒鳴り声がした。

「お母さんのエゴイズムには果てがないのね《アイン・グヴリヨト・レ・エゴツエントリユト・シエルハフ》！」

「お客さまなの、見てわからないの《アト・ロ・ロア・シエ・バウ・エレイヌ》？」とジーナは答え、犬を外へ出してやった。「行くわよ、ファイファー」

犬は絹のように柔らかい黒毛の大型のマスティフだった。ジーナは太いリードを引いて犬に階段を下りさせた。オリガとビョルンも後に続いた。

「それで、お父さまは何を突き止めたの？」オリガは自分のバッグを持ち上げながら訊ねた。

「パパが突き止めたのは……」ジーナが扉を開けると、犬はリードを引っ張って玄関から通りへ文字通り飛び出した。

「待って《アモド》！　並んで《リヤディ》！」とジーナは犬と格闘しながら叫ぶ。

オリガとビョルンは自分たちの荷物を持って外に出た。日差しが照りつけていた。

「それで、何を突き止めたの？」オリガは熱せられた白い歩道にバッグを下ろし、目映い日差しに目を細めた。

「青い目のユダヤ人たちは収容所の所長の個人的な命令で選び出されたの」

「何のために？」

「文書の裏付けはないんだけど……」犬はジーナを引っ張りながら通りを下っていく。「全体的に、これは何だかドイツ人のたわ言みたいなもので……」

「そのことは書かれたの？」

「え？」

屋根裏のドーマー窓が開き、巻き毛の娘が顔を覗かせて大声で叫んだ。

「お母さんのエゴイスト《イマ・シエリ・エノヒト》！」

そして、窓をバタンと閉めた。ジーナは掠れた声で鳴いている犬と格闘しながら片手を振った。

「そのことは書かれたの？　新聞には？　あるいは、他のどこかに？」オリガはジーナに向かって叫んだ。

「え？」

「そのことは書かれたの?!」

「ええ……だけど、誰も理解できなくて……もう、お前ったら……」

「何を？」

「結局、誰もそれが何だったか理解できなかったの……そして……そして……並んで《リャディ》！　並んで《リャディ》！

……そして、なぜそんなことが必要だったのかも！」ジーナはバランスを取りながら叫び、曲がり角の向こうに姿を消した。

オリガは家を振り返った。通りにいてさえ、老人の大きな鼾が聞こえた。

「彼女は何て言ったんだ?」ビョルンが訊ねた。

オリガはため息をつき、サングラスを掛けた。

「彼女は何て言ったんだ?」ビョルンが再び訊ねた。

「人生を後戻りさせることは不可能だって……」とロシア語でつぶやきながら、オリガは前方にタクシーを見つけた。「もういいわ、ホテルへ行きましょう」

車中、オリガはエアコンのせいで寒くなった。ビョルンから質問攻めに遭ったが、彼女は「後で、みんな後で」とつぶやきながらため息をつくばかりだった。

彼女がインターネットで予約したプリマ・アスター・ホテルは海から百メートルほどの場所にあった。オリガは海が滑らかで凪《な》いでいるのに気がついた。二人は一階の小さなシングルルームに落ち着いた。オリガはシャワーを浴び、リネンのブラウスとストライプのパンツに着替えたオリガは、ビョルンを自分の部屋に呼び、一つきりの椅子に座らせ、自分はベッドに腰を下ろしてボイスレコーダーに録音した老人の独白を彼に通訳した。スウェーデン人は膝の上で拳を握りしめながら、緊張の面持ちで黙ってそれに耳を傾けた。それから大きな脚と長い腕をもぞもぞさせはじめ、下唇を突き出して、深く考え込むように言った。

「真実味のある話だ。真剣に考えなくちゃならないぞ」

「ご立派な物言いね!」オリガはパックから煙草を一本取り出して火をつけながら皮肉げにうなずいた。

「どうせ君はこう思ってるんだろ、僕があまりに……」彼は話しはじめようとしたが、オリガに遮られた。

「べつに私は何も思ってないわ」彼女は鼻梁を擦った。「いい、ビョルン、私は第一に暑さが嫌いで、第二に、時差呆けがあるの」

「薬ならあるよ。僕は事前に呑んどいた」

「よかったわね。それじゃ、あなたは自分の部屋へ行って、一時間半ばかし真剣に考え込んできなさいよ。私は少し寝るから。オーケー？」

「オーケー」彼は立ち上がり、申し訳なさそうな笑みを浮かべて出ていった。

オリガは煙草を吸い終え、緑色のカーテンを引いてベッドを整えると、素っ裸になり、シーツに包まって寝転んだ。扉の上でエアコンが静かに唸っていた。

〈嗜眠症……〉オリガはひんやりする新鮮なシーツに手のひらを這わせながら考えた。〈だけど、不眠症よりはマシよね……〉

彼女は自分の腹に触った。この数日間で体が疲労していた。

〈バラックが二つ。バラックが二つ……〉指が臍《へそ》に触れ、上の方へ這っていく。〈何もない野原にバラックが二つ……希望もなければ悲しみもない……ああ、どうして私はこんなところへやって来たの……〉

指が胸の傷痕に、胸骨の小さな窪みに触れた。

〈紙。ニシンを包む紙。あれはいいわね。私もああいうことを始めなきゃ。そして、夜になったら伸ばすの……人生がお前を揉みくしゃにする……〉

彼女は寝入った。そして、トッド・ベリューの夢を見た。それは高級キッチン課のトップマネージャーで、裸で、信じられないくらい痩せていた。彼は鉄の棒を持ってホールを歩き回り、ヘブライ語で何かつぶやきながら、システムキッチンをコンコン叩いてその強度を試していた。

オリガは電話の呼び出し音で目を覚ました。目を開けると、部屋には夕闇が下りていた。ベッド脇の戸棚で電話が鳴っていた。彼女は受話器を取った。

「はい」

「ビョルンだ。オリガ、もう晩の八時七分だぞ」

「まあ……わかった、起きるわ」

彼女はシャワーを浴びて身繕いをした。そして五分後、ビョルンの部屋の扉をノックした。間もなく二人はホテルからほど近い小さなレストランに座っていた。ビョルンは地ビールとラムチョップを注文した。オリガはチキンサンドと水、それにコーヒーを頼んだ。あまり食欲がなかった。

「で、真剣に考えてみたの？」彼女は素焼きの灰皿で煙草の火を揉み消しながら訊ねた。

「ああ。あれは僕らや僕らの家族を誘拐したのと同じ連中だって気がする」

「つまり、彼らは戦前からいたってこと？」

「そうだ」

「じゃあ、あの精も根も尽き果てたような老人たちは？」

「さあね。ひょっとしたら、それが彼らのリーダーなんじゃないか」彼はビールに口を付けた。

オリガは彼の上唇の上に残った泡の筋を見た。彼はそれに気づいて唇にナプキンを当てた。

「きっと、これはどこかでファシズムと繋がってる」

「どんな風に？」

「わからない。だけど、当時の人たちも、現在の僕たちも、金髪碧眼だ。ファシストには北方人種の思想がある」

「金髪の野獣のこと？」

「そう。金髪の野獣」

「だけど、バラックにいたのはユダヤ人よ。ファシストは私たちを憎み、根絶やしにしようとした。私もユダヤ人よ。私の両親もユダヤ人だった」

ビョルンはため息をついた。

「それが妙な点だ。だけどオリガ、どっちにしろ、僕にはこれがどこかでファシズムに繋がってるって気がするんだ」

オリガは新しい煙草に火をつけた。

「どうかしら……。私と両親をさらったのは三人の碧眼連中。一人がブロンドだったのは間違いないけど、後の二人は染めてるように見えた。それから、やつらが私をあの氷のハンマーで殴ったとき、ずっと同じことを言ってたわ。心で語れ、って。私が気を失うまでずっと。それとファシズムが関係あるの?」

「さあね。直感さ」

オリガは薄笑いを浮かべた。

「滑稽なのはわかるよ。だけど、今のところは、直感だけが僕たちが持っている唯一のものだ。それ以上は何もないんだ」

「直感!」オリガは意地悪く鼻息を立てた。「白昼堂々どこぞの異常者どもが人々を誘拐して、死ぬまで打ちのめす。姿を消す。誰もそいつらが何者なのか知らない! 警察は毎年の行方不明者数を挙げる。統計! これって普通なの?」

「異常だよ。僕が警察で洗いざらい話したときだって、なかなか信じてもらえなかった。氷でできたハンマー! 〈心で語れ……〉彼らは長いこと顔を見合わせていたよ、僕の頭がおかしいと思ってね」

「私も信じてもらえなかった……。後で傷の鑑定が行われたわ。私と……(言い淀みながら)パパとママの。二人の胸骨は完全に打ち砕かれてた。私は肋骨にある骨の塊がぶち抜かれただけで済んだ。私が発見されたとき、隣に水溜まりがあった。私たちを殴った氷が解けたんだわ」

「僕は最初、てっきりあれはガラスだと思った。一度目はそれほど強く打たれなかったから。後でハンマーに罅《ひび》が入って、やっと氷だとわかったんだ。水溜まりも残ってたよ。水だけじゃなかったけど」

彼は自分の巨大な手のひらを見つめ、握っては開いた。

「そこにあったのは水だけじゃなかった。弟の喉から血が流れてた。血が……大量の血が。僕のも」

二人は黙り込んだ。

そのとき、小太りのウェイターがラムチョップのグリルを載せた大皿を運んできて、ビョルンの前に置いた。オリガはジュージュー音を立てながら肉汁を滴らせている肉を見た。ウェイターに向かって目を上げる。

「お店にロシアのウォッカはある？」

「もちろんですとも！」ウェイターは微笑んだ。「二名様分ですか？」

「そうね……」彼女は考え込んだ。「瓶ごと持ってきて」

ウェイターは驚く様子もなくうなずき、水滴の付いた〈ストリーチナヤ〉の瓶とグラス二個を手に戻ってきた。オリガはウォッカをそれぞれのグラスに黙々とつぎ、自分の方を手に取った。ビョルンが指を伸ばすと、グラスは彼の手のひらの中に消えた。

オリガは隣のテーブルに目を向けた。そこでは、三人の浅黒い中年のユダヤ人がゆっくりとディナーを楽しんでいた。

「たった四ヵ月前の出来事だなんて、私……信じられない」オリガは言った。「これはみんな……何かの夢なのよ。すごく嫌な夢。すごく……すごく……。憎い！」

そして、ウォッカを一息で飲み干した。

ビョルンはため息をついた。

「僕はもう信じることにしたよ。弟の葬式が済んでから、僕は弟の部屋に入った。そこには日記があって、僕は一度もそれを読んだことがなかった。鍵を壊して、日記を開いた。弟はあの日にこう書いていたんだ――〈今日のヨーテボリはまたもや僕の好きな空、青いコランダムの色。つまり、いい一日になるってこと〉。その後で僕は信じた、トーマスはもういないんだって。僕の弟はいないんだって」

　彼はため息をつき、自分のウォッカを飲み干した。

「青いコランダム……何それ？　石？」

「ああ。弟は地質学部の学生だったんだ。石に詳しかったよ。弟が言うには、僕の目はアレキサンドライトに似ていて、自分のはアクアマリンに似ているらしい」

「ママは言ってたわ、私の目はベルリンの紺碧の空、プラス、エメラルドの緑少々」

「お母さんは芸術家だったの？」

「いいえ、ただの修復師よ。それも大昔の話。まだ移住前」

　オリガはそれぞれのグラスを満たした。ビョルンのぎこちない手つきを見て、その晩初めて微笑んだ。

「あなたってすごく大きいのね。弟さんもそうだった？」

「もう二センチ高かった。それに、バスケも僕より上手かった。家の外では〈街灯〉って呼ばれてたよ」

　オリガは微笑みを浮かべながら彼を見ていた。

「それはスウェーデン語でなんて言うの？」

「街灯かい？　Lyktstolpen」

「リクツトルペン……」とオリガは繰り返した。

空きっ腹に注ぎ込まれたウォッカはたちまち彼女を酔わせた。

「彼らのために乾杯しましょう……。私たちの……大切な人たちのために。ただし、グラスを合わせる必要はないわ」

二人は飲み干した。だが、オリガの方が早かった。

「ロシアの女の子はみんなそんなに早く飲むの？」ビョルンは深々と息を吸い込みながら訊ねた。

「みんなじゃないわ。選ばれた子だけ。熱いうちに食べなさいよ」

そう言って彼女は彼の皿からラムチョップをつかみ取り、ジューシーな肉にかぶりついた。

「どうしてあなたは私の説を訊ねないの？」

「君の説ってどんなの？」

「アイス社が私たちをハンマーで殴った連中の正体を知ってる気がするの」

「知りやしないよ」

「あの会社の装置を見たことはある、試したことは？」

「あるとも、もちろん。試したことのないやつなんていないさ……」

「でも、あそこにも氷が出てくるでしょ！　胸を叩く氷のアタッチメントが。そして、悲しみのような気持ちを味わった後、人間の輪みたいなものが現れて、一緒にすごくいい気持ちになる」

「あれはただの新世代コンピューター・ゲームさ。言うまでもなく、センサー装置を開発したのはアイス・コーポレーションだ。彼らは、胸郭を叩くことによって人間に異常な感覚を呼び起こすとかいうツングースの氷に関する神話を生み出した。彼らはこの氷を採掘し、ツンドラから運んできて、アタッチメントはすべてその氷だけでできているとか……。だけど、これは作り話だ。氷は氷。空から落ちてきたものだろうと、地面で凍りついたものだろうと、違いはない。彼らの〈学者〉連中が何を言おうとも、ツングース隕石の氷に関する神話は、自分たちの製品を少しでも高く売るための口実に過ぎない。それに関しては多くのことが書かれている。真面目な学者たちは一笑に付しているよ。ああだこうだ議論する気にすらならない……。あの装置でアイス社は何十億も稼いだんだ。それなのに、さらに人々を誘拐して氷のハンマーで殴る理由がどこにある？」

「でも、彼らのアイディアを悪用してるやつがいるのよ！」オリガがあまりにも大きな声で叫んだので、隣のテーブルに座っていた客たちが振り向いた。

「ひょっとして、その逆は？」

「何よ、逆って？」

「ひょっとして、アイス社の方が他の連中の手法を利用しているんじゃないか？」

「氷で胸を死ぬまで叩くってこと？」

「そうだ」

「で、その手法はいったい何なの？」

「今のところは不明だ。古代のカルトの何か。例えば、ケルト人とかヤクート人とかにそんな儀式があったのかもしれない。あるいは、シャーマンが行っていたのかもしれない。まあ、インターネットでも、うちの大学の図書館でも、そんな儀式は見つからなかったけどね」

「それは一体誰なの?!　悪魔主義者《サタニスト》？」

「どうかな。むしろファシストだろう」

「それがどうファシズムと関係するわけ？」

「どこかで繋がってるんだ。確信がある。ドイツのファシストは古代の神話学を利用していた。ついでに言うと、彼らには独自の宇宙理論があったんだ。インターネットでそれを見つけた。彼らの見解によると、僕たちを取り巻く宇宙はすべて氷でできている。そして、人間の熱い意志だけがこの氷を溶かして生命のための空間を穿つことができる」

「じゃあ、一体全体なんでやつらはその氷で胸を殴るのよ?!」

「さあね。ひょっとすると、人間の意志を試すためとか？　その意志で氷を溶かすことができるかどうか」

「たわ言だわ！　そんなことのために殺人を行ってるっていうの?!」

「でも、多くの秘密結社は自分たちの目的のためなら易々と殺人を行うものだよ。正常な人間にはたわ言と思えるような目的のためにね」

オリガはラムチョップを皿に投げ捨てた。

「何者なの、やつらは何者なの？」

「その問いに答えるために、僕らはここにいる」

「誰が、誰が私の両親を殺したの?!」オリガは拳でテーブルを叩いた拍子に自分のグラスに触ってしまい、グラスが床に落ちて割れた。

「あのね、私、何だか……すっかり酔っ払っちゃった……」彼女は頭を振った。「ホテルへ戻りましょう」

「いいよ」ビョルンはバスケットボール選手のような手を挙げ、ウェイターを呼んだ。

ホテルでオリガはベッドに倒れ込んだ。ビョルンはそのそばで、頭を天井すれすれにしながら立っていた。彼が為す術を知らないのは明らかだった。

「誰が私の両親を殺したの?!」再びオリガが訊ねた。

「僕の弟を殺した連中だよ」とビョルンは答えた。

オリガは自分の両頬をぺしっと叩き、酔った笑みを浮かべた。

「あのね。私、二杯で酔っちゃった。ぐでんぐでんに酔っ払ったの！」

「色々あって疲れただけさ」

「そうよ。色々あって疲れちゃったの。飛行機の時間はいつ?」

「五時二十分」

「まあ……。起こしてくれる?」

「もちろんさ。おやすみ、オリガ」彼は体を揺らして扉の方へ足を踏み出した。

「待って」

ビョルンは立ち止まった。オリガは彼を見ていた。彼は彼女を見ていた。

「あなたは、その広州の男の人が何か知ってると考えてるのね?」

「ああ、じゃなきゃ僕たちを呼ばないだろう」

オリガはうなずいた。身を起こしてベッドに座った。

「あなたの傷を見せて」

彼は赤いザリガニが描かれた黄色いTシャツを脱いだ。オリガは立ち上がり、よろめきながら近づいた。ビョルンの胸には薄紫色の傷痕が二つあった。オリガの酔眼がこの傷痕と同じ高さで揺れていた。ビョルンは彼女を上から見下ろしていた。オリガは自分のブラウスを脱いだ。

「私は一つだけ」

大きな褐色の乳首がついた小さな胸の間の骨がわずかに凹んでいて、そこに括弧形の傷痕が白く見えた。

「やつらは私の骨の塊をぶち抜いたの」オリガは頭を上げ、ビョルンの目を覗き込んだ。「きれい?」

「ああ」彼は静かに答えた。

二人は面と向かって沈黙しながら立っていた。

「家の外であなたがどう呼ばれてたか、もう一度教えてくれない?」体を揺らし、両手で自分の白いベルトをがっしりつかみながら、オリガは訊ねた。

「Lyktstolpen」

「リクツトルペン！」彼女は笑いだした。「今のあなたのお望みは何、リクツトルペン？」

ビョルンはしげしげと彼女を見つめた。

「僕の望みは……君を四時ジャストに起こすことかな」

「ごもっともね」彼女は後ろに下がって彼を通し、壁に凭れ掛かってその上に片手を這わせた。

「おやすみ《ボン・ニュイ》、リクツトルペン」

「おやすみ《ボン・ニュイ》、オリガ」

ビョルンは身を屈めて出ていき、そっと扉を閉めた。オリガは壁を突き放すようにして離れ、ミニサイズのシャワールームに入り、洗面台に水を流した。丸い鏡に映った自分の姿を見た。

「おやすみ、孤児《みなしご》さん」

そして、鏡に水を撥ね飛ばした。

世界の上で

私は自分の心臓《こころ》より遅く目覚める。心臓《こころ》の眠りはごく短い。睡眠中でも覚めている。なぜなら、〈成就〉が近いことを知っているから。

心臓《こころ》が私の体を目覚めさせる。

私は起き上がり、自分の老いた体を整える。そしてゴルンの元へ向かう。彼は自分の白い寝床で眠っている。私は彼の体を起こす。姉妹の手でその体を洗い、油を擦り込んだ後で、ゴルンの心臓《こころ》を起こす。心臓《こころ》が目覚める。私はこの瞬間を崇めている。

今日の彼の心臓《こころ》の目覚めはことのほか素晴らしい。力と清澄さがその中で輝いている。今日のゴルンには世界を見る準備ができている。

今日、私は彼に世界を見せる。

私たちの大いなる過ちである世界。私たちはそれを正さなくてはならない。

ゴルンは食堂に座っている。私は彼に果物を差し出す。彼はそれを呑み込む。果物がどんな木に生《な》ったかなど訊ねもしない。これらの果実の形態には無関心なのだ。ただ食べている。心臓《こころ》の知恵が彼とともにある。彼はもはや肉機械の街から来た少年ではない。彼は私たちのもっとも貴重な兄弟だ。

彼の唇は地球の果実でべとべとになる。私はその唇を拭いてやり、水をつぐ。彼は飲む。私は彼を連れて〈家〉を出る。彼は私たちを取り巻く世界を見る。この世界を見通す。彼の心臓《こころ》にはもうそれができる。世界の本質を見る準備ができているのだ。

今日、ゴルンに彼が知らねばならないものを見せる。私は彼の手を取る。ともに岸へと向かう。何十億年も前に私たちによって創られた大海原が足元で波打っている。兄弟姉妹たちは私たちの背後に立ち、空を見上げている。そこに一つの点が現れ、近づき、大きくなる。この白い機械は、空を飛んで水に浮かぶことができる。機械は大海原に着水する。私たちを待っているのだ。私はゴルンを、水面を泳ぐことのできる小さな機械へと連れていく。この機械は私たちを乗せ、白い飛行機械の方へ向かって水上を泳いでいく。ゴルンは私の手を握りながら立っている。見ている。質問もせずに。彼の心臓《こころ》は予感している。けれども、私が自分の心臓《こころ》で彼の心臓《こころ》に触れることはない。私は準備を整える。

飛行機械に泳ぎ着き、私たちは乗り込む。扉が閉まる。機械が大海原の水面から飛び立つ。高く高く上昇する。そして空中を飛ぶ。ゴルンは窓の外を見る。私たちの島を、私たちの〈家〉を見る。岸に立つ兄弟姉妹を見る。兄弟姉妹が私たちから遠ざかっていく。ゴルンの心臓《こころ》が燃え上がる。兄弟姉妹たちと離れるのは初めてだからだ。彼の心臓《こころ》がおののく。他の心臓《こころ》たちと別れたくない。失いたくないのだ。私は横に立って見ている。けれども、助けはしない。ゴルン自身が対処せねばならない。彼ならできる。

彼の目に涙が溢れる。彼は兄弟たちを失う。彼らは小さくなっていく。点に変わる。この世でもっとも愛おしいものが消える。ゴルンは急に悲鳴を上げる。彼の手が私の手を放す。彼は窓に飛びつく。顔がガラスに押しつけられる。目から涙が迸る。

「ちょうだい！　ちょうだぁぁい！」彼はガラスに向かって叫ぶ。

けれども、もっとも愛おしいものたちは消え失せる。私たちの島はすでに点になってしまった。大海原の水面にかろうじて見分けられるくらい。島は海に沈む。私たちが創った海。ゴルンが創った海。

「ちょうだい！　ちょうだぁぁい！　ちょうだぁぁい!!!」ゴルンはもがく。

私は身を固くして立っている。助けには入らず。

「ちょうだい！　ちょうだい！　ちょうだぁぁい!!!」彼の体が吠える。

「ちょうだい！」彼の脳が吠える。

けれども、心臓《こころ》は今のところ沈黙している。

島が大海原に消える。恐怖がゴルンをとらえる。彼の体が竦《すく》む。顔がガラスに押しつけられる。凍りついたように動かなくなる。彼の脳は大海原が家族を呑み込んだと認識する。

私は固まる。

そして、下界では兄弟姉妹たちが固まる。

私たちは待つ。

私たちは信じる。

私たちは欲する。

そして、ゴルンの心臓《こころ》が燃え上がる！　愛しい心臓《こころ》たちの方へ引かれる！　心臓《こころ》たちを見る！心臓《こころ》たちは生きている。大海原に呑まれたのではない。ゴルンは島の全員を見る！　そして彼が彼らを見るのを、私が見る！

私は彼に向かって身を投げる。背後から抱きしめる。助け、方向づける。

彼は自分の発見のせいで動けなくなっている。兄弟姉妹たちはすぐ隣にいるのだ。目が見るのではなく、心臓《こころ》が見る。一人一人を！　ゴルンは彼らを見ている。そして私はそっと彼を助ける。

そして、私たちは**初めて**一緒に見る。そして、私はすべてが成就することを理解する。そして、私は彼とともに自分たちの偉業を成し遂げる。そして、私は初めて見るかのように彼の心臓《こころ》を見る。そして、彼は私を感じながら見る。そして、兄弟姉妹たちが下界から私たちを見る。

鉄機械が私たちを乗せて空中を飛んでいる。私とゴルンは大海原の上を飛んでいる。私はゴルンを抱きしめる。彼を助ける。彼の心臓《こころ》が目覚めてからというもの、実に学習が早い。すでに多くを為し得る。けれども、今、それは自らのために新たなことを発見した。そう、非常に遠くのものであっても見ることができる。水平線の向こうにあってさえ、兄弟姉妹を見ることができる。私の心臓《こころ》と一緒なら、**全員直ちに**見ることができる！

けれども、そのためには準備が必要になる。

すべての仲間を見るためには、彼らがいる世界を知り、理解しなくてはならない。世界を手のひらに載せることができなくてはならない。ゴルン、あなたが毎朝口にするリンゴのように。なぜなら、世界があなたにとってリンゴ以下となったときにだけ、あなたは偉業を成し遂げることができるのだから。

ゴルン、私はあなたを支える。

私はあなたに世界を見せる。

ゴルンは理解する。彼は世界を理解することを欲する。けれども、自分から私に頼むことはできない。心臓《こころ》で私は彼の方へ向かう。私の心臓《こころ》が彼の心臓《こころ》をつかむ。私たちはともに見る。世界が私たちの下にある。七度、私はゴルンとともに世界を見なくてはならない。彼が私たちの足下にあるものを理解するには、それだけで事足りる。世界に対する七つの視線で充分なのだ。私たちは見る。

第一の視線――静は動より完全である。氷は水より完全であり、石化した植物は生ける植物より完全であり、運動の不在は運動自体より完全であり、静寂は音より完全であり、行為の不在は行為自体より完全である。平安は最高の完全さである。

第二の視線――完全な世界の基底には平安と統一、分割不能性と均一性があり、完全な世界は変化も発展もしてはならない。というのも、いかなる発展も統一を乱し、損失と変化を来《きた》すからである。平安と統一に発展は不要であり、発展の不在は永遠をもたらし、永遠はあらゆる世界より完全である。

第三の視線――世界の単純さは世界の完全さを証している。世界が単純であればあるほど、世界が変化に晒されることは少なくなり、永遠に近づく。複雑にできた世界は移ろいやすく儚いものであり、世界の平安と世界の不変の調和を乱しながら急速に自壊する。

第四の視線――石は植物より完全であり、植物は動物より完全であり、動物は人間より完全である。人間は私たちが創った地球においてももっとも不完全な存在である。

第五の視線――人間の不完全さは不安を生み、不安は不安定さを可能にし、不安定さは再生産の欲求を導き、再生産は戦争を促し、戦争は人間を繁殖させる。人間は出産の継続に依存しているため不自由で自立しておらず、先行世代の交代を抜きにして人間を観察することはできない。

第六の視線――人間の不安定さは動植物にまで広がり、彼らを殺し合わせては繁殖させ、繁殖させては殺し合わせ、地球世界の不安定さを強める。

第七の視線――不安定な地球世界は自らの周囲に破滅をもたらす不安定さの波を広げ、宇宙の不安定さを生み、その原初の完全さを乱す。宇宙はちっぽけな地球のために壊れ、地球は崩壊の中心となる。

ゴルンは世界を見た。

彼はそれを見る。

そして理解する。ゴルンの両手のひらがガラスに押し当てられる。私は彼の片方の手をつかむ。

世界はリンゴのように手のひらの上にある。今や世界は不動だ。安らかに熟視することができる。

世界にはゴルンとフラムから隠れる場所はどこにもない。

ゴルンは幸福だ。彼の心臓《こころ》は力を呼吸している。

彼は何ができるかを理解している。

そして私は恍惚となって目を閉じる。

チンジウ

エルサレム発香港行きのボーイング７４７は九時三十分に着陸した。十一時三十六分にオリガとビョルンは中国大陸の国境を越え、列車に乗り込んだ。十二時四十分、広州の都心にあるホテル〈グアンジョウ〉にチェックインした。十三時〇〇分、ホテルのロビーにある、二匹の金色の龍が巻き付いた煙色のガラス製の二メートルもの球体のそばで落ち合った。

「なぜか禁煙室だったんだけど」オリガはプラスチック製のカードキーを札入れに仕舞った。

「何なら交換してもいいよ」ビョルンは急に白と金色のカウンターの方へ振り向いた。その向こうには象牙色の制服を着た四人の娘の姿がくっきりと見えた。

「いえ、いいの。後で」オリガはビョルンのビデオカメラのストラップをつかんだ。「ここで吸えないかしら？　あ、あそこに灰皿があるわね……」

二人はきらきら輝くチョコレート色の革が張られたずっしりした安楽椅子に近づき、腰を下ろした。オリガは煙草に火をつけた。

「あなたは中国に来たことある？　あ、ごめんなさい！　前にも訊いたっけ……」

「九年前、北京に」ビョルンは微笑みを浮かべながら繰り返した。

「うーん……」彼女はガラス扉の向こうの通りに目をやった。「ここは香港より汚いわね。それほどでもない？」

「今のところ気づかなかったけど」

「ねえ、その男の人はもうここには長いの？」

「それがさっぱりなんだ。僕が知ってるのは、彼がイギリス人で、七ヵ月前にエジンバラで僕らと同じ目に遭って、臨床死と判断されたってことだけ」

「それはすごいわね……。まあ、私だって長時間気絶してたけど。よくわからない夢まで見たもの。火事の夢。自分の昔の子ども部屋に火がついて、一緒に自分のスリッパや足が燃えるの。そして足の爪が溶けだして……。きっと、あの地下室が相当寒かったせいね」

ガラス扉が静かに開き、中背のブロンド男が早足でロビーに入ってきた。淡い色のショートパンツを穿き、椰子の木が描かれた淡い色のシャツを着ている。背中には鍔広のパナマ帽がぶら下がっていた。

「ビョルン・ワシュベリ?」ブロンド男が近づいてきて訊ねた。「俺はマイケル・レアード。ご機嫌いかが?」

「こんにちは、ミスター・レアード。ビョルンです。こちらはオリガ・ドローボト」

「よろしく、マイケル」オリガの方からブロンド男に手を差し出した。

彼の外見は四十過ぎだったが、それでも若々しく見えた。顎が尖り、頬が瘦《こ》け、軽い鉤鼻のほっそりした顔は、愛想よさげで、意志が強そうだった。黒に近い暗青色の目は知的で率直そうだった。

「列車で着いたばかりかい? 疲れただろう? 蒸し暑さは普通に我慢できる?」矢継ぎ早に質問が飛ぶ。

「七月のニューヨークよりはマシね」オリガが答えた。

「君はアメリカ人?」

「もう十五年になるわ」

「素晴らしい。俺がアメリカに行ったのは一回きりだ。それも大昔の話」

「僕もです」ビョルンが立ち上がった。

「同病相憐れむ仲ってわけね」オリガがまとめた。

三人は笑いだした。

「腹は空いてる?」マイケルが訊ねた。

「私はぺこぺこ!」オリガは自分の太腿をぴしゃりと叩いた。

「そいつはよかった。すごくいいレストランを知ってるんだ」マイケルはパナマ帽をかぶった。

「行こうか？」

三人はホテルを出てタクシーを拾った。マイケルは中国語で口早に所番地を告げた。ニッケルめっきの柵で乗客から隔てられた、短髪できちんとした身なりの非常に若い運転手は、彼らを乗せ、じりじりと照りつける日差しに浸された蒸し暑い広州を走りだした。

「中国語を知ってるの？」オリガが訊ねた。

「話し言葉はね。少しだけ。三ヵ月もあれば覚えられるよ。漢字の方がはるかに難しい」

タクシーが古びた原付やバイクに乗った中国人の集団を追い越した。彼らはパトカーから逃走中で、皆バイクヘルメットをかぶり、色褪せた繋ぎを着て、サンダルを履いていた。タクシーの運転手はぶっきらぼうに何か言い、チッと舌打ちをした。バイカーたちは猛烈にエンジンを噴かしながら横丁に急カーブし、警察が後を追って曲がった。

「何かあったのかしら？」オリガが訊ねた。

「日常茶飯事だよ」マイケルはあまり清潔でない窓を横目で見た。「白タクの連中だ。タクシー運転手のライバルでね。ああいうのは禁止されていて、警察が定期的に張り込んでいるんだ」

「あれの方が安いの？」

「もちろん」マイケルはにやりとした。「ある知り合いのイギリス人が愉快な目に遭ってね。地元の大学で中国語を学んでいる女の子なんだが。夜遅く、学生同士の飲み会の後でああいうバイカーを拾い、値段の取り決めをして住所を告げたんだ。すると、急に警察が現れた。さては白タクだな、ってわけさ。そこで、この女の子はバイカーを助けてやることにしたんだ。彼は白タクなんかじゃなくて、自分の中国人ボーイフレンド、私たちはこれから夜総会《イエゾンホイ》（ナイトクラブ）に行くの、と言って。警官たちは大笑い。彼女にはその理由がわからない。そこで、そのヘルメットをかぶった中国人ボーイフレンドが彼女の方に顔を向け、警官が懐中電灯をつけた。そこに現れたのは、歯のない中年の農夫だったのさ！」

　ビョルンとオリガは笑いだした。マイケルは美しい唇の端で微笑んでいた。

　タクシーが到着し、ビョルンが支払って降りた。レストランのガラス張りの大きな建物は赤い提灯と多彩な紙飾りで飾られ、入り口の前には赤いチャイナドレスを着た八人の娘が二列で並んでいた。オリガとビョルン、マイケルが近づいた途端、娘たちは大声で「歓迎光臨《ファンイングアンリン》！（ようこそいらっしゃいませ！）」と歌うように言ってお辞儀した。

　レストランを入ったところは動物園になっていた。水槽や金網や檻の中で、食用の生き物たちが泳いだり、もぞもぞしたり、ただただ命運尽き果てたようにじっとしたりしていた。そこにはありとあらゆる魚や、亀、蛇、ゲンゴロウ、カイコガの幼虫、鶏、ネズミ、モグラ、猫、さらにはもの悲しげな犬までいて、毛を縺れさせ、追いつめられたような目をしていた。

「で何、全部食べられるわけ？」オリガが訊ねた。「猫まで！　ぞっとするわ……」

「ここには〈竜虎の戦い〉っていう看板メニューがあってね。犬と蛇の焼き肉を混ぜたものなんだが」マイケルが説明する。

「悪夢ね……」オリガは顔を顰めた。「いえ、私は魚だけにしとくわ」

「僕も」ビョルンは辺りに目を走らせた。

　深紅の唇をした娘が近づいてきた。グレーのカーディガンに黒いスカートを身につけ、白い手袋をはめた手にはメモ帳を持っている。少し相談してから、マイケルは皆のためにロブスターを注文した。半分は刺身にして、残り半分はショウガとタケノコを添えて焼いてもらう。それから、ワンタン・スープと骨抜きの鯉も。娘はメモ帳に注文を書き取り、厨房へ駆けていった。同じ深紅の唇をした同僚が客たちをホールへ案内した。ランチタイムで、レストランは満杯だった。ここで食事をしているのは裕福な中国人たちで、ホール中央には、背の高い強力なエアコンに囲まれるようにして、赤と金色の〈幸〉の漢字が立っていた。

「離れた席の方がいいだろう」マイケルが提案し、オリガとビョルンはうなずいた。

間もなく三人は小さな個室に入り、透明な円板付きの回転テーブルに着いた。二人のウェイトレスが温かいナプキンで彼らの手を拭き、氷入りの水と緑茶、クルミや野菜の前菜を盛った皿を円板に置いた。娘たちが出ていくと、マイケルが口を開いた。

「どうか胸を見せてほしい」

そんな頼みに驚く様子も見せず、ビョルンとオリガは自分たちのTシャツを捲り上げた。マイケルはそれを見てから、椰子の木がプリントされたシルクシャツのボタンを外した。彼の日焼けした胸の中心には薄紫色の小さな傷痕が三つあった。

「三回殴られたんですか?」ビョルンが訊ねる。

「覚えているのは二回だ。その後で気を失った」マイケルは割り箸を割り、器用にクルミを挟みながら答えた。

「それってどこで起きたの?」オリガが訊ねた。

「エジンバラ」

「誘拐されたの?」

「そうだ。仕事から帰る途中でね。どこぞのご婦人が、ジープのトランクを開けるのを手伝ってほしいと頼んできたんだ。開けてやった途端、俺は中に引き摺り込まれ、マスクを押しつけられた。気がつくとどこかの家の中で、壁に磔《はりつけ》にされていた」

「一人で?」オリガが訊ねた。

「いいや、他に一組の若い男女がいた。彼らもブロンドだった。死ぬほど殴られたみたいだった。いずれにせよ、あんなに殴られて生き延びられたとは思えないが」

「で、それから？」

「それから、俺は夜更けに港で目を覚ました。胸を傷つけられたってのに、俺はすごくいい気持ちだった。酒場《パブ》のそばの水溜まりに寝転びながら、星を見上げていた。この星たちの他には何も必要なかった……。俺は警察に拾われた。そして、血中からヘロインが検出された。当然、氷のハンマーを持った碧眼の誘拐者たちの話は警官たちを微笑ませるだけだったよ。その後でものすごく気分が悪くなった。蘇生医の手を煩わせることになった」

「ヘロインね……」オリガはぼんやりとクルミをつかんだ。「私の血中からは普通のアルコールが検出されたわ」

「僕と弟はただ単に川に投げ捨てられた。だけど、弟はそのときにはもう死んでたんだ……」ビョルンが言った。

「そのことはメールで書いていたね」マイケルは嘆息した。

ウェイトレスたちが刺身とスープを運んできた。

「ずいぶん早いのね……」オリガは驚いた。

「中国式さ」マイケルは微笑み、それから提案した。「よければ、少し冷えたサケでも？」

「中国でもサケを飲むの？」オリガは自分の割り箸をバリッと割った。

「ここじゃ今、日本のものが色々流行ってるんだ。サシミを注文したんだから、サケだって飲んでいいさ」

「中国語で〈サケ〉ってどう言うの？」

「清酒《チンジウ》」

「チンジウ……」オリガが言った。

「チンジウ」ビョルンが繰り返した。

「チンジウ！」マイケルがウェイトレスたちに向かって言うと、彼女たちはうなずいて出ていった。

オリガは、薄くおろして大きな皿の上に並べられた、薄桃色をしたロブスターの刺身を見てふうとため息をつき、テーブルに箸を放り投げた。

「何だか私……何も喉を通らない。ねえ、マイケル。あなたはやつらの正体を知ってるの？　あの異常者どもは何者なの？　私たちを氷で殴ったのは誰なの？　私の両親とビョルンの弟を殺したのは誰なの？」

マイケルはクルミをよく嚙んで食べてから箸を置き、ナプキンで口を拭った。そして、確固たる口調で言った。

「知っている」

「誰なの?!」オリガはほとんど叫んでいた。

マイケルは自分の前で手を組んだ。

「オリガ、これは大規模で強大な組織だ」

「アイス・コーポレーションと関係してる？」ビョルンが訊ねた。

「まさに直接的な関係がある」

オリガとビョルンは顔を見合わせた。

「なぜ彼らはそんなことをするわけ？」オリガが訊ねる。

「彼らは仲間を探しているんだ」

「仲間って、どういう意味？」

「光の兄弟たち」

「その光の兄弟たちってのはいったい何者なの？」

「二万三千の原初の光のことだ。これらの光は宇宙を産み、あらゆる恒星や惑星を産んだ。そして後《のち》に誤って惑星地球の生物に宿り、人間へと進化した。光の兄弟たちの数は二万三千人。彼らは世界中に散らばっている。そして、再び原初の光に戻ることを渇望している。そのためには、互いを見つけ出し、輪になって心臓《こころ》で語らなければならない。それが行われれば即地球は消滅し、彼らは再び光に戻る」

テーブルに長い間が生じた。

「つまり、ただのセクトってこと?」オリガが訊ねた。

「そう言ってもいいだろう」マイケルは緑茶に口をつけながら同意した。

「氷はどう関係しているんですか?」ビョルンが訊ねた。

「ツングース隕石の氷が兄弟たちの眠っている心臓《こころ》を起こす。それで胸骨を打てば、心臓《こころ》の中で眠っている光が目を覚ますんだ」

「だけど……アイス社の装置にも同じような効果があるじゃない! あれだって小さな氷のアタッチメントで胸をこつこつ叩いて、ユーザーは快感を覚える。会社の広告で言ってるみたいに、あれがまさにそのツングース隕石の氷よ。だけど、どこぞの兄弟団やら原初の光やらの話は出てこないわ」

「装置に使われている氷はツングース隕石とは何の関係もない。あれはただの凍らせた水だ」

「それじゃ、彼らは何のために装置を作ったの?」

「装置はアイス・コーポレーションがいくつかの目的のために作り出した」

「目的?」

「そう、第一に、これは大金になるし、合法化のチャンスだ。第二に、もし警察が金髪碧眼の人間の誘拐事件や氷のハンマーによる殴打事件に遭遇しても、これはちょっと頭のおかしい装置のユーザーのたわ言に過ぎないと考える。装置は光の兄弟たちの衝立なのさ。その後ろに多くのものを隠すことができる」

　ウェイターが三本の白い徳利を手に入ってきて三つの白いお猪口に酒をなみなみとつぎ、客たちの前に置いて出ていった。オリガとビョルンはマイケルを見つめ、彼がたった今口にしたことを理解しようと努めながら座っていた。

　ビョルンが最初に沈黙を破った。

「あなたのサイトであのろくでなしどもに誘拐された人たちの話を三十ほど読みました。警察や特殊機関は今に至るまで本当にそのことに関心を寄せてはいないのですか？　彼らは、僕らがみんな、ヤク中か頭のイカれたゲーマーだと思っているのですか？」

「世界中で行方不明になるのは何も金髪碧眼の人間だけじゃないからね。人間が姿をくらますのはまったくありふれたことなのさ。特殊機関がアイス・コーポレーションに興味あるかって？　もちろんあるだろうとも。だけど、俺や俺の友人たちは独自の調査を行っている。今、我々には相当な資金があるんだ。俺の身にあの出来事が起こったとき、俺も君たちと同じようにあらゆるドアをぶち破り、実行者どもを探し出そうとした。見つけることはできなかった。だがその代わり、自分と同じような犠牲者たちに出会えた。胸骨に同じ傷痕を持つ者たちに。そして、彼らはそれを行っている者たちの正体を知っていたんだ」

「彼らはどうやって知ったの？」

「それは長い話になる、オリガ。最初の個人調査が始まったのはまだ六〇年代のことだ。それから、胸に傷痕を持つ人々が団結を始めた。力を合わせれば、多くのことを突き止めることができる。今や我々の数はすでに百八十九人だ」

「百八十九人ですって?!」オリガは感嘆の声を上げた。

「百八十九人。君たちも含めて」マイケルは微笑んだ。

「それで……彼らはどこにいるの？」

「ここにいる」

「全員？」

「ああ」

「だけどどうして……広州に？」ビョルンが訊ねた。

「なぜなら、ここが兄弟団のねぐらだからだ。やつらはここにいる。だから我々はここにいなくてはならないんだ」マイケルの顔が険しくなり、口がへの字に曲がった。「勝利したいなら、復讐したいなら、我々はここにいなくてはならない」

彼は冷酒が入ったお猪口を手に取った。痩せてごつごつした頰を膨らませながらしばし沈黙していた後、口を開いた。

「オリガとビョルン。君たちの到着とともに我々はまた大きくなった」

ビョルンは自分のお猪口をつかんだ。オリガも少し手間取りながら自分のをつかんだ。マイケルのこの意外な厳格さを彼女は明らかに気に入っていた。彼は二人に自分のお猪口を差し出した。

「我々に、そしてやつらに抗して、乾杯」

ビョルンとオリガはお猪口を触れ合わせた。そして飲み干した。

マイケルは二人を見て、満杯のお猪口をテーブルに置いた。オリガとビョルンは訝しげに彼を見ていた。彼はふうと吐息を漏らし、手を組んだ。そして言った。

「すまない、一つ警告し忘れていた。光の兄弟はアルコールを嗜《たしな》まないんだ」

オリガは一瞬だけ彼の黒っぽい碧眼を見つめていたが、その後で悲鳴を上げ、テーブルからドアの方へ逃げようとした。だが、足がいうことをきかなくなって、頭がぐったりと垂れ、体が床に倒れた。ビョルンは椅子をひっくり返しながら急にすっくと立ち上がったが、瞬く間にぐらりとよろけ、倒れかかった。マイケルは彼のショートパンツのベルトをつかんで仰向けに倒れないようにさせ、自分の方へ引っ張った。ビョルンはテーブルに倒れ、顔面をスープに突っ込み、胸を刺身の皿にぶつけた。大きな手でマイケルの手首をつかんだが、無駄な足掻きだった。マイケルはたくましいがすでに無力なその手を自分の手首から払い落とし、ビョルンの肩を押した。ビョルンは食器を割りながらテーブルから床にずり落ちていった。

マイケルは赤いナプキンの山から一枚抜き取り、自分の顔やシャツについたスープの飛沫を悠然と拭き取った。

先ほど酒を運んできたウェイターが扉口に現れた。倒れている者たちを一瞥してから訊ねた。

「いつものように?」

「いつものように」マイケルは箸でクルミを挟みながら答えた。

死んだ雌犬の仲間たち

オリガは目を開けた。彼女が横たわっていたのは、窓のない二人部屋の、プラスチック製ベッドの下の段だった。天井のマットなランプシェードに蛍光灯の明かりがともっている。鋼の扉の覗き穴が微かに光っている。扉の上にある円い通風口のリブから冷気が流れている。

オリガは身じろぎした。まるで自分の体ではないみたいに、力が入らなかった。手のひらを目元に近づけた。拳を握って開いた。そして、着ている服が自分のものでないことに気づいた。灰色のリネンのズボンにお揃いの上着。足には白い靴下。オリガはベッドの上で身を起こした。新しい白い靴下を履いた両足が平らなコンクリート床に触れた。ベッドの前に黒いスリッパがあるのに気づいた。床に立ち上がり、ベッドの上の段を覗いた。誰もいない。からからに乾いた唇を舐めた。ひどく喉が渇いた。そして、たちどころに思い出した。ビョルン、レストラン、ロブスターの刺身。そして、黒に近い青の毅然とした目。

「レ……レアード」と彼女は掠れた声で言い、再び唇を舐めた。

重い、いうことをきかない頭を振った。

「レアード。マイケル……。サケ」

扉が開いた。青い制服姿の中国男が白い警棒を手に入ってきた。脇へ退き、頭を振って〈出ろ〉と合図する。

オリガは顔を顰めて彼を、そして扉の向こうの薄緑色の廊下を見た。

「何か飲ませて」

中国人は同じ仕草を繰り返した。そして、警棒で自分の手のひらをピシャリと叩いた。オリガはスリッパを履いて部屋を出た。するとたちまち、彼女の行く手に最初の男のコピーのような第二の中国人が現れた。

〈兄弟なのかしら?〉オリガは陰気に考えた。

オリガの背後で扉が閉められ、鍵が掛けられた。第二の中国人がついてこいと身振りで示した。オリガは思い通りに動かないへなへなの脚を苦労して運びながら歩きだした。スリッパが床を擦る。廊下は短く、突き当たりにはダイヤル錠が掛かった扉があった。中国人がダイヤルを合わせ、扉が開いた。双子の警備員はあっという間にオリガを広々とした部屋へ押し込んだ。扉がバタンと閉まった。

最初の瞬間、オリガは自分が入ったのは食肉加工コンビナートだと思った。灰色の作業服とエプロンを身につけた数十の人々が何やら羊に似た小さな胴体に掛かり切りになっており、動くコンベアーのフックから胴体を降ろしては、皮を剝ぎ、切り目を付け、平らに延ばしていた。マスクを着けて作業している者もいた。作業場は明るかったが、先ほどの部屋と同じく窓はなかった。イージーリスニングが小さな音でかかっていた。そして、強力な換気装置が作動しているにもかかわらず、仄《ほの》かに屍肉の臭いが漂っていた。

オリガは足を踏み出した。

数人がちらっと彼女を見た。皆、ヨーロッパ人だった。そして一人残らず金髪だった。彼女は低速で動いているコンベアーのベルトに近づいた。鋼のフックに吊されているのは死んだ犬で、最初はそれを羊と取り違えたのだった。

背の低い猫背のブロンド男がオリガに近寄ってきた。眼鏡を掛け、鼻は高々としていて、耳がやけに張り出している。円く分厚いレンズ越しに濁った青い目が穏やかに彼女を見ていた。

「新入りか？」と彼は訊ねた。

「私はどこにいるの？」オリガは彼の灰色の作業服の肩の部分に〈77〉と白い小さな番号が書いてあることに気づいた。

自分の左肩に目をやると、そこにも番号があった。さっきの部屋では気づかなかった。

「百八十九か」眼鏡男は声に出して読み、骨張った指を部屋の遠い端へ向けた。「あんたはあののっぽの男と一緒だったのか？　アメリカ人か？」

フックから死んだ犬を降ろしているビョルンの姿がオリガの目に入った。彼はゴム手袋をはめた大きな手を彼女に向かって振り、道具を脇へ置くと、通路を歩いて彼女の方へ向かってきた。短い防水エプロンはビョルンには明らかに小さく、おかげで不恰好に見えた。そしてまさしく、ビョルンのどでかい膝で蹴り上げられるこの短いエプロンが、不意に、本当の意味でオリガを目覚めさせたのだった。目に涙が溢れ、彼女はビョルンの胸に飛びつき、わっと泣きだした。ビョルンは犬の血で汚れたゴム手袋で触らないようにしながら、ぎこちなく彼女を抱きしめた。

「仕方ない、話は後回しだ」眼鏡男はオリガの震える背中をぽんと叩き、壁の大きな時計に目をやった。「もうじき昼飯だ。今は彼女と一緒にいてやりな」

ビョルンはうなずいた。眼鏡男は安心させるように監視カメラに手のひらを向けて立ち去った。オリガはビョルンの太陽神経叢に顔を埋めて啜り泣いていた。彼の作業服は汗と屍《しかばね》の臭いがした。労働者たちは抱き合う二人に同情の眼差しをちらちら向けていた。

ようやく落ち着いたオリガは、自分の作業服の袖で目を拭いた。

「君は二日間眠ってたんだよ」ビョルンは彼女を見下ろしていた。

彼の頬骨に小さな痣があった。

「やつらに殴られたの?」オリガは痣に触れた。

「いや。これはテーブルにぶつけたんだ。倒れたときに。君は大丈夫?」

「全然平気!」オリガは辺りを睨んだ。「これは何なの?」

「行こう、僕が全部話す」

「みんな、何してるの?」彼女は彼の手袋に付着した血を見た。「なんて汚らわしい……。これは何——犬の食肉加工コンビナート?」

「近いね。僕は昨晩からここにいる」

「どうして?」

「早く目覚めたんだ。不眠症なのかな……」彼は努めて冗談を口にしようとし、監視カメラを横目で見た。「僕のところに来て。ここには職務怠慢に対してものすごく痛い罰則規定があるんだ」

彼はオリガを自分の作業場へ連れていった。金属製の台には一匹の犬の屍が横たわっていた——

雑種、暗赤色、年老いてすり減った黄ばんだ犬歯、垂れた乳首、半分閉じた生気のない目。犬の縺れた毛や爪に付着した霜から察するに、少し凍っているようだった。犬肉と屍肉の臭いが仄かに漂ってくる。肢や腹の皮には切り目が入っていた。それをしたのは、隣の台で作業中の明るい金髪のずんぐりした青年だった。そうやって彼は一つ一つの屍に切り目を入れているのだ。ビョルンは特別な電動ナイフをつかみ、あまり器用ではない手つきで一生懸命犬の皮を剝ぎはじめた。屍肉臭が強まった。

「何なの……」オリガは顔を背けた。

「あそこにマスクがある」ビョルンが示した。

オリガはフックからマスクを外し、身につけた。

「あなたは?」

「今のところは要らない」ビョルンは首を横に振った。「この方が話しやすいし」

「私たちはどこにいるの?」オリガは新しい中国製のマスク越しにこもった声で言った。

「さあね。カタマリの下だって話だ」

「〈氷〉の下ってこと?」

「ああ」

「誰が言ってるの?」

「ここにいる連中さ」

「彼らはどういう人たち?」

「僕らと同じだ」

「彼らも……殴られたの?」

「ああ。そして、彼らもかつてあのマイケルのサイトを覗いたんだ。それから先は、全部僕らと同じ。悪と戦うためにここへやって来た。要するに、間抜けは僕と君だけじゃなかったってことさ……」

「だけどどうして……」オリガはバリッと音を立てて屍の脚から剝がれる犬の皮を眺めていた。

「あなたは……つまり……彼らは……どうして、どうして、どうしてこんな?!」

「何がだい？　どうして僕らがここにいるのかって？　僕に訊かれても困る」

「どうしてこんなことを？　なぜこんな下劣なことをするの?!」

「なぜ犬の皮を剝ぐのかって？　それはね、ほら、あそこの作業場の端で女の人たちがこの皮からバンドを切り取ってるだろ。その後どこかでバンドを使って氷を柄に括りつける。そうして氷のハンマーのできあがり、ってわけさ」

「そんなことどこから知ったの？」

「ああ、同病相憐れむ仲間たちと一夜を過ごしたからね」

「でも……それなら、どうして私はこんなに長く寝てたの？」オリガは会話の妨げになるマスクを外した。

「それはさっきも訊いたろ」ビョルンは真面目に答えた。「ほら、手袋をはめて手伝ってくれ」

「私はこんなクソみたいなことやんないわよ！」

「電気ショックを食らうぞ。それに、飲み食いもさせてもらえなくなる」

「そうだった」彼女は思い出した。「私、喉が渇いてるの」

「あそこの隅に給水器がある」

オリガは監視カメラを見た。

「で、今から何をすればいいの？」彼女は憤懣やるかたない様子で訊ねた。「クズ野郎ども！　明後日にフィラデルフィアで契約を結ばなくちゃいけないのよ！　解雇されるわ！」

ビョルンは苦笑した。

「思うに、僕らはもうクビになったんじゃないかな。文字通りの意味で」

オリガは彼をつくづくと眺めた。

「私たちは何をすればいいの？」

「犬の皮を剝ぐ」彼は真面目に答えた。「そして、激しい動きをしないこと」

「はあ？」彼女は憤って目を細めた。「激しい動きですって⁈　ええ、やつらを根絶やしにしてやるわ、あの悪党ども！」

彼女は回転する監視カメラに拳を見せつけ、大声で叫んだ。

「ファック・ユー！」

カメラが一瞬オリガに向けられた。労働者たちは息を吞んだ。上の、壁から張り出した小さなバルコニーの扉が静かに開いた。中から制服姿の中国男が出てきた。腕組みをし、オリガをじっと見つめる。両脇の二つの扉も開いた。そこから警備員たちが現れた。

オリガの唇は憤りでわなわなと震えた。しかし、ビョルンが犬の血で汚れた手袋をはめた手で彼女の手首をつかんだ。

「オリガ！」

死んだ冷たい血が彼女を動けなくさせた。

「オリガ」

彼女はビョルンに目を移した。しかし、彼女の唇は相変わらず憎悪で歪んでいた。

「僕らを殺すなんて、やつらには造作もないことだ」ビョルンが言った。「そのことを理解してくれ」

彼女は穴が開くほどビョルンを見つめていた。

「それと、もう一つ理解して。これは全部、大真面目なことなんだ」

彼女は中国人たちを見た。彼らは身じろぎせず彼女を見つめていた。ビョルンはペーパータオルでそっと彼女の手首を拭いた。そして、彼女の両手に新しい手袋をはめにかかった。

「水を飲みに行きなよ。それから僕のところへ戻ってきて」

屍に切り目を入れているずんぐりした青年がオリガとビョルンに同情の眼差しを送った。フックから次の屍を降ろし、オリガの前の台に叩きつける。それは、ふさふさした灰褐色の毛をした雌犬だった。オリガは霜に覆われたその乳首を見た。コンベアーに目を移した。フックに掛かっているのは雌犬だけだった。

「どうして……みんな雌犬なの？」彼女はぼんやりと訊ねた。

「誰も知らない」ずんぐりした青年はマスクを外して雀斑だらけの額から袖で汗を拭い、薄笑いを浮かべながらオリガを見ていた。「古参の連中でさえね」

彼はオリガのことが気に入ったようだった。彼女の方はぐったりして、霜に覆われた犬の乳首を見つめていたが、そうしている間にビョルンが彼女のだらんとした手に手袋をはめ終えた。

「俺たちがお互いを何て呼び合ってるか知ってるかい？」ずんぐりした青年はにやりとした。

「いいえ」オリガがつぶやく。

「死んだ雌犬の仲間たち」

偉大な夜が訪れた。
地球は眠りについた。肉機械は夜明けまで動かない。彼らは眠り、肉の夢を見ている。しかし、光の兄弟団は眠らない。兄弟団は長らくこの夜を待っていた。この時へ至るまでの道のりは長かった――地球の丸一世紀。光の兄弟姉妹たちはこれを目指して歩んできた。大いなる時を近づけた。闘い、苦しんだ。死に、蘇った。苦難に耐え、乗り越えた。勝ち取り、克服した。肉の世界から兄弟姉妹を奪い返した。新たに見出された者たちを守り、慈しんだ。

鉄の鳥たちが夜気の中へ飛び立つ。この鳥たちは兄弟団に仕えており、フラムとゴルンを夜気の中へと持ち上げる。メインの鉄機械に乗ってフラムとゴルンが空中に上昇する。この機械は二人を助ける。これは、この夜のために造られた。この夜のためだけに造られた。最初で最後の飛行のために。フラムとゴルンを助けるために。飛行機械がどんどん高く上昇する。どんどん地球から離れていく。どんどん遠ざかっていくのが飛行機械から見える。他の飛行機械たちは並走しながら警護している。

フラムとゴルンはガラスの球体の中で抱き合いながら座っている。二人とも裸だ。目が閉じている。胸が合わさっている。手が組まれている。心臓《こころ》の準備ができている。

ガラスの球体が眠っている地球の上を飛ぶ。

フラムとゴルンには力がある。二人にはできる。

兄弟たちも準備は万端。地球全土で光の輪がいくつも作られている。大円環や小円環。様々な国々で。数千人の兄弟姉妹が微動だにせず立っている。目を閉じて。心臓《こころ》の準備をして。そして待っている。

フラムとゴルンは世界の上を舞う。

夜が助けとなる。なぜなら夜に、夜にのみ、すべての肉機械が静止するからだ。皆が自分の場所にいる。一人残らず見える。

　地球はフラムとゴルンの手のひらの上にある。二人はそれをリンゴのように握っている。準備ができている。

　飛行機械が相当な高度にまで上昇した。これが限界。〈開始〉の瞬間が訪れた。

　フラムとゴルンの心臓《こころ》が慎重に輝きだした。

　そしてすぐさま、下にある地球で光の輪たちが応えて輝きだした。それがフラムとゴルンに力を与える。足場を築く。守り、支える。

　フラムとゴルンの心臓《こころ》がいっそう強い輝きを放つ。光の力を蓄える。準備を整える。鉄機械が肉機械の世界の上を舞う。鉄機械の機構は兄弟団のための最後の働きに備えて待機している。後はフラムとゴルン次第。飛行機械の鉄の頭が命令を待っている。フラムとゴルンが見る者たちを記憶するために。発見を手助けするために。兄弟たちが飛行機械の複雑な機構を制御している。兄弟たちが動きを止めた。

　原初の光の兄弟団が動きを止めた。

　すべてが今やフラムとゴルンの心臓《こころ》の中にある。

　すべてが心臓《こころ》次第だ。

　すべてが心臓《こころ》にかかっている。

　一秒。

　二秒……。

　三秒……。

　心臓《こころ》が燃え上がった！

　成し遂げられた！

フラムとゴルンは見た。

二人の心臓《こころ》が全員を見た。

二万三千人全員を。フラムとゴルンを含めた惑星地球の二万三千人の兄弟姉妹を。

全兄弟姉妹を、一人残らず全員をフラムとゴルンが見る。地上にいるのは二万二千四百三十七人、現在、空中にいるのは五百六十三人。

　フラムとゴルンの心臓《こころ》が輝く。ガラスの球体の中で二人の体が震える。光の力を体で耐え抜くのは難しい。肉の体は二万三千の欠片に引き裂かれ、原初の力で分解する。この世ならざる光の力に耐えきれない。しかし、地球上で光の輪が応えて輝く。兄弟姉妹が立っている。楯となって食い止める。足場となって助ける。支える。

　飛行機械の複雑な機構が蘇った。鉄の頭が働きだした。フラムとゴルンから命令を受ける。命令は抱き合っているフラムとゴルンの体から発せられる。そして飛行機械の頭に流れ込む。機械はフラムとゴルンとともに見る。といっても、心臓《こころ》のヴィジョンではなく、己の、鉄のヴィジョンで。フラムとゴルンが見る者すべてを見る。位置を特定し、記憶し、地球の機械を通じて眠れる兄弟たちの名前を突き止める。いくつもの新たな名前が鉄機械の頭に流れ込む。合わさって明滅する閃光となる。整理が行われる。兄弟団に仕える他の数百の鉄機械に伝えられる。機械は新たな名前を記憶し、新たな住所を突き止め、見出された兄弟姉妹へと通じる地上の道を発見する。

　鉄機械は夜空を飛び、夜に追いつく。西へ向かって飛ぶ。夜間に地球全体を飛び回り、夜明けまでに間に合わせる必要がある。すべての兄弟姉妹が眠っているうちに。じっとしているうちに。見えるうちに。数百万の肉機械が眠っているうちに。数百万の鉄機械が静止しているうちに。区別できるうちに。

　上では二つの心臓《こころ》が輝き、下では数千の心臓《こころ》が輝く。

フラムとゴルンが見る。

全員を見る。

そして、一人一人を認識する。

飛行機械の頭が働く。記憶する。機械は西へ向かって飛ぶ。肉機械の国々がその下を流れていく。そして、眠れる兄弟姉妹の心臓《こころ》が炎の点々となって燃え上がる。狂暴で無慈悲な地球の世界に取り残された者たち。彼らの心臓《こころ》は眠っている。彼らを救出し、地上の生の肉から引き剝がさねばならない。永遠なる光の世界へ帰してやらねばならない。大変容のために探し出さねばならない。大いなる勝利のために。原初の光への大いなる回帰のために。

鉄機械が夜空を飛ぶ。東から西まで地球を飛び回る。夜の後について急ぐ。ガラスの球体を空に運ぶ。肉機械の地球は眠っている。何が待ち受けているかも知らずに。

消灯ベル

オリガの相棒が粗末な鉄の鋏《はさみ》で犬の皮から切り取った千百八番目のバンドが金属製の台を滑っていく。オリガはそれをキャッチし、左手でリブ状の出っ張りに押しつけ、鉄の鋏を握っている右手で、ひっついている黒い毛を皮から剝がしはじめた。碧眼で肩幅の広いノルウェー人の相棒クリスティーナは壁の時計をちらっと見た。

「もうあと五分ね」

オリガは時計など見たくなかった。〈犬工場〉での一週間の労働で時間感覚を失っていた。時間は彼女の頭の中で、まるでニューアークのママの家の石の手摺りにいたカタツムリみたいに、ぴよーんと伸びて這ったり、電車のようにニューアークからニューヨークへ疾走したりするのだった。そのニューヨークでオリガはかつて、まずＮＹＵ《ニューヨーク大学》の経済学部を四年で卒業、次いでＭＢＡを取得し、それからノーホーへ移住した。あの大学の隣にあった小さなロフト部屋、南北に窓が一つずつあった快適なロフト部屋、六階のロフト部屋。本、置物、小物、パパのアラブやユダヤの絵画、ママのレコードコレクション、彼女が一緒に寝ていた大きな虎のぬいぐるみ、〈パルルァヴォース《蒸気機関車》〉という言葉を話すオウムのフィーマ。もう二度と、二度と、二度と、あの言葉を聞くことはないのだ……。

「去れ《ビゴーン》！」

バンドをきれいにすると、彼女は毛をパックの中に払い落とし、できあがったバンドの方は透明なケースに入れた。ケース一箱につき五百本のバンドが入る。彼女と相棒は一日でこのケースを二箱いっぱいにしなくてはならないのだ。すでに二日もオリガとクリスティーナはノルマを超過達成しており、それに対してボーナスが支給されることになっていた。バンドを切り終えたクリスティーナは、犬の毛を特別な袋の中にまとめて入れ、犬の血でざらつく鋏をペーパータオルで拭きに掛かった。オリガはバンドの入った透明なケースに封をし、壁に近づいてボタンを押した。壁の白い窪み《ニッチ》が開く。オリガはその中にケースを置き、再びボタンを押した。ニッチが閉じた。作業場に戻ったオリガは、防水エプロンを外して台の隣にあるハンガーに掛け、ペーパータオルを手に取り、金属製の台に消毒スプレーを噴射して拭きはじめた。

終業ベルが軽快に鳴り響いた。

オリガは作業場のもう一方の端に目をやった。ビョルンが隣人と話しながら台を拭いていた。二人して微笑んでいる。

〈ユーモアを口にする元気があるのね……〉オリガはため息をつき、ペーパータオルをごみバケツに投げ捨てた。

クリスティーナは鋏とナイフを台の鉄の引き出しに仕舞って立ち上がり、それから手袋を外すと、安堵の呻き声を漏らしながら伸びをした。

「聖母さま……終わりです！」

「腐臭漂う仕事の終わりね……」オリガは自分の手袋をごみバケツに放り投げつけながらつぶやいた。

「神さまのおかげで今日も一日無事に終えることができました」隣の台で作業していた、豊かな亜麻色の髪をお下げに編んだ小太りのデンマーク人農婦が、二人に向かって疲れた微笑を向けた。

「はい、はい……」彼女の相棒で、男みたいながさつな感じのするポーランド女が欠伸をした。

「明日になれば、やつらのくそ氷がみんな解けちまえばいいのに！」

「それは会社のこと、それとも氷のこと？」オリガは自分の首を揉みながら訊ねた。

「どっちもよ！」ポーランド女が拙い英語で答えた。

彼女たちは疲れた様子で笑いだした。そして、女性用のシャワー室へ向かってのろのろと歩きだした。男たちも話しながら自分たちのシャワー室へ向かう。警備員たちは二つの人の流れを廊下に通し、シャワー室の扉を開けて中に入れ、鍵を掛けた。〈犬工場〉では百八十九人が働いていた。女性の方が多くて、百四人もいた。地下壕の古株であるオーストラリア人サリーがオリガに説明してくれたところでは、それは氷のハンマーによる殴打の後で生き残る確率が男性より女性の方が高いからなのだった。サリーの番号は八。地下壕で四年間暮らしていて、女性陣の長だ。男性陣のリーダーは眼鏡を掛けた猫背のホルストで、当時の東ベルリンで兄弟団に誘拐された。地下壕に入ったのは六年前。彼の言葉によれば、当時ここでは九人が働いていた。

　オリガは長い脱衣所のいちばん端に自分の百八十九番フックを見つけ、犬肉の臭いがする服を脱ぎ、靴下とショーツを脱ぎ、温かいタイル床を歩いて裸の女たちの一群とともにシャワー室に入った。ここには軽い湯気が立っていて、十の列が十のシャワーに向かって伸びていた。順番に体を洗うのだ。オリガは、暗い亜麻色の髪を縺《もつ》れさせた小柄で不器量な娘の後ろに並んだ。娘は軽く飛び出た青い目で前に立っている女の項を虚ろに見つめながら立っていた。その女は別の二人の女と大笑いしながら理解できない言語でお喋りしていた。

〈アルバニア語？　モルドヴァ語？〉オリガは疲れて考えた。〈この三人とも？　ロシア人の女はここにはまったくいない。アメリカ人は九人。ドイツ人は十四人。フランス人は、多分、十人。スウェーデン人はざっと二十五人。ノルウェー人ですら八人もいるみたい……。ユダヤ人の女は私だけ。ってことはつまり、ロシアとユダヤの女は弱いってこと？　生き延びる方法を忘れちゃったの？　そんなの変だわ……〉

　その代わり、男性陣にはロシア人が七人いた。そして七人とも、概して感じのいい男たちだった。一人目は元スポーツ選手、二人目はコック、三人目はプロの泥棒、四人目は何かの職員。そして七人とも、いつも陽気だった。オリガは温かく彼らのことを思い出した。彼女はシャワー後の夕食でこの男たちと同席し、忘れていた幼少期の言語で話すのが好きだった。

「雨《ドージク》さん、雨《ドージク》さん、ぽつぽつぽつ《カプ・カプ・カプ》……」と彼女はロシア語でつぶやき、神経質に唇を舐めた。煙草が吸いたくてたまらなかった。だが、吸っていいのは地下壕内だけなのだ。

「あなた、アメリカ人？」彼女の後ろに並んでいる女が異様にこもった声で訊ねてきた。

「どう、そう見える？」オリガは振り返り、すらりとした浅黒い女を見た。年齢は四十代半ばで、胸の形が途轍《とてつ》もなく歪んでいた。

　胸骨の場所に白みがかった藤色の複雑怪奇な窪みがあり、右胸はなく、二ヵ所を折られた結果いびつに癒着した鎖骨が半円を描いていた。それでいて、この女は正真正銘の美人だった。スタイルのいいすらりとした容姿、インディオ風の頬骨、金色の光沢を放つ明るい栗色の髪、そして、深く窪んだ暗青色の目。

「ワオ！　とんだひどい目に遭ったのね……」オリガは窪みを見つめた。

「十九発よ」女はこもった声で言った。

彼女は細い鼻の穴を膨らませながら頻繁に呼吸していた。窪みが呼吸のリズムに合わせて上下したが、それはあたかも、窪みもまたシャワー室の湿った湯気を吸い込んでいるかのようだった。

「リズ・カンネガン、メンフィス」女は浅黒い手を差し出した。

「オリガ・ドローボト、ニューヨーク」オリガは握手した。

「オリガ？　ポーランド人なの？」

「ロシア系ユダヤ人よ」

「入りたての新人？」

「まあ、もう入りたてってほどじゃないわね。一週間。あなたは？」

「六ヵ月目」

「すごいじゃない。慣れた？」オリガは動く窪みをちらちら見ていた。その縁は玉の汗に覆われていた。

「人間はどんなことにも慣れるものよ」リズの目つきは穏やかだった。「同郷の連中《アメリカ人》とつるんでるの？」

「ええ。あなたは？」

「私はスウェーデン人と」リズは口元を緩めた。「うちのスウェーデン人コーナーに来なさいよ。いいわよ」

「アメリカ人のところも悪くないわ」オリガは空いたシャワーの下に立ち、アメリカ人コーナーで一度もリズを見かけたことがないことを思い出した。「そのうち行ってみる。ありがとう」

熱い湯が心地よく体を包み込む。オリガは頭を上げてシャワーを顔に当て、快感の呻きを漏らした。だが、さっと体を洗わなくてはならなかった。プラスチック製の蛇口の下に頭を傾け、レバーを押す。頭に銀色のシャンプーが鼻水のように垂れてきた。オリガは二度目のシャンプーを手のひらに押し出し、股や腋の下や胸へ塗り広げた。それから列の方を向き、水流を背中で受けながら頭を洗いに掛かった。最初の数日はシャワーで体を洗うとき、いつも列に背を向けて壁を見ていた。たとえ一目だろうと、この短時間の快感を誰かと分かち合うなどしたくなかったのだ。今は、立ち並ぶ裸の女たちをじろじろ眺め回すのが好きだった。彼女たちは皆、待っていた。この期待には、何やら無力で、筆舌に尽くしがたいほど近しく、愛おしいものがあった。皆の胸に痕跡があった。皆が氷のハンマーを味わい、皆が生き延び、皆がここへ、〈氷〉の下へとおびき出され、皆が彼女と同じなのだった。最初の数日の疎外感は消え去った。オリガは遠慮したり恥ずかしがったりするのをやめた。もう慣れたのだ。

オリガはシャンプーで洗った頭をシャワーの下に置き、髪についた泡を洗い流した。腰を突き出し、手のひらで洗いに掛かる。

「まだ犬の毛は生えてこない？」とリズが訊ね、隣の列に並んでいるノルウェー女たちが笑いだした。

「むしろ、犬の乳首が生えてきそう」股を洗いながら、オリガはリズの一つしかない手入れの行き届いた乳首を見てにやりとした。「だけど問題は、誰を養うかね」

「誰って、中国人たちに決まってるじゃないの！」ノルウェー女の一人が大笑いした。

「彼ら全員分のお乳は出ないわよ」リズが穏やかに反論した。

皆がどっと笑いだした。この大笑いには独特の慰めが、独特の自由があった。独特の恍惚があった。温かい湯の流れに身をさらしながらこの笑い声に耳を傾けているのが、オリガには心地よかった。おかげで一瞬なりともすべてを忘れることができた。彼女は目を閉じた。

「お嬢さん、早くして！」列から怒鳴り声が飛んだ。

オリガは我に返った。自然なる恍惚の場所を譲り渡す時が来たのだ。彼女はシャワーから出て体をぶるっと震わせると、出口へ向かった。チェコ女が彼女の尻を叩き、ひゅーっと口笛を吹いた。クリスティーナはウィンクして濡れた腹を指差した。オリガは足を止めず、笑いながら彼女たちに拳を見せつけた。シャワー室から脱衣場へ出た彼女は、自分のフックから薄いけれども清潔なタオルを外し、頭を、それから体を拭いた。灰色の作業服は上のフックに残したままで、下のフックから〈部屋着〉――肩に１８９の番号が記された砂色のパジャマ――を外して身に纏った。胸ポケットから短い櫛を抜き取り、フックの間に取り付けられた円鏡を見ながら染めた髪を梳いた。髪の根元にはすでに赤い地毛がはっきり目立つようになっていることに気がついた。靴下とショーツをポケットに押し込んでスリッパを履き、直通の扉を通って食堂へ入った。

落ち着いた薄緑色のトーンの広々とした食堂は、地下壕の全囚人を収容していた。ここには野菜を煮る匂いが漂い、先ほどと同じイージーリスニングの交響曲が流れていた。シャワー室から出てきた男女が配給カウンターへと続く共通の列に並んでいた。オリガは人だかりの中にビョルンを探したが見当たらなかった。きっと、まだ体を洗っているのだろう。その代わり、列の中で賑やかにお喋りしているロシア人たちがすぐ目に入った。そばに寄る。

「やあ、スタハーノフカじゃないか！」暗黄色のふさふさした髪をした長身のセルゲイが白い歯を覗かせながら笑いだした。

「スタハーノフカっていったい何？」オリガが訊ねる。

「計画をすげえ超過して達成しちまう女労働者のことさ」ふっくらした童顔と凄まじく青い目を持つ小太りのリョーシャが説明した。

「アメリカでロシア語を忘れちまったか？」痩せて貧相なボリスが薄笑いを浮かべる。「来な、前に入れてやるよ」

「すべての言葉を覚えてるわけじゃないの」オリガは列の彼らの前に並んだ。

「ああ、その方がいい……」滅多に笑わないイーゴリが無精ひげの生えた頬を陰気に掻いた。「ロシア語にはろくでもない言葉が色々あるからな……」

「やい、とんま、俺の前でロシアのことだけは侮辱すんじゃねえ！」火のように赤い髪を持つずんぐりしたピョートルが冗談半分で脅かすように彼の腹を拳で突いた。「てめえをバラしてやる、百パーな！」

「どきな、アザゼッロ（ミハイル・ブルガーコフの長編『巨匠とマルガリータ』に登場する赤毛の悪魔）……」イーゴリがお返しに蹴りを入れる。

「君たち、言い争いはよしたまえ。我々は敵のテリトリーにいるのだぞ！」セルゲイがお役所めいた声で叱りつけ、そして彼らは疲れた様子で笑いだした。

オリガは笑みを浮かべながら彼らをちらちら見ていた。この地下壕にいるロシア人たちを見ていると、モスクワ郊外での子供時代を思い出させられた。彼らが口にする言葉や冗談と一緒に最初の記憶の世界が浮かび上がってくる。灰色のパネル住宅、玄関口の汚れた雪だまり、幼稚園、そこにあった鉢植えの椰子《やし》の木、チェブラーシカやレーニンの歌、せっかちで少しヒステリックな母、頑固で、すごく才能豊かで、とても大きな声で話す父、病気の祖父、〈クラースヌィ・オクチャーブリ〉のピアノ、新年の扁桃炎《へんとうえん》とクリスマスツリー。お隣さんの雄猫バユン（ロシアの魔法民話に登場する人食い猫の名前）、ソヴィエト学校の一年生、二年生、三年生、ゴム跳び遊び。そして、移住。

そこから後はもう、ただの記憶に過ぎなかった。

この地下壕ではなぜか、最初の記憶の方がオリガには大切だった。雪だまりや猫や扁桃炎といった、あの遠く陰鬱な記憶と一緒の方が、心地よく温かく眠れたのだ。

自分の番がやって来た。白衣を着た二人の中国人が、オリガの前に標準的な食事一式が載った盆を置いた。野菜スープ、マヨネーズ付きの茹で卵、米、キャベツサラダ、トマトソースをかけた冷たい魚が二切れ、ホイップクリームのゼリー、コップ一杯のオレンジジュース。オリガは盆をつかみ、温かい料理を焼く二枚の大きな鉄板に挟まれて立っている三人目の中国人の元へ近づいた。左の鉄板には魚が、右の鉄板には鶏の腿肉が載っている。オリガは魚を選び、盆を手にロシア人のテーブルへと向かった。テーブルにはすでに三人が着いていた。だがそこで、アメリカ人のテーブルから声が掛かった。どことなくビョルン似の、長身で金色の巻き毛の青年が腰を浮かして手招きしている。ところが、ロシア人のテーブルも活発に手を振りはじめた。オリガは躊躇いながら佇んでいた。どちらを選べばいいかわからなかったのだ――忘れ去り、ぼんやりとしか思い出せない、けれども琴線に触れるロシアの世界か、それとも、身近で、理解できて、信用もできるアメリカの世界か。

「畏れ多くも、ミス、私とこの質素な食事を分かち合ってくださいませんか?」奇妙な訛りのある老人の声がすぐそばで聞こえた。

オリガが目を落とすと、独りぼっちでテーブルに着いている老人が視界に入った。ここのテーブルはどれも二人掛けだったが、その大部分は一緒に組み合わされ、国ごとのグループを形成していた。事実上、独り者は残っていなかった。彼女も今までこの老人に気づかなかった。

「いえ、無理にとは申しません。他の席をご所望とあらば、どうぞそちらへ。ですが、たとえ一時なりともこの見窄らしい食卓に着いてくださるというのなら、感激の至りにございます」

彼は完璧だが恐ろしく古臭い英語で話した。しかし、この老人がイギリス人でないことは訛りが証明していた。オリガは彼のテーブルに盆を置き、向かい側に座った。

「素晴らしい。感謝いたします」震える手で老人は自分の細く蒼白な唇にナプキンを近づけて拭き、腰を浮かした。「自己紹介させていただきます。エルンスト・ヴォルフと申します」

「オリガ・ドローボトです」彼女は食事越しに手を差し出した。

老人は彼女の手に軽く口づけた。禿げ頭がぴくぴく震えていた。

「ドイツっぽと俺たちを裏切りやがった！」ロシア人のテーブルで毒々しい笑いが起きた。

「ドイツ人なんですか？」オリガが訊ねた。

「左様」

「なぜドイツ人のテーブルに行かないんです？　ここにはあなたの国の方がたくさんいらっしゃるのに……」

「理由は二つございます、親愛なるミス・ドローボト。第一に、五十八年間の監禁生活で理解したのです、孤独は天からの授かり物であると。第二に、単純に今時の同胞とは話せません。共通の話題がないのです」

「私とならある、とお考えなのですか？」オリガは白パンを折った。

「あなたを見て、とある女性を思い出したのです。私にとって非常に大切な女性を。大昔のことですが」

「それだけのためにあなたは……」オリガは魚の切り身にフォークを突き刺そうとしたが、ふと、彼が言ったことに意識が向いた。「何ですって⁈　五十八年？　あなたはここに五十八年もいるのですか？」

「いえ、ここではございません」彼は古びた義顎を見せながら微笑んだ。「ですが総じて彼らの元におりました。光の兄弟たちの元に」

フォークがオリガの手から滑り落ちた。

「五十八年間も?!」

「五十八年間もです、親愛なるミス・ドローボト」

彼女は彼を見つめていた。老人の顔は穏やかで超然としていた。淡青色の目に注意深そうな表情を浮かべている。白目の部分はひどく黄ばんでいた。皺くちゃで、病的に黄色く、色素沈着の染みにびっしり覆われてはいるが、その端整な顔立ちから察するに、若い頃は美男子だったようだ。

「それはいつの出来事ですか?」

「一九四六年、十月二十一日。我が父セバスチャン・ヴォルフの別荘で」

「やつらはあなたを叩いたのですか?」

「ええ。そして私が〈アイン・タウベ・ヌス〉、つまりは空っぽのクルミだと悟ったようです」

「それからどうなったのですか?」

「それから、私はまんまと兄弟団の奴隷に成り下がりました。もっとも、実を言えば叩かれる前からそうだったのですが」

「彼らはその前からあなたを利用していたのですか? どんなやり方で?」

「もっとも直接的なやり方です。そもそも、子どもを利用するのは造作もないことですからな、尊敬すべきミス・ドローボト」

「どういうことですか?」

「我が父セバスチャン・ヴォルフは兄弟団の重要メンバーの一人だったのです。私たちはともに暮らしていました。そんなある日、父は私と私の妹を叩いてみることにしたのです。妹は死にましたが、私は生き延びました。それ以前、父は私たちを必要不可欠な舞台装置として利用していました。母のことも。しかし、母は早くに他界しました……」

「それで……叩かれたときはおいくつだったのですか?」

「十七歳でした」

オリガは魚の切り身に突き刺さったフォークを一瞥《いちべつ》してから、それを手に取って口に運んだ。そして再び盆に放り投げた。

「食欲が湧きませんか」老人は理解を示すように黄色い頭を振った。「私もです。ここでは消灯時間の前は誰にも食欲などありません。その代わり、翌朝になると皆、獣のように飢えているのです! まったく客観的な要因ですよ!」

彼は笑いだした。

その笑いには子供のように無力な何かがあった。

〈孤独は天からの授かり物……〉

「お父様はどうなったの?」彼女は老人の震える両手をまじまじと見つめながら訊ねた。

「最後に父の姿を見たのは、父が私の肋骨を砕いたときです。実を言うと、父は妹をやった後で疲れていたのです。ですから打撃もあまり正確ではありませんでした。肋骨が折れ、肝臓がやられました。ですが、生き延びたのです。とはいえ、その頃から私の顔は中国人のように黄色くなってしまいましたが。よろしいですか、ミス・ドローボト、ここの滞在の最初の数日で、彼らは私を同胞のように受け入れてくれたんですよ! 中国人とは仲良くやっているんです」

彼は鶏肉の塊を毟《むし》り取《と》って口に放り込んだ。義顎がカチカチ鳴る音が微かに聞こえた。その咀嚼《そしゃく》の仕方ときたら、まるで重労働でもこなすみたいだった。黄色い頭に残った僅かな白髪が震えていた。

「あの、どうしてやつらはあなたや……私たちを殺さなかったのかしら? だって、それはすごく簡単なことでしょう。なのに、あなたを監禁して五十八年間も隠しておくなんて! どうして?

私たちにしたって……」

ヴォルフは咀嚼し終え、ナプキンで口を拭いた。

「よろしいですか、ミス・ドローボト、人間が殺され、その後燃やされたとしても、それでもやはり何かしらのものが残ります。例えば、灰です。それだけではございません。灰よりももっと本質的なものが残ります。自分の意志によらずこの世を去った人間は、世界に穴を開けるのです。なぜなら、その人間は歯のように世界から強制的に引っこ抜かれたからです。それは生の形而上学の法則なのです。穴とは目立つものです、尊敬すべきミス・ドローボト。それは目に見えるのです。穴が塞がるには長い時間を要します。そして、他の人間もその穴を感じます。生ある限り、人間はいかなる穴も残しません。ですから、人間を隠してしまう方がはるかに容易で好都合なのです。無論、形而上的な観点からすれば、ということですが」

オリガは考え込んだ。そして理解した。

「空っぽの人間——彼らは我々をそう呼んでいるのですが——の殺害が行われたのはロシアだけです。スターリン期の大テロル、そしてその後の小テロルがあったとき。当時の兄弟団は個々人の死後にできる形而上的な穴を警戒しませんでした」

「どうして？」

「なぜなら、ロシアが単一の形而上的な穴だからです」

「本当？　自分が住んでたときは気づかなかったけど」

「それはよかった！」

「どうして？」

「もし気づいていたら、ミス・ドローボト、あなたはまったく別の表情をしておられたことでしょう。そして、私もあなたを自分のテーブルに招くことはなかったでしょう、本当ですよ」

オリガは彼をしげしげと見つめた。そしてげらげら笑いだし、ぽんと一つ手を叩いた。老人も満足げにくすくす笑いだした。

「お上がりなさい、お上がりなさい、ミス・ドローボト。まだまだ夜は長いのですから」

オリガは食事に取り掛かった。老人は自分の分のゼリーをつかんでオリガの盆に載せた。

「異議はなしです！」

彼の手とゼリーが同じリズムで震えていた。

「ありがとう《ダンケ》、ヴォルフさん《ヘル・ヴォルフ》」オリガは言った。

「ああ《オー》、どういたしまして《パジャールスタ》！」老人はロシア語で言い、顎をカチカチ鳴らしながら声を立てて笑った。

オリガは悠々と自分の食事の半分を平らげた。紙ナプキンで唇を拭き、食べ残したスープに投げ捨てる。

「ぶしつけな質問で恐縮だが、あなたのご職業は、ミス・ドローボト？」

「会社のマネージャーよ。あなたは？　ああ、そうだったわね……ごめんなさい」

「まったく正当なご質問です。兄弟団との監獄物語の中で、私は七つの場所にいました。その内の四つは実に素敵な図書館でした。そのおかげで私は三つの職業を身につけることができたのです。英文の翻訳家（私は自分のために自らディケンズの長編を三つ訳しました）、製図家、そして——信じられないでしょうが、ミス・ドローボト——航海士、つまり水先案内人」

「クール！」

「イカしますねえ！　そのアメリカの言葉が好きなんです」

老人も自分の食事を終えた。

「あの、私たちはここから出してもらえるのでしょうか？　いつかそのうち？」

「なぜです？」老人の色褪せた眉が曲がり、大きな額に黄色い皺が走った。

「私たちは……出られない？」

「ミス・ドローボト、あなたはあまりにお若い。だからそのような質問をなさるのです」

オリガはしょんぼりと口を噤《つぐ》んだ。

「落ち着きなさい。そして、幻想で自分を慰めるのはおやめなさい。私とあなたの人生は今や二部に分かれた。第一部と第二部とに。そして、そのことからはどこへも逃れられやしない。ですから、第二部が第一部より面白くなるよう努めねばなりません。これは難しいことです。ですが、充分に可能なのです。例えば、私はそれに成功しました。それにですね、同意していただきたいのですが、兄弟団はその点についてはしっかりと援助してくれます。ここの規則は普通の監獄とは比べものになりません。かくも残酷無慈悲な光の兄弟たちも、我々空っぽの人間に対しては極めて人道的です。彼らは肉機械の弱点と要求を熟知しているのです」

「肉機械？　それって誰のこと？」

「私やあなたのことです」老人は自分の盆をつかんで腰を上げた。「そういうわけで、お顔を上げてください、ミス・ドローボト」

彼はにっこり微笑み、使用済み食器の返却口へ向かってふらりと歩きだした。盆は彼の手の中で激しく揺れた。オリガはテーブルに着いたままだった。老人の言葉が彼女を麻痺させたのだ。

〈二つの人生。前と後……〉彼女はオレンジジュースの跡が残る空のコップを回しながら考えた。〈で何、この先はこれが永久に続くってわけ？　永久に皮を削る？　そして消灯時間を待つ？　水先案内人の修行をする……。ばかげてる！　いいえ、そんなのあり得ない！　絶対に！　トイレで首を吊った方がマシだわ。消灯の後はどうしよう……。〈ゴールエリア〉には行かない。やつらは両親を殺した。デヴィッドはろくでなしだった……。何が私をつなぎ止めているの？　子どもは産めなかった。二度も……。何のために生きてるの？　誰のために？　オウムのフィーマのため？　そもそもここで――何が私をつなぎ止めているの？　何を失うことがあるの？　水先案内人さん、水先案内人さん、今度はどこへ舵を取ればいいの？……。ねえ《ベイビー》、くそったれな楽園への道を二度も《キャン・ユー・ファインド・トゥワイス・ザ・ウェイ・トゥ・》見つけ出せる《ファッキング・パラダイス》？　私にも見つけ出せないわ……。首を吊ろう。今日にでも。今夜よ。百パー、ピョートルが言ってたみたいに……〉

　彼女は目を閉じた。

　馴染みのある大きな手が彼女の背中に触れた。

「ビョルン！」彼女は目を開けずに言った。

「どうしてロシア人のシャワーや食事はそんなに早いんだい？」ビョルンは、安っぽいシャンプーと清潔な下着の香りを放つ鐘楼のように、オリガの上に覆いかぶさっていた。

「私はそもそもユダヤ人よ」オリガは目を開けた。

　ビョルンの顔は満足げだった。シャワーを浴びた頬が赤らんでいる。

〈恐ろしくポジティブな男〉オリガは羨ましい気持ちで彼を下から上へと眺めた。〈まさに歩く優越コンプレックスね。子どもの頃の食生活が健康的だったんだわ……スウェーデンには良質な乳製品があるから……〉

「君と一緒に食事をしたかっただけだよ」彼は正直に打ち明けた。

「ねえ、あなたって鬱になったりするの？」オリガは立ち上がり、食事の残りが載った自分の盆を持ち上げた。

「たまにはね」彼は彼女から盆を取り上げた。「だけど、鬱と戦う術を知ってるんだ」

「私にも教えてよ」

「そこにバスケットボールのコートはない。あるのはホッケーのリンクだけ！」ビョルンは彼女に微笑みかけ、盆を手に大股で歩きだした。

　オリガも続いて歩きだした。

「ねえ、ここで暴動ってあったのかしら？」

「前にも訊いたじゃないか。いや、集団暴動はなかった」

「それも前に言ったわね……」彼女は神経質に欠伸をした。「でどうする、行く？」

「僕はまだこれから食事だよ」

　彼女は両手を握って開いた。

「何なら、今日一緒にどう？」彼は盆を持ったまま返却口の前で止まってから訊ねた。

「べつにいいわよ……。でもどこで？」

「僕らのスウェーデン人コーナーなら大丈夫」

「そこなら今日すでに呼ばれたわよ！」

「そうかい、僕らのグループは大きいからね」彼は返却口に盆を置いた。

「試してみましょう……」オリガは再び神経質に欠伸をし、ぶるっと身震いした。「私、顔色悪い？」

　彼は屈み込んだ。

「少しね。食欲は？」

「なし！　全然ないの」

「これからどうする？」

「さあね……読書でもしに行くわ」

「じゃあ図書館に行くよ」

「オーケー」

オリガは食堂から廊下へ出て、大きくて清潔なトイレに立ち寄った。日本製の生暖かい便器で用を足し、鏡で自分の姿をとっくりと見つめながら手を洗った。隣では長身で美人のルーマニア人モデルが歯を磨いていた。

「今日の鶏肉は妙な味がしたわね」ルーマニア女は水を吐き出した。「明らかに何か混ぜられてたわ」

「私は魚を食べたの」オリガは目元の皺を指で伸ばした。

「金属みたいな味がした」ルーマニア女は自分の歯を見る。「あれは何なのかしら？　鉛？　ひょっとして水銀？　それに、歯が黒ずんでる。何かの金属だわ……。あなたは感じなかった？」

「私は魚を食べたの」とオリガは繰り返し、トイレを出た。

彼女は廊下を通って居住区に入った。ここはとても広々としており、エアコンのおかげで空気も清浄だった。鈍い明かりが二段ベッドやナイトテーブル、私物が入った棚の列を照らしている。男性エリアと女性エリアは扉のない小さな通路で区分されていた。男性エリアは壁と天井が緑がかった灰色で、女性エリアはピンクがかった灰色。地下壕の居住者は男性エリアを〈ガレージ〉、女性エリアを〈ハム〉と名づけていた。〈ガレージ〉と〈ハム〉では数十の空きベッドが新たな主人を待っていた。

オリガは自分の場所へ行き、ナイトテーブルから中国のスーパーライトな煙草とハンドクリームを取り出し、煙草に火をつけ、クリームを押し出して手に擦り込みながら、気持ちよさげに自分のベッドに身を投げた。

「オー・マイ・ゴッド……」

上からアイルランド人メリルの金色の巻き毛頭が垂れ下がった。

「オリガ、ナプキン持ってる？」

「ええ」

「注文し忘れちゃったの。くれない？」

「脇の棚に入ってるから、取りなさいよ」

「下りるのが面倒なのよね」アイルランド女はにやりとした。

「私だって起きるのが面倒だわ」オリガは彼女に向かって煙を吐き出した。

メリルは下りてきてナイトテーブルを開け、ナプキンを取った。

「見たわよ、あなた、あの黄色いドイツ人と食事してたわね」

「ええ。晩餐《ばんさん》に招かれたの」

「気に入った？」

「多分ね……。愉快な老人だわ」

「彼、やつらの古参の密告者だって噂よ」

「へえ、私たちに隠し事なんてあるの？」

「まあ……」メリルは肩を竦《すく》めながらズボンを下げ、ナプキンを取りつけた。「ここから脱走したがってるやつは大勢いるからね」

「不思議と気づかなかったわ」オリガは美味そうに煙草を吸いながら、上段ベッドのプラスチック製の下部をじっくり眺めていた。初日の晩、彼女はそこにマニキュア用の鋏で傷を付け、〈Fuck off, Ice!〉と記した。

「あなたは新入りだから、ここでみんなが満足してるように見えるのよ。ここのみんなが夢見ているのは、消灯ベルを待ってゴールの前に立つことだけ」

オリガは紫煙を燻らせながら片足を持ち上げ、満足げに滑らかな踵をつかんだ。

「メリル、私にはあなたと議論する元気もないし、したいとも思わないの」

「つまり、私が正しいってことね！」メリルはオリガの足の裏をはたいた。〈ハム〉は徐々に女たちで満たされていった。話し声がし、中国製の安い香水が匂う。寝る者もいれば、トランプに興じる者もおり、はたまた〈ガレージ〉に向かう者もいた。男たちが〈水を飲みに〉立ち寄った。水は居住区で許可されている唯一の飲み物だった。各区画に漢字で〈水〉と記された自動給水器が置いてあり、プラスチック製のコップに冷水やお湯を入れることができた。地下壕では大小のグループによって水が際限なく飲まれていた。組になって、あるいは個々人で、〈コップ飲み〉が行われた。〈アイス〉の捕虜たちは、水や、それを意味する漢字を敬っていた。水を飲みに客を呼び、水で誕生日や祝日を祝い、水で死者を供養するのだった。

煙草を二本続けざまに吸ったオリガは、四十分ばかり微睡んだ。女たちの話し声と鋏のチョキチョキいう音が聞こえていた。近くでとあるリトアニア女が別の女の髪を切っていたのだった。鋏の音がやんだ途端、オリガは目を開け、壁の時計を見た。六時三十分。伸びをしてベッドから身を起こし、コップ一杯の冷水を飲み、そして図書館へ向かった。地下壕にはテレビもなければ、ただのビデオ用スクリーンもなかった。地下壕の居住者にはラジオの所有すら禁じられていた。新聞や雑誌もここへ届けられたことは一度もない。その代わり、図書館はまったく申し分なかった。オリガは廊下を歩き、巻物の絵が描かれた扉を開け、いくつもの書架や十数台の机がある長く明るいホールに入った。書架には本が並び、十五名ほどが机に向かって読書していた。図書館から本を持ち出すことは禁じられていた。

オリガは書架に近づいた。

基本的に、そこに並んでいるのは英語の本だった。ドイツ語やフランス語、イタリア語の出版物が見つかることもあった。興味本位でほぼ完全に忘れかけているロシア語の本を何かしら見つけようと試みた結果、オリガが発見したのはレフ・トルストイの全集だけだった。図書館で何時間か過ごしてみて、彼女はその厳格な方針を理解した。書架に並んでいるのは文芸書だけなのだ。工学、医学、哲学、歴史、文化、地理、精密科学、応用科学などの本はまったくなかった。新聞、雑誌、定期刊行物もなかった。参考書の類いも皆無。詩もない。その代わり、辞書はたくさんあった。地下図書館の大部分を占めているのは英訳の世界古典で、多数の作品集が収められていた。通俗小説や探偵小説のシリーズ本も多かったが、最低でも三十年以上前のものだった。図書館に現代文学は皆無だった。事実上、単行本に出遭うことはなかった。

オリガは書架に沿ってゆっくりと歩いた。昨日はナボコフの『賜物』を読みはじめたが、すぐにつまらなくなってアガサ・クリスティの『オリエント急行の殺人』を手に取った。魅力的なポワロの物語を読むのは快適だったが、六十二ページ目で地下壕に〈消灯ベル〉が鳴り響いた。不思議と、これからまた『オリエント急行』に戻る気にはなれなかった。彼女は〈F〉の字の棚の前で足を止めた。フローベールは？　学生時代に『ボヴァリー夫人』を読破したことがあった。それは五月の初めで、花盛りの時期だった。砒素を手づかみで食べる、毅然として情熱的な女性像が、花咲くスイセンの香りと溶け合っていた。記憶の中に奇妙な後味が残っていたが、今はまったく読む気がしなかった。フォークナーは？　『熊』は彼女の両親が好きだったが、彼女は結局最後まで読まず仕舞いだった。フォイヒトヴァンガーは記憶の中にある退屈でドイツ的な何かを呼び起こした。フランス？　そんな作家は初耳だった。フィールディング？　まただ、多分、イギリス人ね。フィッツジェラルド！　『夜はやさし』は若い頃のお気に入りの小説の一つだった。彼女は当てずっぽうにフィッツジェラルド作品集の第三巻を抜き出し、真ん中を開いた。短編は〈リッツホテルくらい大きなダイヤモンド〉と題されていた。オリガの知らない話だ。いちばん近い机に向かい、読書に没頭した。オリガは速く読んだ。短編には、青春時代から好きだったフィッツジェラルドの流麗な文体で、鬱蒼たる林が茂るダイヤモンド山のことが描かれていた。その山を偶然ケチで尊大な男が見つけ、その中腹に住み着く。夢のような財宝は彼を怪物にする。彼は我こそ神に並ぶ者だと自惚れ、山に驚くべき館を建てる。その夢のような館には彼とともに二人の魅力的な娘――ジャスミンとキスミン――と、口の利けない植物に似たおとなしい妻が住んでいる。オリガは林に覆われたダイヤモンド山を思い描いた。

〈ダイヤモンドは氷に似てる……。だけど、ダイヤモンドは解けない……。氷山。そして、私たちはその下に住んでいる……〉

彼女は頭を上げて天井を見た。小さなランプがいくつもともっていた。

「フィッツジェラルド？　退屈だわ！」後ろに座っている女が無遠慮に彼女の本を覗き込んできた。「糞を混ぜ込んだシロップよ！」

オリガは振り向いた。

女は不細工で、縺れた赤毛をしていた。淡青色の色褪せた目はねちねちしていて意地悪そうだった。小ぶりな唇が神経質に震えている。この唇の上には白い産毛が生えていた。オリガは初対面だった。

「これをお読み！」女は表紙に漫画風の兵士の絵が描かれた本をオリガに見せた。

『勇ましい兵士シュヴェイクの冒険』――彼女は読んだ。

「知ってるかい？」女はしつこく彼女を見ていた。

「兵士のユーモア小説は好きじゃないの」オリガは顔を背けた。

「おばか！　これはいちばん健全なユーモア小説なのよ！」女は腹立たしげに叫んだ。

「ドリス、そっとしといてあげなさい」赤毛女の隣に座っている、太って頰の赤いイタリア女が注意した。

「阿呆ども！　みんなの読んでるものときたら！」赤毛女は憎悪に身を震わせた。

オリガは無視して読書を続けた。赤毛女はイタリア女とだらだら罵り合っていた。そして急に「ファック・ユー！」と叫んだかと思うと、彼女に向かって唾を吐いた。イタリア女はお返しに平手打ちを浴びせた。赤毛女は本で反撃した。二人は揉み合いになった。赤毛女の叫び声はヒステリックでけたたましい金切り声へと変わった。隣の女は彼女から離れ、後ろに座っていた者たちはさっと立ち上がって二人を引き離そうとした。図書館の残りの訪問者たちはけしかけたり口笛を吹いたりしていた。中国人の警備員二名が扉にまっしぐらに駆け込んできて、泣き喚いている赤毛女を取り押さえると、他の連中の囃《はや》し声《ごえ》に送られながら図書館から引きずり出した。

何もかもあっという間の出来事だったので、オリガはただ頭を振って笑うしかなかった。

「ばからしい！」

「赤毛の鬼婆よ……」イタリア女は掻き傷のできた手をじっと見つめながらつぶやいた。

「我を忘れてたのかしら？」オリガが訊ねた。「彼女は誰？　初めて見たんだけど」

「南アフリカ出身。定期的に外に出されてるの」女はため息をついた。「彼女の他にもまだ二人、精神病の人がいるわ。どうしてここに監禁してるのかしらね？　地上にある普通の精神病院に送っちゃえばいいのに……」

「中国のかい？」両腕にタトゥーを入れたスキンヘッドのフランス男が笑いだした。「あんたは行きたくねえのか？」

「あんた方、壁に書いてあることを忘れんでもらいたい」白髪で、ヤグルマギク色の惚けたような目をしたアイスランドの老人がぶつぶつ言った。

白い壁には〈KEEP SILENCE !〉と書かれた黒い注意書きが下がっていた。本を手に座っている者たちは口を噤んだ。オリガは再び、フィッツジェラルドのほろ苦い感動的な世界に沈潜した。政府の飛行隊がダイヤモンド山の所有者の御殿を爆撃し、彼自身はダイヤの破片の下で永久に動かなくなり、彼のチャーミングな娘たちは物乞いの孤児になった。そのとき、オリガの目に涙が溢れた。彼女は読んだ。

「あたしはお洗濯が好きなの」ジャスミンが言った。「ハンカチはいつも自分で洗ってた。これからは洗濯物を引き受けて、あなたたち二人を養ってあげるわ」

「みんな夢みたい」キスミンは星を見上げながら嘆息した。「すごく不思議、たった一枚きりのドレスを着てこんなところにいるなんて！　こんな星空の下に！　これまでは星なんてこれっぽっちも気に留めなかった！　誰かが持ってる大きなダイヤくらいに思ってた。今ではあのダイヤが怖い……。以前のことがみんな夢のように思える。あたしの青春はみんな夢だったのよ……」

「青春はいつだって夢さ」ジョンが穏やかに言った。「特殊な形の狂気なんだよ」

オリガはわっと泣きだしそうになるのを堪えながら戦慄し、両手で顔を覆った。涙が指の間から溢れ出し、彼女は子どものように咽《むせ》び泣いた。

「辛抱しな、嬢ちゃん、あと四十二分だ」タトゥーの男が『わたしを愛したスパイ』でテーブルをピシャリと打った。「ちくしょうめ、就寝時間を八時にできねえのかよ！」

「静かにしろ、スタンプ」大柄なセルビア男がチェイスの本から顔を離して言い、監視カメラをちらっと見た。「何も問題ない。俺たちはすべてに満足している」

「私はい……えに……帰りたいのぉぉぉ……」オリガは号泣していた。「お家にオウムがいてぇぇぇ……」

この氷山の下で己をちっぽけで無力な存在だと感じることは、ものすごく甘美でもあり、苦々しくもあった。

小柄で可愛らしいアメリカ人ケリーがオリガのそばに座り、彼女の肩を抱いた。

「辛いけど、耐えるのよ。もうすぐだから」

「いや、よりによって図書館で待つことはないだろ……」明るい色の顎ひげを生やした陰気なドイツ男が腰を上げて書架へ近づき、シムノンの著作集の一冊を元の場所に戻した。「サリー、水を飲みに行こうぜ」

マルチナ・ナヴラチロワ（チェコスロヴァキア出身のプロテニス選手）に似た〈ハム〉の長老サリーは、『日はまた昇る』から顔を上げることなく、彼に向かって片手を振った。ドイツ男の後からタトゥーの男がよろよろと歩きだした。そして、ドイツ語でゆっくりとトーマス・マンを読んでいた、物静かで病的に痩せ細ったエストニア男も。

「男って気が短いのね」ケリーはハンカチを取り出し、オリガの涙を拭きに掛かった。「いい、落ち着いて。今、あなたのお家はここなの。そして、私たちはみんなあなたのことを愛してる。私たちはあなたの家族……」

「あなたの兄弟姉妹」イタリア女は赤毛女が投げ捨てた『シュヴェイク』のページを捲りながらつぶやいた。「ところで、これって本当に面白いの？」

「最高の本だよ」眼鏡のハンガリー男が答える。

オリガは咽び泣いていた。

図書館にビョルンが入ってきた。

「どうしたんだ？」彼は泣き腫らしたオリガのそばに寄った。「殴られたのか？」

「いいえ、ただ急に悲しくなっただけ」ケリーはオリガを撫でていた。

「殴られたのは私だよ！」イタリア女が笑いだし、急に、男のような低音でわざと大きく歌いだした。

ケリーはげらげら笑い、手を叩きだした。サリーは『日はまた昇る』から顔を離さずに口笛を吹いた。ヤグルマギク色の目をした老人は指で両耳を塞いだ。ビョルンはオリガの隣に腰を下ろした。

「大丈夫かい？」

「大丈夫過ぎるくらいよ……」オリガは涙で濡れた本をバタンと閉じた。

「フィッツジェラルド」ビョルンが作者の名前を読んだ。「聞いたことがある。あのアル中だった人だろ？」

「ええ」

「アメリカの作家はアル中が多い」

「ええ、ええ……」オリガは弱々しくつぶやいた。

ビョルンはオリガを直視していた。彼女はケリーの抱擁の中で放心していた。

「君は今日、ボーナスをもらえるだろ？」ビョルンが小声で訊ねた。

「多分ね……」

「僕もなんだ」

ケリーが耳をそばだてた。

「だったら、僕らのところに来るかい？」ビョルンは彼女の耳をじっと見つめていた。

「多分ね……」

「ねえ、ビッグ・ボーイ、ボーナスをもらうのはあなただけじゃないのよ」オリガの頭の後ろから、ケリーが黄色がかった青い目を素早くビョルンに突き刺した。「オリガ、あなたは前にも私たちと一緒になったことがある。私たちのコーナーはすごく強固よ。パワフルな人たちがたくさんいるわ！　昨日は気に入った？」

「オリガ、僕らのところの方が強固だ」ビョルンが口を開いた。「最高なのはスウェーデン人コーナーだ」

「私の前でばかげたことをぬかすんじゃないよ！」イタリア女が叫んだ。「スウェーデン人コーナーだって！　ボーナスを浪費するだけさ。私らのところへ来なさいな。私らはフランス人と混ざってる。他にアルバニア人やルーマニア人もいるし、マケドニア人も三人いる。ギリシャ人も加わりたがってる。最高のコーナーになるよ！」

「耳を貸しちゃ駄目、オリガ。あなたは私たちの同胞なの。わかってるでしょ、最高なのはアメリカ人！　これは上の世界だけに限らないの」

「私らの方がいいわ！　ずっといいわよ！」イタリア女は引き下がらない。

「オリガ、君はもうスウェーデン人コーナーに招待されてるんだよ」ビョルンは神経質な笑みを浮かべている。

「行っちゃ駄目、ボーナスを浪費するわよ！」ケリーも引き下がらない。

「黙って！」サリーは本をバタンと閉じ、思い切り自分の机に叩きつけた。「独房に行きたいの?!」

「消灯ベルを待つときの共通規則がある、諸君！」老人が憤慨して身を震わせた。

「ここではみんな同じ条件だろうが、くそったれ！」白髪を逆立てた痘痕面《あばたづら》のスウェーデン男が叫んだ。

「オリガ、正しい選択をしなさい！」

「考えろ、オリガ！」

「みんなお黙り！」サリーが手を叩いた。「読書中なのよ！」

そして再び『日はまた昇る』を開いた。

ケリーは立ち上がって『ホビットの冒険』を本棚に戻し、悪態をつきながら出ていった。ビョルンはテレビカメラを横目で見ながら重いため息をついた。オリガが振り向く。

「耐えがたいな……」彼は青ざめた顔の汗を拭きながらささやいた。

「十二分」

「時々、時間はゴムみたいだ」彼はつぶやく。「伸びて、伸びて……」

「それから、裂ける」

「そう。それから裂ける」

オリガは嘆息し、立ち上がった。

「いいわ。水を飲みに行きましょう」

「いい考えだ！」ビョルンは神経質に笑った。

オリガはフィッツジェラルドを本棚に戻し、〈ハム〉へと向かった。ビョルンは彼女の後からのろのろついていった。〈ハム〉には全般的な緊張が感じられた。女たちはベッドに座り、銘々が自分の仲間と一緒にいて、会話はやんでいた。皆の手に水の入ったコップが握られていた。自動給水器のそばの床にフランス人の女たちが座っていた。抱き合って腕を組み、亜麻色の頭を押しつけ合っていた。オリガは誰かの脚を跨いでそばに寄り、給水器からプラスチック製のコップを引き抜いて窪みに入れ、青いボタンを押した。冷水が流れ出した。縮れた細い金髪を派手な鬣のように伸ばしたフランス女が、吹き出物に覆われた鼻の長い不細工な顔を上げ、大きな灰青色の目でオリガを見つめた。オリガは満杯のコップをつかんで口元に近づけ、少しだけ飲んだ。冷水が気を静めてくれた。

「一緒にやりたい？」フランス女が訊ねた。

オリガは首を横に振った。そして、自分のベッドの方へ歩きだした。

〈時計を見なければいいだけ……〉と自分に言い聞かせる。

毛布の上に腰を下ろした。一口飲む。そして、時計を見た。あと四分。サリー、イタリア女、それにウクライナ女が二人入ってきた。オリガは水をちびちび飲んでいた。

〈青春はいつだって夢……〉彼女はプラスチック製のコップを見ながら思い出した。

「あと一分！」サリーが言った。

そしてたちまち、皆が生き返ったように動きだした。私物を放り投げ、水の入ったコップをつかみ、女たちが廊下に出ていく。

〈来た。八度目ね……〉と考えながら、オリガは水を零さないよう群衆に溶け込んだ。

廊下では男も女も皆がごっちゃになっていた。群衆は磨りガラスの大きな扉に近づいた。扉は青く光っていた。会話やつぶやきが収まり、群衆は気を張り詰めながら息を呑んだ。地下壕の全囚人が水をなみなみとついだプラスチック製のコップを持って扉の前に立っていた。軽快なベルが鳴り響き、扉が開いた。緊張しながら、群衆は青みがかった光で照らされた通過用の小部屋にゆっくりと入っていった。扉の反対側の壁には五つの小窓が見えた。窓のそばには警棒を持った二名の警備員が微動だにせず立っていた。囚人たちは直ちに五列に並んだ。互いに体を押し付け合いながら窮屈に立っていたが、水を零してはいけないので、押さないように努めた。軽くびっこを引いているどこぞのウクライナ女の背中にぴったり身を寄せながら、オリガは胸の前でコップを大事に持ち、手のひらで蓋をしていた。心臓がどきどきした。その鼓動が混沌とした考えから頭を浄めた。オリガは前だけを見ながら、青みがかった窓の方へ進んだ。短く叫んだり、押したりする者もいたが、群衆の落ち着きが神経質な個々人を抑制していた。群衆は小窓に向かって這うように動いた。それぞれが自分の分を受け取ると、すぐに青い部屋から出ていった。

とうとうオリガの番がやって来た。小窓に向かって身を屈め、自分の首輪の出っ張りを金属製のプレートに押し当てた。ピーと信号音が鳴り、小窓から〈ＩＣＥ〉と印字された透明な錠剤が二錠転がり出した。オリガはそれをつかんですぐに呑み込み、水で流し込んだ。コップをごみバケツに捨て、〈ゴールエリア〉を出た。この青い部屋はそう呼ばれていたのだ。彼女の心臓の鼓動はいっそう激しくなった。

〈すぐにスウェーデン人たちのところへ行こう……〉

背後では騒音や金切り声、怒声がする。誰かが他の誰かの錠剤を奪おうとしたのだろう。

〈始まってる……〉オリガは廊下を通って〈ハム〉の方へ曲がった。そこではすでにいくつものグループができており、それぞれの場所に陣取りながら旅に備えていた。しかし、スウェーデン人コーナーはここにはなかった。

〈スウェーデン人たちは今日は《ガレージ》なんだわ！〉

フランスやギリシャ、ルーマニアやウクライナの女たちが彼女の手をつかみ、つぶやき、説得しはじめた。アルビノのアイスランド男が彼女の足元に飛び込み、膝をつかまえ、欲望の汗に塗れた額をぶつけながらアイスランド語でささやきだした。唾を撒き散らすそのヒステリックなささやきから一つだけ理解できる言葉が転がり出した。

「ボーナス！」

耳を塞ぎ、オリガは〈ガレージ〉へと急行した。すぐにスウェーデン人コーナーが目に入った。十人ほどがすでに床に座って準備していた。彼女はそばに寄って何かつぶやき、震える手を伸ばし、膝から崩れ落ち、座っている者たちの体を触りはじめた。彼女は待たれていた、彼女は喜びをもって迎え入れられ、同じように震える手で触られ、場所を開けられ、引っ張られた。水色の目や青い目、白っぽい空色の目、深い海の色をした目が彼女を直視し、きらきら光りながら、これから皆で分かち合う喜びを約束していた。おののきつつ、彼女は割り込むようにしてそこに加わり、興奮で湿った手を取り、鼓動の波が高まるのを、胸が膨らむのを、頭が回るのを、こめかみで血がどくどく打つのを感じた。スウェーデン人コーナーの力が彼女を揺さぶった。

〈これよこれ……もう！〉彼女はうっとりして目を閉じた。

新しい人々が近づいてきた。自分の分の幸福を呑み込んだばかりで、腰を下ろし、ぎゅっと密着し、手と手を固く、切り離せない甘い予感の鎖のように握り合った。リズが現れ、触り、根を下ろすように座り、美しい唇を震わせながら歓喜のコーナーを自ら強化した。銀髪のギリシャ男、燃えるような赤毛のイスラエル男、顔が醜く肩幅の広い、空色の瞳のスウェーデン男、スキンヘッドのアメリカ女が現れた。皆がボーナスをもらっていた。皆が幸福を渇望していた。

〈ここの人たちは最高！〉オリガの血液は嬉々として脈打った。

そして——飛翔の時が訪れた。歓喜で結ばれた仲間たちにつかまり、彼女は目を閉じた。だが、魅惑的で喜ばしいものへ落ちていくことは許されなかった——冷たい他人の手でコーナーからつまみ出されたのだ。

「犯罪者だ！　この女は〈氷〉を食らった！」

力強い手に引っ張られ、廊下に引きずり出される。彼女は細胞の一つ一つで感じる、腹の中で二つの氷の欠片が、神々しい、またとない、この世ならざる歓喜を与えてくれる二つの氷の欠片が溶けて、溶けて、溶けて、溶けていくのを。ああ、今のうちに溶けてくれたら！　あともうほんの少し！　もっと早く溶けて、溶けて、溶けて、愛しい氷の欠片さんたち、私の体はあなたたちを求めてる、私の体は欲望に泣く、私の体はあなたたちをしゃぶって呻く……。

「この女の口を開けろ！」

無慈悲な顔、冷たい目、ゴム手袋をはめたごつごつした手。歯がこじ開けられ、鋼鉄製の支柱がはめられ、口が、意思に反して痛みとともに開いていく。

「ゾンデ！」プラスチックの蛇が喉の中に這い込み、食道を進み、押し広げ、呼吸をさせてくれない。

体が震え、他人の手の中でくねるが、きつく、きつく、きつく押さえられていて、そしてあそこ、胃の中では、すばしこい蛇が、かわいくて、優しくて、愛しくて、望んでいた氷の欠片たちを、溶けさせまいと吸い込んでいて、そしてもうどうにも、もうどうにも呼吸できない、できない、できない……。

オリガは悲鳴を上げた。

そして、目覚めた。

「どうしたの？」隣で寝そべっているリズが彼女の胸に片手を置いた。「全身ぐっしょり……」

オリガは細長いタオル地の毛布を撥ね除け、頭を上げて身を起こし、両脚をベッドから下ろした。

「ふう、なんてばかげた夢だったの……」

〈ハム〉は薄暗かった。デジタル時計が三時四十七分を表示していた。女たちは眠っていた。オリガは手のひらで汗に濡れた顔を拭いた。

「ばかばかしい……」

「いったいどうしたの、お魚ちゃん？」リズは彼女を後ろから抱いた。「お水、持ってきましょうか？」

オリガは寝ぼけて笑いだし、頭を振った。

「氷の麻薬みたいなものを与えられる夢を見たの……何かの透明な錠剤……私はそれが欲しくて欲しくてたまらなくて……だけど、奪われちゃうの……」

「ここでは氷のことをたくさん夢に見るわ。普通のことよ……」リズは彼女を撫でていた。「私が最初に見た夢ではね、私は昆虫みたいに小さくて、氷の中に閉じ込められているの。永久に。いつまでもその氷の中で……」

「ああ……それからまだ……図書館！」

「図書館がどうしたの？」

「ここに図書館があったの」

「素敵ね。あなたの夢を覗いてみたいわ」

「そして、その錠剤を呑んで集団トリップみたいなことをするの……スウェーデン人コーナー……」

「スウェーデン人コーナーは今晩フットサルで私たちに勝ったわよ」

「なんと、ここは図書館じゃなくて体育館だったのね……」オリガは頭を振った。「そして、男たちは分かれて生活してる……ばかばかしい！」

「男なんていなくてもやっていけるわ」リズはオリガの肩甲骨の間にキスし、ベッドから這い下りた。

自動給水器に近づき、コップに水を満たして少し飲み、戻ってきてオリガに差し出した。

「飲みなさい」

オリガは氷のように冷たい水を少しだけ飲んだ。

「変ね……ここで家を夢に見たことは一度もないわ」

「私もよ」リズは彼女を抱いた。

「だけどこれって……すごく変だわ！」

「いいえ、変なことじゃないわ」

「なぜ？」

「なぜなら、私たちの家はここだからよ。そして、これからも他にはない」リズは欠伸をしてオリガに体をぴたりと寄せた。

うとうとと自分の奇妙な夢を思い出しながら、オリガは肩でリズの胸の窪みを感じていた。

〈ボーナス……ボーナス……氷の……ばかげてる……ここのボーナスはただのスイスの板チョコだ

もの。チョコレート……チョコレート……板の形の……私のフィーマの形の。フィーモチカハイーコ。フィーモチカは誰よりもいい子……〉

最後の者たち

兄弟たちの手が私の体を目覚めさせる。ゴルンの体を目覚めさせる。私たちは自分たちの島にいる。自分たちの〈家〉にいる。自分たちの寝床にいる。並んで横たわっている。大いなる一夜が過ぎた今、私たちの体は似通っている。最終捜索にうんと力を費やし、体は激しく老化した。もはや動くこともかなわないほどに。兄弟たちの手が私たちの目を開け、瞼を持ち上げる。ベッドから抱え上げられ、体を洗われ、食事を与えられ、その他の世話をされる。今は私たちの体を保護する必要がある。光が去らぬように。だが、私たちの体だけでなく、二万三千の光の兄弟姉妹全員の体を守る必要がある。今は一人一人の体がことさら貴重なのだ。なんとなれば、変容が近い。待つ時間は残り僅かだ。

滋養液を与えると、兄弟たちは私たちの体を大理石の浴槽に入れる。浴槽には水牛から搾ったばかりの乳が張ってある。それが体力の維持を助けてくれる。私たちの顔が隣り合う。私はゴルンの顔を間近に見る。肉の世界の法ではまだ少年。しかしあの夜、その顔はひどく老け込んだ。ゴルンの体も老いさらばえた。今や彼は私と同じ。

ゴルンは私を見ている。

私たちに地球の言語で話す気力はない——口を動かせないのだ。

けれども、心臓《こころ》が語る。

今日、兄弟団は二万三千の最後の三人を発見するはず。だが、この最後の三人は難しい者たちだ。彼らを見出し、肉の世界から引き抜くのは容易ではない。彼らは動き回っている。一人目は地上を動いている。ある肉機械たちを殺害し、他の連中から姿を隠している。二人目は地中で暮らしている。彼は肉機械が激烈な毒物を造っていた場所で働いていたが、中毒になって体が変化し、肉機械から隠れるために地面を掘りはじめた。三人目は、ただ単に好きな場所で跳ねたり駆けたりしているだけ。

ノアドゥノプ

六ヵ月と十三日の日本生活で、俺はついに理解した——鳥瞰《ちょうかん》した東京が何に似ているかを。

「原爆投下後のニューヨーク」

俺は自分の発見にほくそ笑みつつ、〈ライチ〉のグラスに向かって母語のオランダ語でささやく。

そして、夕闇に沈んでいくスシとコギャルの街へ目を移す。六十一階に座り、お気に入りのカクテルをちびちび傾けながら見下ろす。東洋の首都を。五センチメートルのガラス越しに。グラスの中の氷に指で触れながら。最高だ。

そして一分後、訂正する。

「ただし、もっとも成功した爆撃ではない」

それは真実だ。まるで核爆発の後に残されたかのような摩天楼の切り株が同じように大量に立ち並ぶ中、百階超えの孤独なタワーがぽつぽつと聳えている。それを眺めていると、日本の古い大ヒット映画に出てくる、東洋の首都を破壊するゴジラの咆吼《ほうこう》を思い出す。俺はこの傲慢で孤独なタワーたちに同情する。次の大地震を待ち受ける彼らの耐久性を祝して、ガラスとグラスを触れ合わせる。東京はその大地震をもう七十年間も待っている。街から目を逸らすことはできない。俺は子どもの頃から長いこと何かを眺めているのが好きだった。ありがたいことに、この経験は俺の容易ならざる職業において大いに役立った。あのロンドンのギリシャ人の後、俺はよりいっそう観察眼を研ぎ澄ませた。俺は目で生きることができる。ここでは夕暮れはいつも急に訪れる。すでに通りには明りがともりはじめている。西の方には、姿を消した太陽の残光でピンクがかったオレンジ色に染まった靄《もや》が見える。あと五分もすれば暗くなりはじめるだろう。お前が誰で、なぜここにいるかを思い出すには、それだけあれば充分だ。俺は自分自身にも環境にも満足している。今のところ、すべてが順調だ。俺は上手くこのメガロポリスに溶け込んだ。少なくともあと半年は問題ない。連中は欧米で俺を捜している。だが、俺はもう二年もの間、細い目、まったく別の鼻、幾分異なる唇をしている。そして、修道士のように頭を剃っている。コープスのかつての同僚たちは決して俺だと気づかないだろう。バルカンの連隊仲間も。気づかれるとすれば、タトゥーだけだ。地球にアジアがあるというのは、潜り込み、溶け込める場所があるというのは、実に素晴らしいことだ。すでに三人から、俺がモンゴル人に生き写しだと言われた。ケッサクだ！　俺はモンゴル人。定期的に襲来する。成吉思汗《チンギス・ハーン》の子孫。ギリシャ人は簡単にやられてくれた――肝臓に二発、頭部にとどめの一発、まるで映画さながら。ボディーガードは手も足も出なかった。だが、一ヵ月にわたる入念な準備は本当に辛かった。仕事中はいつも深い睡眠が取れないことに悩まされる。そのせいでマジに疲れる。日本のマッサージ師は痩せてはいるが筋肉質な俺の体に対してなかなかの働きをした。渋谷の二人のコギャルと過ごした三夜が俺を最終的に人生に引き戻してくれた。そう、俺は『ダイ・

ハード』の鉄のブルース・ウィリスじゃない！　そして、俺の個人的な小さな神に栄えあれ……。

東京が燃え上がる。美しい、何も言うことはない。毎回、仕事の前はこのバーに来ることにしている。これで三度目。もはや新しい伝統だ。正確には、伝統の半分。もう半分は犬の銅像の前で俺を待っている。勘定を済ませ、下へ、街へ、新宿へ動く頃合いだ。あそこにミサトサンがいる。新しい女。会う前に何か土産を買ってやらないと……。

勘定を済ませ、エレベーターへ向かう。鋼鉄製の籠がスムーズに俺を天上から地上へと帰す。なぜかこのエレベーターはいつもメロンの匂いがする。タクシーを拾い、新宿へ向かう。渋滞だ。ラッシュアワーだからな。だが、遠くはない。到着すると、新宿はすでに夜で、クリスマスツリーみたいにライトアップされている。待ち合わせの時間まであと七分。女の子が待ってくれるのはわかっていても、やはり急いでしまう。俺はあらゆる点で責任感のある男なのだ。伊勢丹に駆け込み、彼女のために俺のスタンダードなコギャル・キットを買う。椎名林檎のCD、『タイタニック』のDVD、尻尾が棘に覆われたポケモン、スイスのチョコレート一箱。これでヒット間違いなし。俺の愛するサイレンサー付きのグロック18のように。

犬の銅像の前にミサトが立っている。この犬はハチ公（実際のハチ公像があるのは渋谷駅前）といって、心臓発作で死んだ自分の主人をいまだに待ちつづけている。日本人は犬なんぞに記念碑を建てる。彼らは感傷的で、幼稚だ。ありがたいことに、これまでのところまだ日本の依頼人はいない。中国人もいない。アラブ人は二人。ギリシャ人は一人。プラス、オーストラリア人も一人。残りはヨーロッパ人だ。いいや違う、まだロシア人が二人いた、九八年に。ロシア人は、ヨーロッパかアジアか、どちらに分類すればいいのかわからない。ロシア人は単にロシア人だ。あのロシア人たちは躓《つまず》きの石だった。多くの血が流された。あのときほど俺の存在が明るみに出たことはない。多くのものを取り替えなければならなかった。自分のことや、周囲のこと……。

ミサトは昨晩と同じ恰好をしている。臍出しのピンクのトップス、水色の革のミニスカート、目の粗い白のストッキング、黄色いポケモンのバックルが付いた白い厚底靴。太いエナメルベルトにもう一匹ポケモンがくっついている。そして、ミニサイズの黄ばんだポケモンが螺鈿《らでん》のような携帯電話にぶら下がっている。ミサトの髪の色合いは赤と黄。大きなつけ爪には雪やら星やらがデコってある。睫には螺鈿のようなグロスが塗られ、ライトピンクの唇がきらきらしている。顔は表情に乏しいが、スタイルは申し分ない。身長百六十八センチ――この国の女性としては抜群だ。典型的なコギャル。ちなみに、コは小さい、ギャルは女の子《ガール》の意味。トロピカル・ガール・スタイルは、四年ほど前、突如として流行した。今では、形の崩れた服を身につけ、黒人的なウールのニット帽をかぶったレイバーファッションに押されている。だが、ミサトはコギャル第一波の姉を真似ているのだ。ゲット・ワイルド&ビー・セクシー――それが彼女たちのモットー。俺も実に気に入っている。

「ハーイ、ジョン、ハウ・アー・ユー?」ミサトはブラケットを装着した歯並びの悪い若い歯を見せる。

「コンボワ、ミサトサン」俺は応えて微笑む。

彼女は頑張って英語で話そうとし（すごく下手）、俺は日本語で話そうとする（さらに下手）。彼女の湿った手を握る。群衆を掻き分けながら、俺たちは新宿通りに出る。ぶらつきながらダベる。ミサトは厚底靴をコツコツ鳴らす。日本の女の歩き振りはまったくひどいものだ。大部分は内股。札幌出身の娼婦が説明してくれたところでは、これは千年もの間正座してきた結果なのだ。

ミサトの臍にピアスはないが、その理由はわかる。高校生なので禁止されているのだ。この国の家庭や学校には厳しい圧迫があって、そこからこういう鮮やかでヤバいファッションが生まれる。学校=家庭ルーティンの代償というわけだ。夜のミサトはコギャルで、朝のミサトは青い制服と白いルーズソックスを身につけた女子高生。彼女は厚底靴で地面を叩きながら元気に歩く。俺は骨休めができる場所を提案する。彼女は何にでも同意する。ヨーロッパ人との恋愛はここではステータスなのだ。もっとも、彼女にとって俺はモンゴル人のハーフなわけだが。そして、貨物輸送の専門家。名刺まで持っている。

俺は彼女を馴染みの場所へ連れていく。ここは一人当たり五十ドルで二時間飲み食いできる。俺とミサトにとっては充分な時間だ。自分にはビールをつぎ、彼女には中甘の米焼酎のカクテル。これがコギャル好みのドリンクなのだ。俺たちは寿司、刺身、焼き鳥、蟹《かに》のハサミ、霜降り肉を掻き集める。ウェイターがテーブルの真ん中にある、水の入った中華鍋が載ったガス焜炉に点火する。ここでは客は好きなものを入れて自分だけのスープを煮ることができる。煮え湯に蟹のハサミを入れ、寿司を食い、酒を飲む。ミサトは陽気だ。仰け反りながらげらげら笑っている。俺は彼女を抱きしめ、膝をつかむ。ミサトはセロファンに入ったナプキンで俺の額をぺしぺし叩く。俺たちは渋谷での出会いに乾杯する。あそこはコギャルのメッカで、彼女たちの巣箱だ。コギャルがわんさかいる。

「どうしてあたしを選んだの？」ミサトが訊いてくる。

「君は他のコギャルたちに似てないから」俺は嘘をつく。

彼女は大笑いし、濁った白いカクテルを少し飲む。外国人とのデートは彼女にとってステータスなのだ。寿司を呑み込みながら、彼女はクラスの皆との夏のイタリア旅行のことを話す。ローマ教皇を見たこと。〈東京のよりおいしい〉ティラミスを食べたこと。イタリア人が気に入ったこと。俺はサッカーのことを話す。学生時代、マンチェスター・ユナイテッドに〈夢中〉になっていたこと（皆にとって、俺はイギリスに留学していたことになっている）、イタリア人と喧嘩して、一ヵ月牢屋にぶち込まれたこと。彼女はけらけら笑う。寿司や刺身を食い終えた俺たちは、蟹が茹であがるのを待つ。間。そこですかさず、俺はリュックサックから伊勢丹の包みを取り出す。

「これは君に」

彼女はたちまちコギャルから女子高生に変わる。動きがぎこちなくなる。身を屈め、口の開いた包みの中を掻き回す。銀色に輝く唇からは今にも涎が垂れそうだ。

「カワイイ！　スゴーイ！」彼女は歌うように言い、手のひらで口を覆い、驚きの声を連発する。

「へ〜、お〜、わぁ！」

薄い日本のビールをちびちび飲みながら、俺は彼女にプレゼントを楽しむ時間を与える。ミサトが何かに夢中になっている姿を見ると、俺はすぐに彼女が欲しくなる。カワイコちゃんだ。もちろん、日本の女はマニア向けだ。アレックスは耐えがたいと言うし、グレゴリーもあまり喜ばない。気に入ったのは、セルジュ・ラボツキだけだ。もっとも、あいつは中国娘の方が好みらしいが。もちろん、この国の女は永遠のスクールガールだ。ぎこちなくて、はにかみ屋。これがしばしばヨーロッパ人を萎《な》えさせる。ところが俺には、逆に、それがぴったりハマる。俺は日本のスクールガールが好きだ。たとえ四十前後でもイケる。それに、選択肢などない。ここで白人女と恋愛するなど、死に等しい。俺は、すべてにおいて自由であらねばならないのだ。いついかなるときでも尻尾を捨て去ることができねばならない。そしてときには、皮だって……。

蟹が茹であがった。プレゼントと焼酎で興奮しているミサトが箸で湯の中からつかみ出す。俺は肉や、短い串に刺さった肉団子、茸《きのこ》などを脇へ寄せる。俺たちは鋏で蟹のハサミを切り裂き、雪のように白い身をソースに浸しながら食べる。ミサトは、行ったことはないが、すごく行きたがっているアメリカについてぺちゃくちゃ喋っている。何しろ、俺はアメリカ人だからな。実際、俺のアメリカ訛りは悪くない。グランド・キャニオン、ロサンゼルス、マイアミについて話してやる。レストランは満杯だ。仕事鞄や携帯を手にしたサラリーマンたち。彼らは献身的な労働の後、どたばた急いでリラックスの場を求める。翌朝再び六時に起き、電車に一時間半揺られ、エアコン製造会社に命を捧げるために。俺にとっちゃ、そんなのは地獄だ。毎日通勤するくらいなら、二ヵ月に一度人殺しをする方がマシ……。

ミサトは酔っ払った。煮上がった霜降り肉はもはや彼女の喉を通らない。潮時だ。俺も軽く酔ってる。ご馳走は思う存分食った。女子高生にハメたい。彼女の脇腹を抱えて連れていく。出口で勘定を済ませる。彼女はけらけら笑っている。千鳥足で、靴が片方ない。見つける。また大笑いする。俺たちはレストランから転がり出る。外は、いつものようにむっとしていて騒がしい。九月だというのに、蒸し暑さはまだまだ引かない。〈ラブホテル〉――英語で〈Love Hotel〉――は目と鼻の先だ。ワンルームの快適な自宅には誰一人女を連れ込んだことがない。一度も。グレゴリーが俺に標準価格の二万を支払ったとしても駄目だ……。

金を支払い、鍵を受け取る。俺たちはエレベーターで三階へと上がり、廊下を歩く。俺はすでに勃《た》っている。いい物を食って、気持ちよく酒を飲んだ後は、いつも勃起の具合がいい。ミサトはブロークンな英語で、奥さんが焼き餅を焼かないかと訊いてくる。何せ、俺はサラリーマンで、一家の主なのだ。うちは結婚に対して自由な考え方をしているんだと言っておく。

「奥さんは日本をどう思ってる?」ミサトが訊ねる。

「気に入ってる。だけど、ニューヨークを恋しがってるよ」

「うんうんうん」彼女は心の底からうなずく。

俺は扉を開け、明かりをつける。大きなベッドのあるお部屋。いつも通りだ。他の物があったためしがない。ナイトランプをともし、天井の照明を消す。ミサトを突き倒す。彼女は人形みたいに、笑いながらベッドに倒れる。彼女がくすくす笑いながら仰向けになっている間に、俺は服を脱ぐ。彼女は動物園の象でも見るような目つきで俺を見ている。彼女から厚底靴を脱がせ、ストッキングを引き摺り下ろす。シルクのショーツの下から、ミサトの黒い、僅かに剃ったおまんこが現れる。牡蠣《かき》のように新鮮だ。日本の女のおまんこはいつも潮の香りがする。脚を押し広げ、舐める。軽い喘ぎ声が漏れる。舌を膣《ちつ》に入れ、同時に両脚を折り曲げる。膝には見慣れた痣《あざ》がある——家の畳で擦ったのだろう。どの娘もそうだ。彼女は喘ぐ。どうやら、こういうのはお気に召さないらしい。だけど、しないとな。オジサンがしたがってるんだから。そうやって、俺たちは二、三分ぐずぐずしている。それから、オジサンが自分のペニスにコンドームをかぶせる。手に唾を吐き、自分の角に塗る。そして、ミサトの体にくっつく。

滑らかな突きで、ゆっくりと彼女の中へ入る。彼女は相も変わらず喘いでいる。俺は根元まですっぽりはめる。彼女はしゃくり上げる。脇を見ている。顔を顰めている。俺はパンパン突く。彼女は呻き、喘ぐ。日本の女はベッドでは同じように無力だ。中国の女と違って。あるいは、タイの女と違って。

「スゴイ……スゴイ……」ミサトは喘ぐ。

彼女はつけ爪をした自分の指をしゃぶる。俺は彼女を脇へごろんと転がす。並んで横になる。ぽつぽつとニキビがあるお尻に股間を押しつけ、小さな胸を揉む。彼女のおまんこは若くて、狭い。それがフィニッシュへと駆り立てる。ブレーキをかける。イッてしまわないように、仕事のことを考える。明日のフライト。ボスニアの古い隠れ処。そこには今も、グロック三丁、ベレッタ二丁、カラシニコフ一丁が油を差した状態で、それに、弾薬が二箱眠っている。死んだギリシャ人。ゴアの家。足を洗ったら買う。そして、年金生活に入るんだ。

日本の女はフェラができない。それが国民性なのだ。できないのは、好きじゃないからだ。昨日のように、ミサトはやろうとはするのだが、うまくいかない。

「歯を仕舞え」俺はアドバイスしてやる。

彼女は仕舞う。そして、俺の角を喉に詰まらせる。その間に俺は彼女を四つん這いにさせる。ペニスが小さな子宮を叩く。まるで、帰らせてと願うみたいに。彼女はぺちゃんこな枕に向かって呻き、喘ぐ。その背中は繊細で、白い。こういう白い肌はヨーロッパにはない。アメリカは言わずもがな……。

近づいてくる。時間だ。中から出て、コンドームを引っ剝がす。彼女の頭をつかみ、ベッドに押さえつける。自分の角をつかむ。拳で少し急激な動作をして、ミサトの耳の中でイく。彼女は訳がわからず凍りつく。その耳は俺の精液でいっぱいだ。精液越しに地味な星のイヤリングがちらちら光っている。ミサトの頭を支えながら、俺は彼女の耳に、俺でいっぱいの耳に見惚れる。それからうつむき、こめかみにキスをする。

「はあ、はあ、はあ……」その声には怯えが感じられる。

だが、すぐに慣れて、微笑む。

「はあ、はあ、はあ……」

どうやら、こういうことをされたのは初めてらしい。これで彼女の耳は処女を失った。いいことだ。生きやすくなるだろう。彼女にとってはサプライズ、俺にとっては新しい伝統。今、俺は仕事の前にコギャルの耳に射精することにしている。さもなくば、成功はない。

ウィーン、8時35分

ターゲットが玄関から出てきた。俺とグレゴリーは車内にいる。グレゴリーがエンジンをかけ、車が動き出す。ゲルトナーガッセを通り、ウンガーガッセの角でターゲットに出会う必要がある。俺はサイレンサー付きのグロック18をいつでも発射できる状態で握っている。通りに人影はほとんどない。自転車乗りが一人、俺たちを追い越す。またもう一人。俺たちは花売りの傍らを、菓子店の傍らを通り過ぎる。ウィーンのエクレアは美味い。ターゲットが角から出てくる。ベージュのコートに、ベージュの中折れ帽。手にはアンズ色の革鞄。ターゲットはいつもオフィスまで徒歩で向かう。俺はボタンを押す。スモークガラスが下がる。ピストルを握った手を車の窓から出す。一発、二発、三発。全弾頭に命中。眼鏡のレンズが舗道に飛び散る音が聞こえる。ターゲットは倒れ、鞄を、帽子を、眼鏡を落とす。すべてから察するに、生きようとする意志も落としたようだ。俺は窓を閉める。グレゴリーはウンガーガッセに折れる。そして、エンジンを全開にする。

ミュンヘン、10時56分

セルジュは自分のジャガーで俺をウィーンから颯爽《さっそう》と連れ出した。やつはすべてにおいてプロだ。俺とは違う。黙って別れを告げ、俺は空港の建物に入る。建物は大きいが、人は疎らだ。きっと、そういう日なのだろう。自分の便を探す。ストックホルム。十一時四十分。素晴らしい。ミュンヘン・ビールをジョッキ一杯引っ掛ける時間がある。俺はノンフィルターの小麦ビールに目がないんだ。チケットを受け取り、チェックインを済ませる。金属探知機を通り、パスコントロールを抜ける。問題なし。ラウンジに入り、すぐさまバーへ。

「白ビール一杯《アイン・ヴァイスビーア》、頼む《ビッテ》」

長身で日焼けしたバーテンがビールをつぎ、泡が落ち着くまで置く。俺はカウンターに向かって腰かける。隣に座っているのは、羽根付き帽子をかぶった上品なご老人。バイエルン人だな。俺は煙草に火をつける。万事滞りなくやり終えた。手は期待を裏切らなかった。グロック18もお手柄だ。グレゴリーの運転も正しかった。あいつは俺のことを実によくわかっている。俺たちは六年間一緒に働いている。今のところ、ミスはたったの二度だけだ。スイス人とロシア人。どうってことはない。はるかに悪い事態もあり得る。ビールが目の前に出される。喉はカラカラだ。泡越しの最初の一口。たまらない。このビールの味は変わらない。八四年と同じだ。あの頃、ニキビ面の俺は、穏やかなロッテルダムから初めてミュンヘンへやって来た。アヤックス対バイエルン。二対一。巨人《タイタン》たちの戦い。あのとき、〈ホフブロイハウス〉で、俺は危うく鼻をへし折られそうになった。試合の後、阿呆な俺たちはビールを引っ掛けにあそこへのこのこ出かけていったんだ……。軍隊に入るまで、俺は熱狂的なサッカーファンだった。それが今じゃ、どこがどこに勝とうがどうでもよくなっている。今、ゲームをしているのは俺だ。俺が俺のペナルティーキックを行う。時々。そして今のところ、ゴールを決めている……。

老人から火を貸してくれと頼まれる。ライターを渡すが、彼は床に落としてしまう。俺は拾って、火をつけるのを助けてやる。その手は震えている。白髪碧眼のアーリア人。きっと、戦争に行って〈ジーク・ハイル！〉と叫んだのだろう。老人ってのは子供みたいに無力だ。それは俺にも差し迫っていることだ。きっと、この老人にはたくさんの家族がいるに違いない。いつかは俺も、何かしらの家族を持つだろう。コギャルの耳に射精するだけが能じゃない。ビールを飲み干し、飛行機に乗り込む。周囲は特に変わった様子はない。機内は閑散としている。どうやら、月曜にスウェーデンに行きたがるバイエルン人はいないらしい。スウェーデンのビールは碌《ろく》な代物じゃない。ゲンナマを受け取って、あそこでチェコのプラズドロイでも飲むとしよう。シートベルトを締める。前のリクライニングシートの網ポケットから、すでに誰かが読んだ形跡のある『アウト・モトア・ウント・シュポルト』を抜き出す。ページを捲る。ほほう、ドイツ人は〈ミニクーパー〉を年間最優秀車に選んだのか。この車を真剣に考えたことは一度もないな。第一に、あれは女向けだ。第二に、馬力が弱い。まるで第二次世界大戦後のドイツ人みたいに……。俺たちの大佐が言っていた、二十世紀最良のドイツ人は地中に埋まったままだと……大佐は正しいんだろうな、きっと……最良のオランダ人については、黙して語らずがいいだろう……最良のオランダ人ってのは俺のことだからな。

彷徨《さまよ》えるオランダ人……。おお、この〈クーパーS〉は百六十五馬力か。弱くはない。こいつは実に興味深いぞ。どれ。ABS。DSC。EBS。ASC+T。標準的だな。バイキセノンのヘッドライト。エアバッグ六個。どこにそれだけ要るんだ？　一つは性器を守るためとか？　駐車センサー。雨センサー。雨……。つまり、すぐにワイパーが入るってことか……雨……雨が降るかも……あるいは豪雨……ゴアのときみたいな……あのときはもう網が張られていた……ポータブルプレーヤーを持った娘がすでに歩きだしていた……ダイキリを取りに、お尻を振って……チーク材のベンチ……濡れている……ばか女が濡らしたんだ……俺のグラスから零して……。

雑誌が手から落ちる。俺は右へ、通路側へ体を傾ける。緑の絨毯を敷いた床が、スチュワーデスの脚と赤い靴が、目の前を流れていく。

「どうかなさいましたか？　お加減が悪いのですか？」

手が鉄のように重くて動かせない。口を開けようとする。自分の涎が垂れるのが見える。そして、赤い靴に滴る。右耳に老人の声が入ってくる。ドイツ語だ。

「マルク！　どうしたんだ？　なんてこった、また具合が悪くなった。だから家でおとなしくしてた方がいいって言ったのに……。お嬢《フロイライン》さん、私たちを降ろしてくださらんか……」

「お連れ様ですか？」

「ええ、そうです！　また失神したんです。手伝ってください……」

老人の手が俺の服のボタンを外す。そして、その手はまったく震えていない。

目を開ける。広々とした部屋。窓にはブラインドが下りている。高い天井。俺は裸で、壁に磔にされている。両手とも縛られている。鋼とゴムで。両脚とも固定されている。正面に二人の男が座っている。一人はバーにいたあの老人。もう一人は若くて大柄な男。二人の前には、細長い金属製の箱が置いてある。中に何が入っているかは想像に難くない。電動ノコギリか？　厄介なことになった。それも一気に、マジで厄介なことになっちまったみたいだ。頭ん中は空っぽで穏やか。思い出す。トウシロみたいに騙された。ライターを拾おうとして屈み込んだとき、この年寄りが俺のビールに何か混ぜやがったんだ。実に単純。筋肉に力を入れる。自分の力を試す。老人が立ち上がり、近づいてくる。間近に寄る。俺はやつの顔を正面から見る。雄々しくて、皺くちゃで、軽く日焼けしている。覆いかぶさるような瞼の下から暗青色の目がしげしげと俺を見ている。その眼差しはいかなる感情も表していない。

「どうだ、フーゴ？」やつは英語で訊ねる。

こいつは驚いた！　俺の本名を知っていやがる。表向き、フーゴ・ヴァン・バールはクロアチアで死んだことになっているんだが。大急ぎでヴコヴァル付近に埋葬された。まだ他に何を知ってる？

「すべて」と老人は答える。「我々は君に関するすべてを知っている。君が殺し屋だということも。ウィーンで一人殺したばかりだということも。二万ユーロの報酬を受け取りにストックホルムへ飛ぼうとしていたことも。これは君の現在だ。我々は過去も知っている。例えば、こんなことも知っている。君は子どもの頃、義父を憎んでいて、一度義父のバイクのガソリンタンクに砂糖を入れたことがある。義父に怪我をさせるためだ。だが、義父は怪我をせず、君を蠅叩きで殴った。灰色のプラスチックの蠅叩きで。君がハリネズミを恐れていることも知っている。君の最初のガールフレンドの名前も知っている。エリス。君たちは入り江のそばの森の中で事に及んだ。当時の君はあまりにも急いでいた。十五歳にはよくあることだ」

老人は口を噤んだ。そして俺から離れた。何者なんだ、こいつら？　どこからそんなことを知った？　母か？　母は九四年に癌で死んだ。それに、エリスのことは知らなかった。エリスのこと……知っていたのは、俺とエリスだけだ。誰が話した？　エリスか？　彼女は万年アメリカ暮らしだ。義父のことは？　母が話すはずがない。何者なんだ、こいつら？

「我々は君の兄弟だ、フーゴ」老人が口を開く。「これから我々は君を目覚めさせる。そして、君はまったくの別人になる。君の人生が新たに始まるのだ。楽に目覚められるように、君が子どもの頃にザエルマン家の農場で見た夢を思い出すといい。あ、お、い、リンゴの夢だ。思い出せ、フーゴ・ヴァン・バールよ」

そして、俺はたちどころに思い出した。あの夢を！　もう永久に忘れたと思っていたのに。永久に！　最高に強烈な夢。衝撃的だった。俺は七歳だった。母はまだ父と暮らしていた。そして、家族でなぜかザエルマン家の農場へ行ったんだ。そこには牛や羊たちがいた。それから、レックスとウィスキーという二匹の犬。それから、マリヤとハンスという二人の子ども。俺は子どもや犬たちと一日中遊んだ。そして、はしゃぎ過ぎちまって、雑草の中で錆びついていた古い播種機《はしゅき》に胸をぶつけたんだ。あんまり強く打ったもんだから、ショックで気を失いそうになった。鉄の播種機で胸を切って、血まで出た。傷は浅くなく、ザエルマンは母さんと一緒に俺をアッセンへ連れていった。そこでちゃんと包帯を巻いてもらうためだ。診療所で俺は台に寝かされ、胸に鎮痛剤を注射され、皮膚を縫われ、包帯をあてがわれた。ザエルマンに連れられて帰る途中、俺はうとうとした。そして、夢を見た。俺たちは診療所からザエルマン家に戻るところで、古びた赤いジープに乗っている。何もかもすごくリアルで、現実のように感じられる、ザエルマンが車を運転し、母さんは後部座席に俺と座り、俺は母さんの膝に頭を乗せている、窓に吹き込む風、あらゆるものの匂い、車にブレーキがかかり、俺は頭を上げて見る——母さんもザエルマンも眠っている、ぐっすりと眠っている、俺は車を降りる、ザエルマン家が目に入る、入ってみて理解する、家の中では人も犬も皆眠っている、家の外では牛や羊が眠っている、そもそも、俺の周りの連中が一人残らず眠って、眠って、眠っている、死の静寂がある、そして俺一人だけが寝ずにおり、一人歩いたり、見たり、色んなものに触ったりできる、俺が客間に入ると、そこの肘掛け椅子でマリヤとハンスが寝ていて、ふと、テーブルの上の青いリンゴが目に入る、俺は近づいてそれを手に取り、それが氷でできていることを理解する、すごく冷たいが、手の中に握っているのはとても心地いい、そして俺はそれを胸に当てる、胸は疼き、むず痒い、そしてとても気持ちいい、新鮮で、ゆったりした気分になって、俺は恍惚としてわっと泣きはじめる、だって、これほど気持ちいいことが、これほどひどく気持ちいいことがあり得るのだから、そして、青いリンゴが一緒の間はいい気持ちでいられるのだということがわかるが、同様に、それは氷だから解けてしまい、解け去ってしまえば、もう二度と気持ちよくなれない、ということもわかる、俺はリンゴを握っているが、それは解け、滴り、雫が垂れるごとに俺は善きものを失い、永久に失う、そして俺は、生まれてこの方一度も号泣したことなどなかったというくらい号泣する、そして目覚める、俺が夢の中で泣き喚かなくて済むようにと、母さんが起こしてくれたのだ、だが、俺が泣き喚いているのは、この素晴らしい夢が終わってしまい、もう二度とやって来ないからなのだ……。

「そうら、思い出したな！」老人はにやりとし、大柄な青年に向かってうなずきかける。「掛かれ」

青年が長方形の箱を開けた。中には霜に覆われた棒が入っており、氷の塊が括りつけられている。氷のハンマーだ。俺は全力でもがき、唸りはじめた。だが、拘束具で押さえつけられている。青年はそのハンマーをつかんで近づき、振りかぶって、全力で俺の胸に振り下ろした。痛みが走り、呼吸が止まる。そして、気が遠くなるほど胸が締めつけられる。やつはさらに、またさらに打つ。またさらに。俺は意識を失った。そして気がついたとき、俺の心臓が口を利いた。

「ノアドゥノプ！」

汝が乞わば大地は密かに汗を流す。正しく静かに祈らば善なり。密かに乞え。母なる湿潤の大地よ、開けと。しかして息子の如く、御顔、御胸、御肩、御胎《はら》に接吻せよ。そこに大事な湿物《しつぶつ》あればなり。密かに呼吸しつつ待つべし。額《ぬか》ずきて終わりまで祈れ。母なる湿潤の大地よ、今こそ開けと。さすれば大地は開き、汗を流して柔《やわ》に膨れんとす。天然なる大地の汗が稀にじくじくじくと染み出せば、感謝を捧げよ。母なる湿潤の大地よ、過去現在未来にわたり汝があることに今もいつも世々に感謝すると。しかるべく為せ。しかして大地の中に静かに諸手を入れよ。脅かすなかれ、乱暴するなかれ、狡《ずる》するなかれ、急《せ》き立てるなかれ、不浄なる地表の落ち着きを押しつけるなかれ。母なる湿潤の大地は穢れたる性急人を尊重せぬ。平安をもっておもむろにこれを遂行し、万事正確に抜かりなく為せ。大地の静かなる汗が消え、乾きが戻ることとなきよう。諸手を入れ、軽く力を込め、よしなに突っ張れ。第一の押開《おうかい》は少な少なに行え。孤児らしく、母なし子の如く。拙く、汗を流し、臆しつつ。大地が立腹し、汝を吐き出すこととなきよう。受け入れ、憐れみ、密かに通し給うよう。第一の押開を最後まで、良好確実なる終《つい》の点まで為せ。大地が汝の瑞々しき本性を感じ、湿物にて受け入れ給うよう。兆しあらば第二の押開を行え。この度は力強く、成人らしく、魔掘徒《マホート》の如く。大地が汝の力を認め給うよう。さすれば汝は通され、万事良好とならん。魔掘徒たる汝は地中を我が家として、善良広大なる温かき懐として住むを得ん。そはいかなる家にも優る。より温かくより誠実なるが故。地表の事柄に思いを致す必要はなし。魂には平安が、体には支柱が与えられん。第二の押開が上首尾に終わらば、大地に潜り魔掘徒となり泳げ。脂塗木の小さき石鹸滓の如く汝が求むる場へと泳げ。泳げば大地は内奥の脂を汝に薄く塗らん。望むならただ御土《おんつち》のみのさらなる深みへ。望むなら根や石のある浅みへ。また望むなら空《くう》の場へ、余計なる物の滞る場へ。魔掘徒となり偽りの表不浄界を去る恩恵に預かりしとき、我は初めて深みを敬い万事然るべく為せり。不浄界の深みにて御土の脂を隠れ蓑とするは至極容易なり。深みは汝のすべてを遮り守り、包み温め、魂を善く浄め体を鍛う。万事とこしえに平穏たるよう。深みにありては眠りも祈りも脂の力学もすべてよしなに遂行するを得れども、深みは糧を与えず。大地の中に体の糧なければ深みに長居は禁物なり。汝の必要とする物を探せ。体は糧を、魂は祈りを求む。母なる湿潤の大地は善き糧を与え、善く養う。されど糧は上方、根の下、甘い、すこぶる甘い草木の下にあり。そはすなわち表不浄界の下なり。深みにてとくと眠りを取り善き平安を蓄えよ。しかして魔掘徒となり正しく這い上がれ。そこに存するは甘き根、球根、地中に正しく住まいたる生物。我はまず土竜《もぐら》を捕らえその血をおもむろに吸うを好めり。土竜の血は大地の押開に適する力を有す。ただし汝が慌てず静かに吸う場合のみ。土竜の血は強力なり。その種は古より小さき魔掘徒として地中の道を泳ぎたればなり。我は巣穴にて土竜を絞め殺し通路を発掘せり。土竜の根城に侵入し、巧みなる突撃にて秘密の隠れ処を壊滅せり。強くあるため、御土を魔掘るため、地中にありて正善たるを得んがためなり。不浄者どもに糧を与うる表畑《おもてばた》の下より蛆《うじ》を引っ張り出し、森の腐敗の下より草鞋虫《わらじむし》や蝸牛《かたつむり》を穿《ほじく》り出し、昆虫を捕まえり。甘き草根を引き下ろし、歯をもって正しく磨り潰せり。しかして球根をおもむろに正しく咀嚼しつつ善き糧に対し祈りと感謝を捧げたり。草根には力と重要なる汁あり。その汁は濃く、高貴にして肌をぴたりと覆う。押開《はかい》と破開、泳行《えいこう》と切開の力を草根は膨大確実に有す。そは正しき力なり。根は蛆や土竜と睦み己の力を意志強き乳や血と化して与う。母の如く、皮を剥くかの如く、彼らの肉体を密かに養う。我は我が肉体を密かに強く土震《どしん》と養う者、腕の骨を強くし、輝く悪党どもに発見されぬため表不浄界からの分離を与うる者皆と固く善き親交を結びたり。魔掘りを助くる者は皆友なり。魔掘りを妨ぐる者は皆敵なり。当初、大地の善き深みは我を執拗に求むるように引けり。我は深みに永く潜り、鼻息を立て、突っ張れり。密かに低く息し、殺心《さつしん》をもって押開を為せり。そこなる土は強く脂多く肉厚なり。当初、我は深みにて力を蓄え、鼻にて吸い上げ、均し、大地の汁を吸い、外に向けて胆力体力を練れり。深みにて休眠し、母なる大地の脂を求めて掘り進み、不浄なる黴《かび》や輝く悪党どもの記憶より浄められたり。表不浄界は永久に呪われてあり。祝道帽《しゅうどうぼう》をもって、永遠なる聖賛杯《せいさんはい》をもって大地の本質を理解す。天界、星界、上界、二本足、四本足、六本足、多本足を支うる大地。そは永遠なる藍色の土台としてことごとく正なり。母なる大地は支え保つ。芯髄《しんずい》をもって自覚し、内臓をもって母なる大地の善良強大剛情なる生の法則を我が物とす。されど直ちに理解すること能わず。瑞々しき大地へ深く潜るのみならず、善き秘事に強く深摯《しんし》に思いを致すべし。横臥せらる隠れ処を、孤立せる隠れ処を、他の腐快《ふかい》なるすべてより分離したる隠れ処を探すべし。我は畑や森の下を鼻息立てて這い泳ぎ、より脆き場所を魔掘れり。しかして正しき側より不浄街、石の表面、秘密の大醜場《だいしゅうば》を泳ぎ回れり。蛆や土竜を喰らい、墾跡《こんせき》を留むるようにおもむろに肉体の力を強化せり。正しく脂こい呻きとともに、脅かすが如く、弑《しい》せんばかりの勢いをもって破裂突破を為せり。しこうして地下の石を回し、突進にあらず急進をもって的確に根を掻き分く。感謝の念とともに、内奥からの静かなる祈りとともに消化せらる大地の賜物を身内から排泄す。しかしてさらにさらにさらに魔掘れり。深みにあらず地表に近き根の下を。鮮やかに、易々と、脂こく。そのとき、忌まわしの明るき不浄界の騒音を耳にせり。かしこで厭蛮《やばん》たる二本足の悪党どもの足音が我が魂を責つき、掻き乱し、胎呑《たいどん》せり。その声、不平、叩音は、我が体を穿孔せり。恐怖や魂の膿が上方より唸り降り、表不浄街から夥しく流れ、底にて大きく扇状に広がり死滅す。かしこにて二本足どもは身を捩る。苦しげに、危険に、明るく。虚偽の世界を、穴の開きたる疑わしき膜《まく》乱《らん》の世界を統べる。明るく穢れたる悪党どもは悪の内にて緊張し、虚偽の内にて己に似たる者どもを倦《う》まず弛まず鮮やかに誘惑す。森々《しんしん》と揺らし、産々《さんさん》と建て、悪臭を撒き散らしつつ壊し、貪欲に呑み込む。引き裂くが如く、狂暴なる無慈悲さをもって、大慌てで世代間の力を吸い合う。不浄なる戦慄が停滞したる街々から発し、鉱石にあらざる我が体は根の下で震えり。我は強く感ず、明るく穢れたる二本足どもが大群を成し、不浄なる足にて母なる湿潤の大地の御顔を踏みつけたるを。駆け回りては苦しめ、倦《あ》くほどに苛み、暗に明に穿ち揺らしたるを。不浄なる内臓の憤怒より唸るを。苦しみつつ表不浄界を建設するを。我は街々を迂回し、村々の周囲を泳げり。不浄なる諸々の周囲に道を敷けり。根の下を細かに魔掘れり。涙して母なる湿潤の大地に柔軟さを請い願いたり。そは開き、我のため、我一人のため、愛しき我のため、静かなる我のため、密かに汗を流し、地下の泥濘や石の間を通し給えり。我が腕は破開により強くなりけり。腕は永遠単潤《たんじゅん》なる力を見出せり。邪魔者も障害物もなし。樫の根は罅割《ひびわ》れ、石の位置はずれ、鉱山は崩れ、大地は摩擦と急進により鳴動す。母なる湿潤の大地の助力をもって我は孤絶したる場を、平安と祈禱のための密かなる場を発見せり。大地の肉は汗を流して開き、自由なる我を、突き進む我を、鷓鴣《しゃこ》たる我を通せり。我は母なる湿潤の大地の天恵豊かなる肉体を感ず。その秘められたる地下の汗を震える舌にて舐め、障害を粉砕したる疲労より涙し、背折り骨折り、地下の脂にて体を拭けり。腹底の呻きをもって大地のしなやかなるに感謝を捧げ、関与の喜びよりその中に唸り、鼻にて吸い込み、不浄なる言葉を用いず腹底より喚きたり。我は湿潤の大地を信ず。己より強き大地を愛す。凄まじく信頼す。押開を先行して為し、噴骨細身《ふんこつさいしん》せり。表の不浄なる地下室に逢着せり。そこにて彼奴らは生活し、あるいは秘事を為せり。そは孤絶したる静かな天性には恐るべき事柄なり。その地下室を迂回し、避け、曲がれり。大地をさらにさらに魔掘れり。深く浅く泳げり。不浄者どもが死せる仲間の体を葬る場所に魔掘り入れり。押開を為し、大地の肉の中に横臥する者どもの間を魔掘れり。彼奴らの体は穢れたる腐朽を呼吸せり。腐敗と悪臭を放ち、不浄なる膿を滴らせたり。されど大地はすべてを耐え、すべてを臥《が》したるまま従順に呑み込み給えり。不浄なる残滓との接触による恐怖が我を撓《たわ》めり。表の不浄なる生活がその体内に眠り、蠢壊《しゅんかい》し、病苦し、不浄なる所業や表の生物の恐怖を想起させたればなり。我は吠えに吠え、愛しき塊どもに接吻し、さらに深く入り込み、脂にて身を固め、草騒《そうぞう》しく鼻息を立てり。我は己が物を探し、不浄なる地下の深き場所に逢着せり。そこにて彼奴らは秘密の奇械《きかい》を造り、殺し合いの道具を生み、蠢壊せり。恐怖と戦慄が我を悪染《おせん》し、脂に塗れ汗掻く仕儀に立ち至りたり。ただ母なる大地の脂のみを体に擦り込み、護膜《ごまく》とせり。不浄なる穴は痛みを呼吸し、狂《くる》しめ、欲望す。されど我は不浄なる欲望を魔掘り避け、己が物、善き物の方へと泳げり。地中をひたすらに泳げり。しかして瑞々しき正道を穿孔し、巨大なる虚の領域に出でたり。そこにて表の不浄者どもは母なる大地より己らが必要とする物を抜き出せり。彼奴らは長く粉砕しては浸透し、長く奪いては塞ぎ、長く母を苛めり。大慌てで、淫らに。母の覆物《ふくぶつ》を抉り出し、長きにわたり蓄えたる臓物を吸い上げ、万事を淫らに昏《くら》く為せり。しかして虚を残して去れり。我は母の虚に入りて姿勢を正せり。必要不要の別を理解せり。しかして長き時をかけ形成されたる秘所を発見し、静かなる隠れ処を築けり。不浄者どもに吸い出されし虚を、我は母なる湿潤の大地への祈りをもって満たせり。無論、虚にては大祈禱を、大地の体にては小祈禱を唱うるが容易なり。大祈禱の詠唱は大地からの分離を要するに対し、小祈禱は簡短迅即《かんたんじんそく》に鼻にて直に唱うるを可とすればなり。虚にては魔掘らず、ただただ祈り、動き少なくして重く踏ん張れり。為すべきことを弁えたり。芯髄を理解し、宙核《ちゅうかく》を理解せり。体にて大地を感じ触らんがため、己が全肉をもって聖式《せいしき》に祈らんがため、魔掘人の輪を作りて丸まれり。大地を最後まで受け入れり。しかして内奥より魔掘徒の幸福を味わう。しこうして湿物の果てまで永生するを望みしところ、大地開きて表の不浄者ども侵入せり。平安を破り、表の光にて目を眩ませり。網にて捕らう。搔然《そうぜん》と縛り引き摺り出す。我は魔掘りにて力を蓄えし屈強なる腕にて戦わんとす。不浄者どもを片輪にし、網を破る。されど彼奴らは不浄なる鉄にて我を包む。執拗粘滑《ねんかつ》に忙しなく動き回り、密に襲撃す。我は逃れんとて喚く。母なる湿潤の大地に祈れども助力なし。彼奴らは地下の脂より我を剝がし、内奥より、湿物より引き離す。動けぬよう無慈悲なる鉄を広げ、穢れたる仕方にて狡猾に動きを奪いたり。我にはもはや理解の及ばぬ不浄なる言語にて仲間と会話す。忌まわしき音をもって地の境を揺らす。狡猾なる力をもって包囲す。理解不能なる狡事恐事《こうじきょうじ》を準備す。我は気を張りつつ祈る。彼奴らは淫らに作られたる鋼の箱より氷の殴りが付きたる槌を取り出す。氷の殴りにて我が胸を引っ張るように土震と打つ。強く試むが如く打つ。裂くが如く迅速に打つ。弑せんばかりに重く打つ。しかして我が心臓が述べる。

「ミー！」

リクオシ

はねるのはいいこと……せかいで一番……はねていればみんなわすれるもの……ベンチだって飛びこえたらわすれちゃう……もうベンチはない……ラララ……どぶを飛びこえたらもうどぶはない……エリカの足を飛びこえてエリカはそれからマストンドへ行って自どう車しゅう理の人におよめに行った……うさぎを飛びこえてアンナはそれを白ワインでりょう理した……ぴょんぴょんぴょん……ピンクヒルズピンクヒルズラララ……四角い人が朝からバーに入りびたり……そして四角い人はせかい中をてくてく歩く……四角い人を飛びこえるのはむつかしい……バーボンばかりのんでるから……飛んで飛んで飛んでラララ……あたしはすべての国と大りくのい大な飛びはね屋さん……生まれたときにピンクヒルズでたつまきがあった……あたしならたつまきを飛びこえられたのに

……それがおきたのはあたしたちのテリアクアやマストンドじゃなかった……ラララ……あたしたちの町は風がふいてはい水こうがまがって犬小屋がたおれてな屋にぶつかっただけ……ぴょんぴょんぴょんピンクヒルズ……マストンドはラッキーだった……飛びはねるのはすごくいいことでけんこうにもすごくいい……飛びはねていればわすれられる……ラララ……すわったり立ったりしていると自分が飛びこえた人のことを思い出す……あしたはピンクヒルズを飛びこえる……バーの四角い人は飛びこえない……そして四角い人はせかい中をてくてく歩く……エリカノーマジョセフララ……あとは……犬のフィデルは生のほねがすき……フィデルがほねをかじってる間に飛びこえる……ああ走り回るのはなんて気もちいいの……風がワンピースにふきこむ……飛ぶのはいいこと……飛んでるときは自分がすきになる……そしてラララ……ピンクヒルズはこわれなかった……ケイトが町に行くようママをせっとくした……ラララにラララ……サムファンはかん国人でフライドチキンのためにひよこをそだててた……あたしはかれを飛びこえた……飛ぶときは首をよく後ろにのばしてラララ……首が鳴るまで……そして飛ぶときはいいおならが出る……すわってるときはおならをしないだれもなぜかはわからないけど……飛んでるときははなもかめる……くしゃみだって……そしてラララ……同時におならしてはなをかんでくしゃみしてあせをかくこともできる……だけどくしゃみは目をとじないといけないから一番きけんラララ……目をとじて飛んだことは一どもない……だっておも白くないもの……そして四角い人はせかいじゅうをてくてく歩く……ラララにラララ……これはバーの四角い人についてのあたしのお気に入りの歌……もっと遠くへもっと高く飛んで頭をゆらしてラララ……いつもものをこわさないようにがんばってる……フィデルはポケットからハンカチを引っぱり出すのがすきでラララ……はね方には色いろある……あたしはすべての国と大りくのい大な飛びはね屋さん……ラララ……馬は犬よりいい……犬はねこよりいい……犬はうまく飛びこえられる……あたしのことが見えないから……犬の上を飛んで口ぶえをふいてラララ

……フィデルフィデルフィデル……あの子にあたしは見えない……よそをむいてる……ぴょんぴょんぴょん……ピンクヒルズピンクヒルズ……そしてラララ……くもはきらい……くもを飛びこえるのはこわい……だけどしなくちゃ……すごく長いことくもの上を飛んでる……飛んで飛んでラララ……へびをさっと飛びこえる……へびはくもよりいいから……ねずみはへびよりいい……ねずみをさっと飛びこえる……ラララ……ねずみはくんくんするけどあたしのい場しょはわからない……ねこを飛びこえるのはもっといい……ねこもあたしのい場しょをわからないから……だけど飛びこえるときねこはぜんぶ理かいしてる……そしてラララ……犬はぜったい自分を飛びこえるものを理かいできない……あたしは今日ピンクヒルズを飛びこえた……もっと遠くへ飛ばなきゃ……もっと遠くへ……かい道をわたって入りえへ……そこには船がある……みさきとちんぼつ船の記ねんひがある……そこにはラララにラララ……石はだまってるからうまく飛びこえられる……カーラーでかみをまいたエリカがはたらいてるガソリンスタンドを飛びこえるのはむつかしい……あそこは本当はエリカじゃなくおっとのスティーヴンのうんち……コリンズファームを飛びこえてわすれる……それラララ……ガソリンスタンドを飛びこえるときガソリンじゃなくてうんちのにおいがする……牛の水のみ場……そしてトラクターを飛びこえてわすれる……そしてラララにラララ……大じなのはおばかなジョンとシグルドを飛びこえること……飛びこえてわすれる……そしてラララ……ちゃく地して思い出す……じょ走すればうまくはねられる……四角い人に見られないような正しいじょ走……四角い人はせかい中をずっとてくてく歩く……あたしは学校を飛びこえてさけんでつばをはいた……そこでラララ……学校はわるい場しょ……あそこじゃ体いくのじゅぎょうでしかはねられない……はねるのがきらいだからはねるのはへたくそ……みんなはねるのがすごくけんこうてきだってことをわかってない……これはもうラララ……あたしは先生たちを飛びこえた……生とたちを飛びこえた……そして左わきのつくえを飛びこえた……算数と理科を飛びこえた……絵のじゅぎょ

うを飛びこえた……ラララ……186を飛びこえた……歌のじゅぎょうは飛びこえなかった……歌は風みたいなものだから……風を飛びこえることはできない……あたしはすべての国と大りくのい大な飛びはね屋さん……ラララ……四角い人を飛びこえたからもうこわくない……一ど飛びこえたらもうこわくなくなる……じょ走なしでうまくすぐに飛べる……そしたらラララ……むねがはれつしないようにいきをためなきゃ……飛んでる間はいきをためてためて……ちゃく地してラララ……いきを出すともうべつのにおいがする……いきはもうラララ……飛びこえた後の空気はだれにもいらない……飛びはねた後の空気なんか早くはき出して走れ走れ……ラララ……いつも正しくえらんでさっとそれを飛びこえなくちゃ……ほら今にあたしはラララ……クリーニングやさんを飛びこえてそこはいつもラララ……そして中はあったかくてしめってる……あたしはちゃく地してラララってあせをかく……あたしはラララってあせをかくのがすき……だけど飛んでるときじゃなくてちゃく地してるとき……あくびは飛んで風をのみこんでるときにするのがすきラララ……四角い人はあたしが飛びこえた後トイレのゆかの四角みたいに小さくなった……そこからラララ……みどりの四角からバーボンのはきそうなにおいがする……あたしはスーパーマーケットのガラスの45%を飛びこえる……そしてラララ……45%を飛びこえた……そしてもう何もにおわないしあくびも出ない……何かを飛びこえるときまってすぐにおいはじめるラララ……自分のにおい……あるいは自分じゃなくてほかの人のにおい……電ちゅうを飛びこえるときはチーズバーガーのにおいがする……マストンドのマクドナルドを飛びこえるときはマーティンのバイクのにおいがする……ラララマーティンのバイクはまだ飛びこえたことがなかった……そのかわりテリアクアのアルコール工場を飛びこえた……そこでにおったのはラララ……草とよだれとバーのいす……そして工場の上でたくさんおならしてわらった……そして今どは走る走る走る……そしてラララ……そしててつ道のえきを飛びこえる……するとな屋のじょう前とおばあちゃんのにおいがする……古い石のへいのそばの地

めんの下でずっと前からねむってるおばあちゃん……あたしはすべての国と大りくのい大な飛びはね屋さん……あたしはラララ……はねてはねる……だけどいつもはねられるわけじゃない……食べおわるのをまたなきゃ……だって食べながらはねるのはむつかしい……食べものそのものがラララ……食べものはさらを飛びこえて口に入りたがるそしておなかへおなかを飛びこえてうんちになってトイレへ……トイレの中でラララ……それは四角い人がもうはねないから二どとトイレに飛びこんでこないだけ……だって四角たちはラララ……四角たちははねずにねむって見ている……あたしが町にはねていくのをラララ……一ども行ったことがない町……町はマストンドのバーににてる……そしてラララ……人びとを飛びこえて町に入るのはかんたん……みんないっしょにいてじっとしてるラララ……走ったり見当をつけたりしなくていい……あたしはすべての国と大りくのい大な飛びはね屋さん……車をラララ飛びこえる……車は人のにおいがする……人のあせや言ばのにおい……車ははやいけどあたしはラララ……はやいものを飛びこえられる……マーティンのバイクを飛びこえたんだから車だって飛びこえられる……飛んでるときに自分の下にあるもののにおいをかぐのがすき……ラララララ……下にむかってつばをはいてうまくさけぶ……はねてるときは何もこわくない……遠くまで高くはねなきゃ……そうすればみんなしあわせになる……新聞屋さんを飛びこえる……たばこのすいがらを飛びこえる……犬のうんちを飛びこえる……シュレック2をやってるえい画かんを飛びこえる……ろめんでん車を飛びこえる……飛びこえるラララ……エーティーエムを飛びこえる……カフェを飛びこえる……そしてきゅうに青いふくの女の人があたしに言うわたしを飛びこえなさいソフィー……あたしは止まる……あなたはあたしを知ってるのラララ……その人はあたしに知ってることをすべて話すあなたはすべての国と大りくのい大な飛びはね屋さん……わたしを飛びこえて飛びこえて……そしてその人はかがみこむ……学校のときみたいに……あたしはじょ走してはねるラララ……そして手のひらをその人のせ中にぺたっとつける……それからララ

ラであたしは何かされる……そしてあたしはもう二どとはねられない……できるのは地下室でかべにはりついているだけ……ママをよぶことだけ……それからララ……あたしは何かつめたいものでむねをなぐられる……そしてラララあたしは心ぞうが話すのを聞く。

「リクオシ」

〈変容〉プログラム

14時57分、広州、アイス・コーポレーションのオフィス

白と青で彩色された会社の巨大な社長室。ライトブルーのレザーチェアの中で身を反らせながら机に向かっているのは、痩せた薄毛のリム。日に焼けてほっそりとしたその顔は微動だにしない。青緑色の目がじっと向けられた先にあるのは、天井まで届くガラスの球体の中に浮かんでいる〈氷〉の塊——地球に落下した氷塊の残りすべてだった。リムは息を殺しながら待っていた。彼の心臓《こころ》は備えていた。

長い三分が経過した。

乳色の強化ガラスの扉が音もなく開いた。社長室にシュア、ウフ、アトリイ、スツェフォグが入ってきた。リムは虚脱感を払いのけて立ち上がり、四人を出迎えに行った。入ってきた兄弟たちはリムから二歩の距離で立ち止まった。心臓《こころ》を労るために。リムはそれを理解していた。心臓《こころ》のエネルギーは取っておく必要がある。兄弟のあいさつに浪費してはならない。リムは動きを止めた。眼前に立っているのは、四名の強者たち。それぞれが地球各地の兄弟たちに責任を持っている。それぞれが各大陸の〈楯〉なのだ。かつて〈武器庫〉の守護者だったシュアは、ドポブが死んだ今、アメリカの兄弟姉妹を保護していた。ウフはロシアを、アトリイはヨーロッパを、スツェフォグはオーストラリアとオセアニアを。

入ってきた兄弟たちは準備万端整ったことを理解した。

リムはエレベーターに近づき、ボタンを押した。皆が乗り込み、エレベーターが上昇を始めた。シルバーブルーの摩天楼の最上階では秘密のホールが兄弟たちを待ち受けていた。まだ誰もそこへ入ったことはなかった。

エレベーターが止まり、扉が開いた。兄弟たちはライラック色の大理石で覆われた円天井の小ホールへ入った。ホール中央には空色の青金石《ラズライト》でできた円卓が聳えていた。円卓の中心で小さな輪が黄金の光を放っていた。

兄弟たちは黙って席に着いた。

そして数分間、着席したまま心臓《こころ》の準備をした。その後、シュアが口を開いた。

「知ってのとおり、兄弟団は最後の三人を見つけ出した。捜索は完了した」

軽い動揺が着席者たちに走った。もちろん、彼らは知っていた。しかし、喜びで心臓《こころ》の平衡を乱さないよう、自分たちを抑えていた。

「最後の偉業の時が訪れた。我々はすべてを解決せねばならない。そして、邪魔するものを排除せねばならない」

「邪魔なのは肉だけだ」ウフが言った。「己の破滅を嗅ぎつけて渦巻いている」

「兄弟団は自衛しなければならない」リムが応じた。「我々には可能」

「我々には可能！」皆が口を揃えた。

「肉は亀裂を当てにしている」アトリイが口を開いた。「〈楯〉を動かす」

「〈楯〉を動かす！」皆が口を揃え、心臓《こころ》の力で確認した。

「船が各地の停泊地を離れた」スツェフォグが言った。「六日間の旅程だ」

「その間に最後の新たに見出された者たちが涙で浄化される」とシュアが結んだ。

「弱者が十八名」ウフが言った。「私にはわかる」

「さらに増える可能性がある」シュアが訂正した。「各人の肉が抵抗を始めるだろう。だが、恐怖は切り離すことが必要だ」

「弱者の内、四名は風前の灯火だ」ウフが続けた。「彼らは逝くかもしれない。その場合、受肉を待たねばならなくなる」

「強者の支援が必要になる」アトリイが言った。「フラムとゴルンは島にいて不在だ」

「彼らの心臓《こころ》は疲れている」ウフが指摘した。

「彼らは最終捜索に多くのものを捧げた」シュアが答えた。

「彼らはできる限り支援する」リムが言った。

「強者の円環が必要」とスツェフォグが結んだ。

「強者の円環が必要！」皆が口を揃えた。

彼らの心臓《こころ》が語りだした。地球全土で数百人の強者たちがそれに応じた。

四十四分が経過した。

強者の円環が輝きだした。**準備万端！**

遠隔の心臓《こころ》たちの光が消えた。

着席者たちが鎮まったとき、リムが言った。

「時間だ！」

五名全員が自分たちの首から細い金のチェーンを外した。それぞれのチェーンに小さな金の棒がぶら下がっていた。各人が自分の棒をつかみ、棒を持った五本の手が円卓の中心にある黄金の輪に伸びた。輪には辛うじてわかる五つの穴が見える。兄弟たちの手は棒を穴にはめ込み、そのまま動かなくなった。

ホールに断続的なシグナルが鳴りだした。

1、2、3、4、5。

兄弟たちは棒を押した。棒が輪の中に沈む。輪が円卓からスムーズに迫《せ》り出してきた。黄金のシリンダーが円卓の上に上昇し、停止した。その上でホログラムが、アイス・コーポレーションのエンブレムである光る心臓とその下の二本の氷のハンマーが輝きだした。氷のハンマーが消え、光り輝く心臓だけが残った。女性の声が告げる。

「〈捜索〉プログラム完了。〈変容〉プログラム始動」

着席者たちが短く叫んだ。手が繋がれ、心臓《こころ》が燃え上がった。五人それぞれが〈変容〉プログラムとは何かを知っていた。皆がその立案に参加し、それぞれがその中で自らが果たす役割を知っており、それぞれがそれに自らの光と地上の知力を注ぎ込んでいた。皆がそれを待望し、それを目指して歩み、心臓《こころ》で渇望し、おののいていた。皆がそれまで生き延びようと努めた。リム、シュア、ウフ、アトリイ、スツェフォグの心臓《こころ》がシグナルを感じ取った。それはシルバーブルーの摩天楼から惑星地球の全方位へ向けて発せられていた。

「変容！」

二万三千人それぞれがこのシグナルを受け取ることになる。それは一人も残さず、各兄弟、各姉妹の元へ届く。全員がそれに接する。数千台の携帯電話に数十の言語で〈変容〉の言葉が現れ、数千台のファックスがこの言葉を紙に印字し、数千台のモニターにパッと映し出され、若い兄弟たちの唇が、すでに心臓《こころ》の準備を済ませた無力な老人や乳飲み子にささやく。

「変容！」

十本の手が一つに繋がり、五つの心臓《こころ》が兄弟団の重大事を翹望《ぎようぼう》する歓喜に燃える。心臓《こころ》が黄金のシリンダーの上で輝く。シグナルが地球の全方位に向かって飛ぶ。

「変容！」

ここから数百キロメートル離れた〈島の家〉で、フラムとゴルンがゆっくりと目を開いた。二人の疲れた心臓《こころ》は歓喜した、自らの静かな歓喜で……。

鍵

水曜の朝、百二十一本目のバンドを切っているとき、オリガは自分の指に怪我をして、班長のホルストに老人たちの元へ連れていかれた。作業場の隅の台に着いた彼女は、切り取られたバンドを選別し、プラスチックケースの中に重ねていった。オリガの隣には英語を話せない初老のルーマニア女が座っていた。向かい側には、体を震わせている白髪のアイスランド男、その隣にはあの例のドイツ人、エルンスト・ヴォルフ。彼とオリガは何度か昼食や夕食をともにした。興味をそそられたからだ。オリガが指に包帯を巻いて〈高齢者〉コーナーにいると、ヴォルフが微笑みかけてきて、年老いたガールフレンドにするようにウィンクした。一ヵ月の間にその顔はいっそう黄ばんで窶《やつ》れたように思えたが、彼はいつも通り矍鑠《かくしやく》としており、何かにつけ冷静で思慮深かった。監禁中に習得した古風な英語で始終冗談を言っていた。オリガはなぜかこの老人を気に入っていた。とはいえ、亡き両親と同じく、ドイツ人のことは虫が好かなかった。けれども、ヴォルフからは、何やら人を虜《とりこ》にする平安のようなものが漂っていたのだ。彼の沈着で堅実なところがオリガを慰め、この地下壕でとかく不足しがちな信頼というものに感染させた。食事中にヴォルフは多くのことを物語った。おかげで、彼に関するすべてと、光の兄弟団に関するほぼすべてのことを知ることができた。そしてオリガがもっとも驚いたのは、ヴォルフが兄弟団の使命を信じ、二万三千を信じ、いつか一堂に会した光の兄弟たちが地球と人類の歴史にピリオドを打つだろうと信じていることだった。最初のうち、オリガは老人を憎々しげに嘲笑していたが、それから声が嗄れるほど言い争った。その後、真剣に考え込むようになった。

「あなたは我々の惑星がいかにユニークかを理解なさっていない」ヴォルフは言った。「よろしいですか、宇宙にかような星はございませんし、過去にもございませんでした。他惑星に理性を有する兄弟や新形態の生命が存在する、などといった議論はどれもひどいナンセンスなのです。無数の惑星にはいかなる生命も存在しないし、存在し得ない。宇宙の中で地球だけがユニークなのです。ホモ・サピエンスは二倍も三倍もユニークです。そうだとすれば、地球は一つの異常であり、奇怪な惑星であり、宇宙の体にできた小窩《しょうか》であると考えねばなりません」

「ひょっとして、奇跡だとは考えられませんか？」オリガが反論した。

「奇跡ですと、オリガさん、それこそまさに異常です。宇宙におけるいかなる異常も平衡の破壊、秩序の壊乱に他なりません。直線は二点を通ってでも、三点を通ってでも、三十三の点を通ってでも引くことができる。しかし、一点だけを通る直線を引くことに意味はない。なぜなら、一つの点はただの点に過ぎないからです。それは道ではない。そこに規則性はない。ですから、私とあなたは、この惑星全体と同じく、宇宙の過ちなのです。そして、我々に未来はない」

「つまり、あなたは地球の消滅を望んでおられる？」

「自分の年齢と自分が現在置かれた状況を考慮すれば、反対はしません」

「兄弟団の側に立つんですね？」

「ああ、そうではありません、オリガさん。私は兄弟団の側に立っているわけではないのです」

「どうして？　だって、あなたからすれば、彼らは宇宙の過ちを正そうとしているんでしょう」

「そして、よろしいですか、それを為すために大いに骨を折っているのです。ですが、私は彼らの側に立っているのではありません」

「どうして？」

「なぜなら、私は心臓《こころ》で語ることができないからです。これが第一。第二に、私は彼らを生理的に受け付けない。要するに……」彼は微笑んだ。「老ヴォルフは単に彼らに嫉妬しているものとお考えください！」

　この会話の後、オリガは真剣に考え込んだ。夜、自分のベッドに寝そべり、エアコンの静かな音と女たちの鼻息や鼾を聞きながら考えに耽った。

〈もしこれが真実だとしたら？　私たちはそもそも自分たちの世界について何を知っているの？　地球が丸いってこと？　冬の後には必ず春が来るってこと？　人間が猿から進化したってこと？　私たちが動物より賢いってこと？　学校や大学では、宇宙は無限で、すべてはビッグバンから、閃光から始まったと教えられた……。何かがピカッと光った――そして恒星や惑星ができた。みんなそれを信じてる。じゃあ、その以前は何があったの？　空虚？　なぜ？　それなら空虚は誰が創ったの？　それはどこから来たの？　ひとりでに現れた？　人は合意が得られさえすればそれを信じる……。千年前は地球が宇宙の中心だと信じていた。さらにその前は、地球は四匹の象の上に乗っかっていると……。もしもこの兄弟団が自分たちがしようとしていることを信じているとすれば、もしもそれもしも彼らがそれに莫大な金をつぎ込み、罪を犯し、誘拐や人殺しをしているとすれば、もしもそれほどの大企業が真剣にそれに取り組んでいるとすれば――つまり、これがすべてお粗末なセクト連中のたわ言ではなく、混じり気のない真実だということは、大いにあり得るわ。そして人間は本当に、心臓《こころ》で語ることのできる選ばれた者と、それ以外のごみとに分けられる。この選ばれた者たちはいつの日か光線となり、地球は消滅する。そして私たちはみんな、おばかさんみたいに死んじゃう……〉

オリガは自分の考えを呪われた地下壕の隣人たちと分かち合おうとした。ビョルンは注意深く耳を傾けた後、彼特有の退屈な言い回しで地球滅亡に関するオリガの懸念を覆した。彼の確信するところでは、人の誘拐や氷のゲーム、そしてそれに伴うすべてのことは、アイス・コーポレーションという氷山の一角に過ぎず、この会社を率いる強大な国際犯罪集団は中国での権力を求めて邁進している。ビョルンは、〈アイス〉が遺伝子工学と関係する秘密実験に取り組んでいると主張した。その実験の目的とは、根本的に新しい倫理原則に立脚する新たな人種、中国のような大国を率い、世界の覇権を握ることのできるエリートの創造だ。

「テクノロジーの急激な進歩はあっても、世界の覇権のために中国に足りないものが一つだけある――新しいイデオロギーだよ」ビョルンは確信ありげに言った。「中国のみならず、人類全体にとっての新しいイデオロギーだ」

オリガはこの身長二メートルの物理数学部卒業生の話に耳を傾けた。スウェーデンの数学者家庭で育ち、理論物理学を崇め、ボーア、ハイゼンベルク、アインシュタインの肖像写真を後生大事に家に飾り、公式とテクノロジーのみを信頼し、大科学者としてのキャリアを夢見たが、公式に従わない偶然の為すがままにこんな場所に、この地下壕に入れられ、そこで死んだ犬の皮を剝がさせられている男の話を……しかし、信じはしなかった。ビョルンの論理はあまりにも直線的で、彼はあまりにも正常な理屈を並べている。彼の身に起きたことはすべて、非論理的で、異常で、論理的分析から逃れ去ってしまうものだというのに。

だが、ビョルンは頑として自説を枉《ま》げなかった。光の兄弟団に関するどんな推論にもすかさずコメントし、オリガが自分の考えを最後まで述べることすらさせなかった。

「オリガ、僕は子どもの頃から物理法則に適うことだけを信じてきた。光っていうのは、指向性を持つ光子の流れのことだ。公式を書こうか？」

オリガは彼との議論に疲れていた。どうやっても一センチたりとも動かすことのできない壁にぶつかっているような気がした。

「触れることができて、論理的に考えることのできるものだけを信じろと教わったんだ。自分が理解できないものは、自分にとって存在しない！」

彼の両親は筋金入りの無神論者で、左翼的傾向を持つスウェーデンの科学エリートだった。嵐の六八年、父親はスウェーデンの毛沢東主義者たちに加わり、漢字で〈自己批判〉と書かれた黄色い腕章を巻き、〈偉大な舵取り〉の赤本を携えて大学の講義に通った。

オリガの亡き両親も無神論者だった。二人ともオリガに、理解でき、触れることのできるものを信じなさいと教えた。

「商品交換のプロセスに関与しないものなどまったく存在しない」大学でオリガにマクロ経済学の講義をした教授は好んでそう繰り返した。

オリガは神も超自然的なものも一度だって信じたことはなかった。しかし、ユダヤ人として、運命は信じていた。もっとも、運命にしてもそんなに単純なものではなかったが。

「運命は独自に人を導いていくものよ」と母は言った。「自分の運命を感じ、信じなさい、追い払おうとしちゃいけないの」

父もまた〈宿命の力〉についてかぶつぶつ言っていた。けれども、全体として問いは曖昧なままだった。

〈強制収容所で死んでいった数百万のユダヤ人たちも運命を信じ、神を信じていた〉オリガは考えた。〈だけど、それが何だっていうの？　運命は彼らを見放し、神は救いの手を差し伸べなかった。つまり、自分の力だけを信じ、自分だけを当てにしなきゃならないってことね〉

わけのわからない兄弟団の犠牲となって両親を失い、不吉な地下壕に入れられた今、オリガは自分への信頼を失っていた。この二ヵ月で彼女は、自分より大きくて、自分の意志よりも強い何かが存在することを理解した。

だけど、それは何なの？　運命？

ビョルンはオリガがこの疑問に答える助けにはならなかった。

ヴォルフ老人は軽い微笑を浮かべながら、信じたくもない恐ろしいことを話した。ヴォルフの淡々とした推論には不可避の死と無が漂っていた。オリガは地下壕の他の住人とも同じことを議論しようと試みた。夜中に時折オリガを愛撫するリズは、彼女を誘拐して氷のハンマーで不具にした連中と、今地下壕で彼女を監禁している連中は、無関係だと信じていた。全員をここ広州へとおび き出した、あの悪名高いマイケル・レアードが、警察の内部情報を利用して未知なるセクトの被害者のためのサイトを開設し、一人残らず奴隷として売ろうとしただけだというのだ。

「だけど、死んだ犬の皮で作ったバンドは誰の役に立つの？」オリガは反論した。

「いい、今の世界じゃ何だって売れるわ」リズが答えた。「きっと、中国人が医療目的でこのバンドを利用しているのよ。そして、裕福なヨーロッパ人に高値で売りつけるの」

「だけど、どうして堂々と屍肉の皮を剝いじゃ駄目なの？　中国には安い労働力がごまんとあるじゃない！　外国人を誘拐して、それから監禁して、食事を与えて、匿《かくま》って――そして犬の皮を剝がさせるなんて！　ばかげてる！」オリガは憤慨した。

「オリガ、この犬どもがただの犬じゃないって可能性も大よ……」リズが意味深長に言った。

「何よ、言葉を話す犬とか？」オリガが毒づく。

「仲間の多くは、犬が何かに感染してるって信じてるわ。あるいは、放射線を浴びてるか」

「リズ、ここには一年以上いる人もいるのよ。どうしてちっとも病気にならないわけ？」

「ひょっとすると、私たち、もうみんな白血病なのかも。ほら、ルーマニアの娘《こ》二人は歯が黒ずんでるでしょ。大勢が生理や消化に問題を抱えてる……。男たちは静かに発狂してる……」

「それは全部隔離されてるせいよ！　ビタミン不足のせい！　白血病には特定の症状があるわ」

「この犬どもはただの犬じゃないの、信じて」リズは固執した。

オリガは、リズが彼女を自分の妄言に引きずり込もうとしているのを感じた。とはいえ、他の〈死んだ雌犬の仲間たち〉の方がマシだったというわけではない。出来事に関する見解は三つのグループに分かれた。一つ目は、これらはすべて大企業の狂気であり、彼らは人々を支配する力を探求する中で古代のカルトと最新のテクノロジーを合体させようとしているのだと信じるグループ、二つ目は、これは禁止されている人間クローン実験と何らかの関係を持っていると考えるグループ、そして三つ目のグループは、地下壕の住人を使って新たな精神兵器の実験が行われていると信じていた。ロシア人たちは独自の見解を持っていて、いつものように、〈絶対確実にすべてを知っている〉のだった。

「こいつは単に、どっかの新興財閥《オリガルヒ》の頭がおかしくなっただけさ」粗暴なところのあるピョートルがオリガに話した。「映画の観過ぎと、トンデモ本の読み過ぎだ。世界にはイカれた連中が大勢いる。ＭＴＶをつけてみろ――出てくるのは変態ばっかじゃねえか！　だが、イカれた上に金まで持ってるやつの数はそれほど多くない。まずはビン・ラディンだろ、それから誰だ?!　で、そこにまた一人現れたってわけさ。俺はお前に、オーリ、誓って断言するが、このイカれたやつは俺たちロシア人だぜ！　百パーな！　やりたい放題に楽しんでやがるんだ！　それだけのことよ！　そこには何も秘密なんかありゃしねえ！　ひょっとしたら、一人じゃなく、イカれた集団かもしれねえけどな！」

「吸い過ぎでラリってやがるのさ……」リョーシャが相槌を打った。

「あとは、中国がすぐ隣だから、話もつけやすいんだろう」寡黙なイーゴリが頭を振った。

「でも、アイス・コーポレーションの所有者はロシア人じゃないわ」オリガが反論する。

「何だって買収される！」ピョートルがふさふさした赤毛を振った。「どんな看板も、どんなブランドも！」

「世界はとっくの昔に発狂してるんだ、わからないのか？」ボリスが訊ねた。

オリガにだってそれはわかっていた。九月十一日、ニューヨークはノーホーの自宅で、実際に世界が発狂したと思った。大惨事の最中、彼女は自宅の南向きの窓に立ち、双子のタワーが炎上するのを見ていた。タワーが崩壊し、マンハッタンが真っ黒な煙とコンクリートの粉塵に覆われたとき、足元の地面が微かに揺らいだ。それと同時に、人生には不変で、不動で、強固で、ポジティブな何かがあるという確信が揺らいだ。それまで人々がいつも安心して拠り所としてきたもの――家族、キャリア、愛、子ども、創作、そして最後に金。何世紀もの間、人々はこうしたすべてのものに支えられてきた。それなのに今になって、すべてがなぜか罅割れ、崩れ、足下から流れだしたのだ。両親が死んだ。けれども、それだけではなかった。おまけに、この死んだ犬どもの地下壕！　ホラー映画みたいじゃない……。

〈国際的イカれ集団〉の話に熱中しているピョートルの元気で毒々しい顔を見ながら、オリガはやっとのことで涙を堪えた。恐ろしいのは、それが充分に起こり得るということだ！　九・一一の後なら、氷のハンマーで胸を殴られた後なら、家族の死の後なら、サイト〈www.icehammervictims.org〉

の後なら、誘拐の後なら、地下壕の後なら、屍肉臭と切り取られた数千本の犬のバンドの後なら——すべてが、すべてが、すべてが起こり得るのだ！

「世界は激変しました、オリガ」いつぞや、ヴォルフが昼食のときに言った。「世界に断末魔の苦しみのようなものが現れた、そう思われませんか？」

「あなたはそれが……兄弟団のせいだと？」

「無論です」老人は微笑んだ。「破滅を予感しながら、我々の世界はそれに相応しくない動きをしている。痙攣している。十九世紀にはそんなことはなかった。二十世紀は？　二度の世界大戦、原爆、アウシュヴィッツ、共産主義、アカと西への世界の分裂……。どうやら人類は二十世紀に痙攣を始めたようだ、どうです？　科学でも、芸術でも、どんな分野でもいいから取り上げてごらんなさい。羊のクローン、現代アート、映画、現代のポップ・ミュージック——これは痙攣です。迫り来る最期を前にして、世界は発狂しているのです」

「ここにいながら、どうやって知ったんですか……現代のポップ・ミュージックのことを？」

「上からです、オリガさん、すべて上からです！」老人は黄色い笑みを大きく引き延ばした。「ここに入ってくる一人一人が何かしら新しいことを伝えてくれます。私は充分に適切な世界地図を持っているのですよ。人類が精神錯乱へと向かう傾向は明らかです。明日にでも、胸を負傷した碧眼の若者がここへやって来て、上ではもう朝食に乳飲み子を食らい、ペニスのサイズで大統領を選んでいると伝えてくれることでしょう。それでも私は驚きませんね。ミス・ドローボト、新たな風習は終末の前兆なのです！」

プラスチックケースいっぱいにバンドを詰め込んだオリガは、ケースに粘着テープを貼り、台車に置いた。目を上げると、ヴォルフと目が合った。まるで考えを読み取ったかのように、ヴォルフは微笑んで彼女にウィンクした。

「何か心配事でも、ミス・ドローボト？」と老人は訊ね、透明なゴム手袋をはめた黄ばんだ手を微かに震わせながら、台の上でバンドを真っ直ぐに伸ばした。

「何をかは知ってるでしょう」

「頭を悩ますのはやめなさい。すべてはなるようになる。もう少しの辛抱です――そうすればすべてが終わる。どう終わるかはご存じでしょう。忍耐です、我が子よ」

老人の穏やかにからかうような口調がすでにオリガには苛立たしかった。

「〈忍耐を、賢者は我らに説き語る／父は老い、あはれ白髪となりにけり／しかれども、先短き者は耐え易し／棺に片足踏み込みたれば〉」彼女は暗唱した。

ヴォルフは笑いだした。

「すばらしい！　それはどなたの詩です？」

「これは父が考えたオマル・ハイヤーム（詩集『ルバイヤート』で知られる十一〜十二世紀のペルシャの学者・詩人）のパロディ詩です。私の父はアラブ詩の翻訳家だったんです」

「亡き父君に完全に同意します」ヴォルフはゆっくりとバンドをケースに入れた。「実際、先は実に短い……。ですが忍耐は、オリガさん、我々を利口な人間にしてくれます。あなたは利口な人間であることをやめ、警備員に飛び掛かることもできる。あるいは、我々の可愛らしい犬の皮を剝ぐためのナイフで私を切り殺すこともできる。あるいは単に、あそこにある鋏で自分の頸動脈を突き刺すこともできる。常識と狂気の選択は常にございます」

「あなたの考えでは、自殺は狂気だと？」

「狂気というよりは、禁じ手です。そう、チェスで言えば、キングをつかんで盤外に動かすようなもの。キングは盤上で動かねばならない。そして、人間は生きねばならない」

「もし、生きるのが耐え難くなったら？」

「どんなときでも生きるのは耐え難い。だからこそ、ねばならないのです！」

「もし無意味な人生だったら？」

「人生は多くの点で無意味です」

「病気は……痛みは、苦しみは？　例えば、癌《がん》は？」

「あなたは癌なのですか、ミス・ドローボト？」

「今のところは大丈夫！」とオリガは答え、苦笑した。

「私は癌です。祝福してください！」老人は微笑んだ。

オリガは黙って彼を見つめた。

「昨日のことです。健康診断で。予想通り、肝臓癌でした」老人は首を縦に振った。

昨日、地下壕では月ごとの義務的な健康診断があった。その目的は重病人の発見。原則として、彼らの運命は早急に決する——数日後、警備員に永久に連れ去られるのだ。地下壕の隠語で、これは〈昇天〉と呼ばれていた。オリガはそのような〈昇天〉を三度目撃したことがある——連れていかれたのは、発狂したアイルランド女、自分の静脈を切開したハンガリー女、そして、重度の喘息持ちだったカナダ男。

「実を言うと、ミス・ドローボト、うすうすこうなる気がしていました」ヴォルフは落ち着き払って次のバンドを平らに延ばしながら続けた。「半世紀前、私の父は手元を狂わせ、氷のハンマーで私の肝臓の上部を打ったのです。正直言って、かなり強く」

「それで……もうはっきり告知されたんですか？」

「現に診断があります。天に昇る時が来ました」

「それは……いつ？」オリガは訊ねてからはっと口を噤んだ。「ごめんなさい、ヴォルフさん、ばかなことを……」

「まったくもって適切な質問です」老人はにやりとした。「今日、消灯ベルの前。この古老に彼らは二週間の猶予を与えてくれました。ですが、私はそれを拒否しました」

オリガは理解を示してうなずいた。そしてふと、ヴォルフ老人がいなくなればひどく寂しくなるだろうと感じた。

「今宵の我が〈昇天〉との関連で、あなたを別れの夕食にご招待してもよろしいですか？　いうなれば、最後の晩餐です……」

「もちろん」

「それは素晴らしい。夕食のときにお話ししましょう」

ヴォルフは目を落とし、のんびりと自分の仕事に取り掛かった。

〈癌……〉オリガはゴム手袋をはめた彼の手を横目で見ながら思った。〈明日、彼はもういない。私はここに残る。生きながら腐っていく……〉

夕食の席でヴォルフはオリガに何も新しいことを話さなかった。彼女の方はたくさん話して彼を質問攻めにし、以前のように、自分の身に起きたことを理解し、把握しようと試みた。ヴォルフはずっと前に言ったことを言葉少なに繰り返したり、沈黙を守ったりしながら、簡素な食事を長時間かけて咀嚼し、魚や野菜の塊を味わっていた——あたかもそれらに別れを告げるかのように。食べ終えると、彼は黙り込み、冷めた緑茶を啜り、そして口を開いた。

「オリガさん、昨夜、私はあることを思い出しました。実を言うと、そのことを忘れたことは一度もございません。ですが、あなたにはまだ話していなかったのです。ご記憶の通り、私は兄弟団の重要メンバーである父の別荘で育ちました。この別荘で兄弟たちは頻繁に集会を開いていました。そして、ある日の集会で私は盗み見をしたのです。実際のところ、彼らはことさら隠れようともしていませんでしたが……。あの晩、兄弟たちの数はかなり多く、五十人くらいでした。家の主客間で皆が上半身裸になり、輪になって座り、手を繋ぎ合っていました。そして、凍りついたように動きませんでした。実を言うと、父と兄弟たちは以前からそういうことを行っていました。裸で抱き合ったまま、長いこと微動だにしないのです。息を止めているようにすら見えました。子ども心にそこはかとない恐怖を覚えました。ですが、後になって慣れました。そして、兄弟たちがその輪を作り、手を繋ぎ、目を閉じ、動きを止めたとき、私は二階の階段に立ってそれを見ていたのです。家の女中も仲間で、コックも、庭師も、三人の警備員も、二人の家庭教師も輪の中に座っていました。家で残っているのは、私と、自分の部屋で眠っている妹だけでした。以前は、誰かと抱き合っている父の姿を目撃すると、私は隠れたものでした。ところが、そのときになってふと悟ったのです——誰からも隠れる必要なんてない、誰も気づきやしないのだから！　そして私は二階から一階へ下りました。客間の扉は中から施錠されていました。しかし私は、ベランダに出て細長い窓を開け、客間に這い込みました。カーテンが引いてありました。暖炉の火だけが燃え、シャンデリアは消してありました。そうして私は中に入りました。そして、客間の中で立ち止まりました。五十人の半裸の男女が目を閉じ、手を繋ぎながら座っていました。石になったみたいに、ぴくりとも動きません。暖炉の火が彼らの体を照らしている。私は佇んでいましたが、それから彼らの周りを歩いてみて、一人一人を観察しました。それは実に奇妙な光景でした！　私は知っていました、父が奇妙な生活を送っていることを、私と妹の周辺で、何やらとても奇妙なことが、恐ろしいほどのことが起きていることを。父は私に大変冷淡で、義務的な事柄を除けば、事実上、私ども親子は一切言葉を交わしませんでした。家庭教師との方が付き合いは多かったのですが、彼らもまたどことなく変でした。まるで、始終別のことを考えていて、冗談を言ったり笑ったりするときでさえ、そういう振りをしているかのような。はけ口は学校でした。そこでなら、愉快にはしゃいだり、友達を作ったり、遊んだりすることができました。そこでは何もかもが面白く、皆にとっては退屈な算数の授業にすら喜びを覚えました。ですが、家に帰れば孤独同然です。母がベルリンで自動車に轢《ひ》かれて奇妙な死を遂げた後、唯一の親しい人間は妹だけになりました。ですが、レナータはまだ幼い子どもで、一緒に遊ぶことしかできません。そうやって私は生きてきたのです。要するに、この凍りついた連中の輪の周りを歩いているとき、私は初めて取り乱しました。この連中は死んでいるかのようでした。ですが、私は彼らが生きていると知っている！ そして、私の中の恐怖が不意に憎悪に転化しました。彼らが行っていることがあまりにも痛ましく、吐き気がして、不愉快極まりなかった！ 彼らは何かを、それも非常に重要な何かを乱しているのだと悟ったのです！ ですが、それが何なのかまではわかりません。私はただただ憎悪に震え、無力感から泣きだしました。思いもかけない感情でした！ 私は泣きながら輪の周りを走り、この連中の背中を殴ったり叩いたりしました。彼らを正気に戻し、目を覚まさせるためです。けれども、彼らは相も変わらずじっと座ったまま。私は走って輪を一周しました。そして、とても怖くなりました。文字通り恐怖に圧倒され、締めつけられ、床に投げ出されたのです。私は声を上げて泣きだしました。涙が客間に飛び散りました。号泣しながら、自分の声を聴いていました。隣では生きた死者たちがじっと座っている。私はついに力尽きて泣きやみました。そして、啜り泣きながら絨毯に寝転びました。いまだかつて、あの瞬間ほど大きな孤独を感じたことはありません。あれを私は決して忘れぬでしょう。そして、絨毯に寝転びながら、乾いていく涙越しに、ふと、暖炉に火掻き棒が突っ込んであるのが目に入りました。その折れ曲がった先端は燠《おき》の中で赤く光っていました。そして急に、自分でも思いがけず、私は起き上がってその火掻き棒をつかみ、自分の父のそばへ寄って、火掻き棒の赤熱した先端を背中に押しつけたのです。父の背中の皮膚がジューッと音を立てました。それから焦げた臭いがして、青灰色の煙が立ち上りました。ですが、父は微動だにしません。そして、この煙が、この焦げた肉の臭いが、このジューッという音が、完全な静寂のうちにあって、なぜか私を落ち着かせたのです。

私はあることを理解しました。輪になっているこの連中が人間ではない、ということを理解したのです。私や、私の妹や、学校の生徒たちや、外を歩いている人たちは人間でした。この発見のおかげで、すっかり落ち着くことができました。私は暖炉に近づき、火掻き棒をいつもの場所に掛けました。それから再び窓から這い出て、自分の部屋へ上がって眠りました。安らかで深い睡眠でした。翌朝、いつものように父と妹と朝食を摂りました。父はベジタリアンで、口にするのは果物や野菜、芽を出した種子だけでした。朝食の間も普段通りに振る舞っていました。父は背中の火傷に気づいてすらいなかったのです。そして、私たちの家庭は万事旧態依然でした。その時が来るまでは……。とまあ、こういう話です、ミス・ドローボト」

ヴォルフは口を噤み、唇を鳴らしながら、ゆっくりと冷たい茶を飲み干した。

オリガは聞かされた話に胸を打たれ、黙って座っていた。赤熱した火掻き棒を手にして泣き腫らした少年が目の前に立っていた。老人は椅子から腰を上げ、黄色い手を彼女に差し出した。

「親愛なるミス・ドローボト、あなたのご成功をお祈りします」

オリガにはこれが別れのあいさつだとわかった。これほど長く誠意のこもった話の後だけに、かなり思いがけないことだった。オリガはヴォルフに手を伸ばし、別れを急がないでと言おうとしたが、ふと、老人の手の中に何かを感じた。彼は彼女の手の中に小さな紙を押し込んだ。

「ミスター・ヴォルフ……」とオリガは言ったが、遮られた。

「さようなら、ミス・ドローボト」

老人は背を向け、〈ガレージ〉へ歩いていった。しかし、男性エリアに通じる廊下に入る前に、〈Security〉と書かれた白い扉が開き、制服姿の中国人二名が老人の前に現れた。一人が警棒で扉を指し示す。老人はおとなしく明るい開口部の方へ歩を進めた。止まった。振り返った。目でオリガを見つけた。そして見た。いつもの笑みはなく、ウィンクもしなかった。その顔は安らかで真剣だった。オリガはさっと立ち上がり、片手を上げ、彼に向かって振った。白い扉が閉まった。

警備員たちは老人の腕をつかみ、中へと引きずり込んだ。

オリガの目に涙が浮かんだ。手の中で紙を握りしめ、〈ハム〉に入って自分のベッドに横たわり、枕の中でわっと泣きだした。他の者たちが慰めようとしたが、彼女は手を振って追い払った。思う存分泣いて、すぐに微睡みはじめた。そして、優しい感触で目覚めた。リズがそっと彼女の首にキスしたのだ。オリガは目を開けた。〈ハム〉は暗かった。デジタル時計が23時12分を表示していた。

「どうしたの?」リズが訊ねた。「服のまま寝たりして。疲れたの?」

「ええ……」オリガはベッドに身を起こしながらつぶやいた。

「何か飲む?」

「飲む」オリガは手のひらで顔を撫でようとしたが、拳の中に紙があるのを感じた。

ヴォルフを、彼の話を、白い扉を思い出した……。紙がある拳をさらに強く握りしめた。リズが戻ってきて、プラスチックのコップを差し出した。オリガは少し飲んだ。氷のように冷たい水が気分を爽快にしてくれた。

「私のとこへ来る?」リズがささやき声で提案した。「ローズマリーがスコットランドのカノジョのとこに行っちゃったから、今なら私とあなたでベッドを広々と使えるわ……」

「あのね、リズ、私、何だか疲れちゃった」と答えながら、オリガはコップを棚に置き、ベッドから這い下りた。

「それなら、私が元気にしてあげる、子猫ちゃん」リズはオリガの胸を優しくつかんだ。「お指を怪我したの? 今日はやめましょう」

「リズ、今日はやめましょう」

「どうしたの、あの日だった?」

「いいえ。ただ、本当に疲れたから眠りたいの」

「ほんとに？」リズはオリガの腰を抱いた。

「絶対！」オリガはにやりと笑って欠伸をした。

「そ、わかった。それならお眠り、ウサギちゃん……」リズはオリガの頬にキスすると、背を向けて自分のベッドへ歩いていった。

服を脱ぎながら、オリガは彼女の後ろ姿を見ていた。リズとオリガの間には愛撫の他には何もなかった。それは自然な成り行きだったが、イニシアティヴを示したのはリズだった。彼女にはオリガの前にも何人も女がいたのだ。オリガの方はと言うと、リズの前、大学でレオノーラという名前の現代史の女講師にひどく惚れ込んだことがあった。背が高くて、ムチムチしていて、温厚で、とてもおっとりした女だった。思いがけず、オリガは激しい恋に落ちた。それ以前にも彼女を女にした男が一人いたが、その恋はほぼ一年続いてから円満に解消した。その後でもう一人男ができたが、ほんの短い間だけだった。しかしレオノーラには、オリガは激しく恋をしたのだ。それは破綻に終わった――レオノーラは理解せず、受け入れてもくれなかった。オリガは彼女の講義に通うのをやめたが、それでも歴史の単位は取れた……。大学でオリガはそれ以上誰とも付き合わなかった。その後の六年間で二度恋愛をした。最後の男のことはとても気に入っていたが、彼は妻帯者で、家庭を守る選択をした。その後は……その後はもう、氷のハンマーだけ。

リズが横になるのを待って、オリガはトイレへ向かった。ここは就寝時間の後でも唯一照明のある場所だ。中に入って顔を洗い、監視カメラをちらっと見た。左隅に一台、右隅に一台。丸見えになるように上部が開いた個室が六つ。どれを選ぶべきか？　どれならカメラから隠れられる？　口をすすぎながら悟った――入り口から四番目の個室。あそこなら下の方ははっきり見えない……。

オリガは四番目の個室に入り、ショーツを下ろして便器に座った。踏ん張り、小便をちょろちょろ搾り出す。そして、静かに拳を開いた。手のひらに乗っていたのは薄い半透明のトレーシングペーパーで、細かい字でびっしりと埋め尽くされている。オリガは慎重にそれを広げ、ヴォルフの微細な筆跡を判読しはじめた。

安全上の理由からあなたに名前で呼びかけることはいたしません。

継続的に行われた私どもの対話から、誠実で直情的なお方であるあなたは、おそらく、私の人間嫌い的なシニシズムや背信について早合点をなさったことでしょう。我が子よ、断言いたしますが、それは違います。幸い、私の身に起きたあらゆることの後でも、私が人間嫌いになることはありませんでした。死の瀬戸際にいる今でさえ、私はなおも自分を、あの赤熱した火掻き棒を手に持ち、人間もどきたちを蘇生させようと無駄な努力をしている少年のように感じているのです。ですが、彼らを蘇生させることはできません、なぜなら、彼らは生きとし生けるものの敵だからです。生涯、私は自分の父を、父の兄弟団を憎んできました。そして、光の兄弟たちの手による強制的な死を控えたこの今も、憎みつづけている。嗚呼、我が子よ、癌で死なせてはもらえないのです！　私は我慢強い人間で、死に対してはストイックな態度で臨んでいます。ですが、二万三千人の生ける死者どもの勝手であなたが死ぬことなど、これっぽっちも望んではおりません。あなただけではありません。地球全体とそこに暮らす人々もです。告白しますが、私はあなたが気に入りました――考える葦として、一人の女性として。ですからあなたに、ご自身の命と、五十億のホモ・サピエンスの命を守るチャンスを差し上げます。このチャンスは極めて小さいですが、理論的には可能です。あなたに火掻き棒の話をしたのは故なきことではございません。慧眼の士たるあなたなら、私の考えを理解できるはずです。全兄弟団、全二万三千人が集う主円環が地球の最期となるでしょう。どこでその準備が行われ、私どもの惑星のいかなる場所に光の子らのスタート台が配置されているのかはわかりませんが、一つだけ確かなことは、スタートの瞬間、そこには、死を運命づけられた普通の人間は一人もいないだろうということです。そこにいるのは、最後まで私と妹に父親の温もりを与えようとしなかった、もはや今は亡き父の兄弟姉妹だけでしょう。最後の円環が作られ、彼らが手を繋ぎ、スタートを待ちながら己の言語で語りだすとき、彼らはものを聞いたり感じたりすることをやめるでしょう、我が家の暖炉の間のときと同じように。そのときなら、やりたい放題です。要は、スタート台を見つけることです。これが戦略。お次は戦術です。あなたは私の臨終の書簡をトイレで読んでおられるに違いない。頭の回転の速いユダヤの頭脳をお持ちのあなたが、読むための唯一安全な個室——入り口から四番目の個室——を軽々と発見なさることは極めて確実です。これから右手を下ろして便器の縁を触ってみてください。そうすれば、そこに鍵が見つかります。これは、〈ハム〉と〈ガレージ〉の間の廊下にある扉を開けるための鍵です。ご記憶の通り、週に一度、男女の掃除人が私どもの——失礼、今はもうあなた方の——仮住まいをきれいにするために、この鍵を使って出入りします。この扉の向こうは補助部屋、簡潔に申し上げれば、地下の清潔を守る者たちの祭壇です。私の知る限り、この部屋は警備室と繋がっており、そこには常に二名が番をしています。私の知る限り、夜間はこの二名が地下壕の唯一の警備員です。日中に作業場を上から見張っている他の四名は、夜になると地下壕からいなくなります。

ご成功をお祈りします！

まったく同じ安全上の理由から署名はいたしません。

追伸　実現可能な地球の救済のためとはいえ、あなたの便器に座らざるを得なかったことをお許しください。ついでながら、この手紙を流すことをお忘れなく。

オリガはメモを折りたたみ、右手を下ろして便器の縁に触った。その下にチューインガムで鍵が貼りつけられていた。鍵をつかみ取り、拳の中に握りしめた。心臓が高鳴る。やった！　左の拳には手紙、右には鍵。オリガは息を呑んだ。脱走の可能性に揺さぶられた。

〈できる！　つまり、できるのよ！　試すことができる！〉こめかみがどくどく打ちはじめた。

「やらなきゃ……」彼女はつぶやいた。

人生が再び意味を獲得し、体が瞬間的に活力で満たされた。

〈とことん考え抜かなきゃ。誰と逃げる？　一人じゃ無理よね……。誰と？　誰が信頼できる？考えるのよ、孤児《みなしご》さん！〉

彼女はぶるっと身を震わせた。慎重に拳を開いて鍵を見た。それは手作りで、細長い鋼の板を削ったものだった。

そろそろ〈ハム〉へ戻る頃合いだった。あとは、ヴォルフの手紙を便器に流せばいいだけ。そうするのはとても辛かった。最後まで自分を陽気な冷笑家に仕立て上げていた老人のことを思い出し、火掻き棒を持って自分の父親を生き返らせようと虚しく試みた少年の話を思い出し、目に涙が浮かんだ。ヴォルフ老人は恐ろしく孤独な人間だった。子どもの頃からずっと。

「父の……温かみ……」と彼女は言い、嗚咽を漏らした。

手紙を丸めて便器の中へ捨てた。立ち上がり、洗浄ボタンを押した。

さらば、氷の国よ！

大きな装甲車に乗って我々は、その晩、氷の国の首都の著名な肉機械たちが集う建物に到着した。車のハンドルを握っているのは兄弟オブー。私は助手席に座り、後ろには兄弟ウフが座っていた。我々の車の後から護衛の装甲車が停止した。そちらに乗っているのは兄弟メログ、トルィヴ、ドル、ボルクで、それぞれポケットに武器を忍ばせていた。私は車を降り、後ろのドアを開けた。兄弟ウフが車を降りる。兄弟メログ、トルィヴ、ドル、ボルクが素早く自分の車を降り、兄弟ウフを取り囲んだ。兄弟ウフが建物に入った。私とメログがその後に続く。あとの兄弟たちは外に残った。建物の玄関部分には警備が立っており、壁にはここに集った肉機械たちから高く評価されている絵がいくつも掛かっていた。氷の国の輪郭を背景にして描かれた、冬眠を好む毛むくじゃらの獣。八十八年前に氷の国に大激変を引き起こした、口と顎にひげを生やした禿《はげ》の肉機械。交叉する鉄のハンマーと熟れた穂を切り取るための鉄の道具。氷の国の旗を背景にした熟れた果実。双頭の猛禽。我々は警備の傍らを通り過ぎ、階段を上った。階段には、顔の像を保存し増殖させることのできる装置を持った肉機械たちが立っていた。彼らは直ちにその装置をウフの顔に向け、活発に彼の像を保存し増殖させはじめた。さらに数人の肉機械たちがウフに、肉機械の集会や氷の国の未来に関わる様々な質問を始めた。ウフは否定的に首を振り、私とメログが大声で騒ぎ立てている肉機械たちを押し退けた。階段を上ったウフは肉機械でいっぱいの大ホールに入った。ホールの反対側の端には肉機械演説用の木の壇が聳え、壇の上の壁には**和解**という大きな文字が掛かっており、その下には小さな文字で**ともに歌おう！**とあった。我々がホールに入ると、壇上には中年の、小柄だが身幅が広くてたくましい肉機械が立っており、演説を行っていた。氷の国の首都で暮らす全肉機械には、とっくの昔に和解し、反目をやめるべき時が来ている、なぜなら、反目は、それでなくとも多くの難題を抱えている氷の国を害するだけだからだ、と。この肉機械は思い出させた。ここに集ったのは様々な願望や嗜好を持った肉機械だが、今日は和解の日であり、この和解は氷の国の肉機械たちが好きな歌を通じて行われるべきだ、と。演説する肉機械の言葉によれば、それらの歌は、氷の国の肉機械が生きる助けとなる。それは参集者たちの祖父や曾祖父が歌ったもので、これらの歌は、氷の国の肉機械が秩序の国の肉機械と戦って勝利した、あの困難な年月を助けた。演説の最後にずんぐりした肉機械は、氷の国の首都に関する歌を、家の窓明かりに関する歌を、肉機械の家庭の団欒に関する歌を、とある金属物体の音に関する歌を歌った。その金属物体というのは、肉機械が皆で集まって祈る際に鳴らすため、古来高い建物に吊るされてきたものだ。ウフがホールを歩きだした。私とメログがその後に続いた。肉機械たちが振り向いてウフを見る。ある者は挨拶し、ある者は敵意剝き出しで顔を背けた。ウフは群衆の中に兄弟エフェプを見つけた。我々の仲間である十七人の兄弟と三人の姉妹に取り囲まれて立っている。この兄弟姉妹たちは肉機械の集会で絶えずエフェプとともに働き、肉機械が生きる範としている法律に対する責任を持っていた。エフェプとその他の兄弟たちは、ウフの指令で今日の肉機械の集会を離れる準備をしていた。我々は彼らの元へ近づいた。ウフは自制していた。彼は喜ぶことを自らに許さなかった。エフェプのそばへ寄りながら合図をした。時間だ！　エフェプの心臓《こころ》が燃え上がった。だが、皆が直ちに立ち去ることはできないと理解していた。彼は兄弟たちに指令を与え、兄弟たちは徐々にホールを後にした。他の者たちは留まって、歌を歌ったり演説者の話を聴いたりしている振りをした。意地悪で決断力のありそうな顔をした背の高い肉機械が登壇し、演説を始めた。今こそ氷の国の内なる敵どもを最終的に一掃すべく和解する時である、内なる敵こそがこの国の肉機械が幸福になることを妨げているのだから、と。その後、この肉機械は氷の国と秩序の国が戦争していたときの歌を歌いだした。その内容は、氷の国の肉機械は自国防衛の戦いに尻込みしないというものだった。ホールにいる大多数の肉機械が伴唱したが、中には反対のしるしに口笛を吹く者もいた。我々の兄弟たちは静かにホールを離れつつあった。ウフは立ったまま近づいてくる様々な肉機械と言葉を交わしていた。歌が終わると、口ひげを蓄えた肉機械が登壇して話しだした。氷の国の全肉機械が和解するにはまず、禿《は》げた肉機械の皮を土に埋めなくてはならない。この禿げた肉機械は八十八年前に氷の国に大激変を引き起こしたのだが、その皮は現在に至るまで氷の国の首都の主広場にある石造りの建物の中に横たわっている。多くの肉機械が賛同のしるしに手を叩き、他の肉機械たちは反対のしるしに口笛を吹いた。そのとき、口ひげの肉機械が、今日は歌が皆を和解させるはずだと言い、か細い声で歌いだした。花に飛んでいく毛のふさふさした昆虫に関する歌や、固定した家を持たず、夜になると闇の中で気持ちのいいことをし合うために他の肉機械の元へ急ぐ肉機械の娘に関する歌。広間にいる肉機械の大部分は口ひげの肉機械に伴唱し、中には踊るように足を動かす肉機械さえおり、口ひげの肉機械は歌いながら泣いていた。しかし、歌が終わらないうちに、背が高く丸々と太った肉機械が壇に上がり、大声で言った。禿げた肉機械の皮を土に埋めるのは犯罪だ、氷の国の肉機械たちは、大激変を起こし、氷の国のためによきことを数多く成した禿げた肉機械を何十年も愛してきた、禿げた肉機械の皮は氷の国の主広場に永遠に横たわっていなくてはならない、小さな肉機械たちが建物にやって来て、この皮を花で飾ることができるように。それからこの太った肉機械は、その昔四つ足の動物に乗って自宅から遠くへ去り、帰り道を見つけられず、ゆっくりと凍死していった肉機械の歌を歌いだした。その瞬間、ウフは退散の合図を送った。そして我々は皆、兄弟エフェプとともに出口へ向かった。我々が歌う肉機械の群れを縫って歩いていると、何人かが兄弟ウフの背中に向かって、彼は氷の国の歌が嫌いなのだと言い放った。だが、ウフは黙々と群れの間を歩いた。彼の心臓《こころ》は喜んでいた。そして私は理解した、我々はもう二度とこの肉機械たちに会うことはないだろう、彼らの奇妙な歌を聞くことはないだろう、と。我々は外に出て、自分たちの鉄機械に分乗した。兄弟エフェプと他の兄弟姉妹も自分たちの鉄機械に分乗する。我々の鉄機械が氷の国の首都の中心から走りだし、しばらくして飛行可能な鉄機械が離着陸を行っている場所へ入った。そこには大型の白い飛行機械が待ち構えていた。それは、残りの兄弟たちを氷の国から運び出す最後の、十一番目の飛行機械だった。十機はすでに我々の兄弟姉妹を満載して飛び去っていた。我々は階段を上ってこの機械に入っていき、ウフがしんがりを務めた。自分が最後に氷の国を去ろうと決めていたのだ。彼の強大な心臓《こころ》が、この国で光の兄弟たちに起こったすべてを完了させた。扉口で立ち止まると、その心臓《こころ》が燃え上がった。飛行機械に着席している者たちはウフの心臓《こころ》の閃光の理由を感じた。彼の強大な心臓《こころ》が喜び、別れを告げた。それは喜んでいた、光の兄弟たちが一人残らず氷の国を去ったことを、彼、ウフがこの瞬間まで生き長らえたことを、大変容まで残すところほんの僅かなことを。だが、ウフの心臓《こころ》は〈氷〉にも別れを告げた。まさにこの大きな国に落ちる定めだった氷に、そのおかげで散らばった兄弟団が一つに集まることができた氷に、もはや存在しない氷に。何万本もの氷のハンマーがこの国の肉機械たちの胸に当たって砕け散り、多くの兄弟姉妹が兄弟たちを集める過程で落命し、その内の多くが今この白い飛行機械に乗っている者たちに化身した。ウフの心臓《こころ》は喜び、別れを告げた。そして、ともに我々の心臓《こころ》も喜び、別れを告げた。氷の国の大地に最後の一瞥をくれ、ウフは背を向けて機械に入った。我々はその後で扉を閉めた。飛行機械の中に座っているのは、氷の国のもっとも心臓《こころ》の強い兄弟姉妹だった。私やメログ、トルィヴやボルクのような助手たちも一緒だった。飛行機械に座っている心臓《こころ》たちがウフの強大な心臓《こころ》を迎えて歓喜した。我々は皆、ウフが兄弟団にとってどれだけのことを成したか知っており、彼の〈楯〉を感じ、彼の強大な心臓《こころ》を守り、労った。渦巻く肉は絶えずウフを食らい、呑み込み、踏み潰し、破滅させようとした。だが、ウフには心臓《こころ》の知恵があった——弾丸からも、〈肉〉の憤怒からも逃れ、影響力のある肉機械たちの仲を巧みに裂き、彼らの盲目的な憤怒を兄弟団の利益になるよう互いに差し向けた。ウフは兄弟団が氷の国で莫大な富を手に入れることを助け、数百万の肉機械が実質的に絶えず兄弟団のためにただ働きをし、大変容の時を近づけるようにしてくれた。飛行機械が低い音を立てて離陸を始める。操縦しているのも我々の兄弟たちで、ここに肉機械はいなかった。数十の手がウフへ伸び、数十の心臓《こころ》が彼のために輝いていた。彼は着席者たちの傍らを歩き、ここにいる一人一人に触れた、自分の手と自分の強い心臓《こころ》で触れた。飛行機械が地面を離れる。我々の心臓《こころ》が燃え上がった。皆、氷の国からの大脱出が完了したことを理解した。数十の同じ飛行機械が光の兄弟たちを数十の他の国々から運び去っていることを皆が知っていた。皆揃って最終大円環で会うために。

上へ！

オリガは朝早く朧気《おぼろげ》な物音で目覚めた。どこか遠くで人々ががやがや騒いでいるのだが、ものすごく目覚めたくなかった。苦労して目を開ける。〈ハム〉では皆がせかせか動き回ったり、ベッドから飛び降りたり、廊下に駆け込んだりしていた。あちら、遠い廊下のどこかで銃声が虚ろに響いた。一発、二発。それから、押し殺した悲鳴。オリガはショーツとTシャツ姿のままベッドから飛び降り、時計を見た。四時十六分。拳を開いた。鍵！　手の中に鍵はなかった。思い出した。昼食のときロシア人たちに渡したのだ。彼らが彼女を連れて脱走してくれるだろうという希望を込めて、すべてを話した。果断なロシアの男たちを信頼して……。

「何が起きたの？」メリルがベッドの上の段から身を乗り出して訊ねた。

「誰かがバラされたの！」半裸のサリーはそう叫び、廊下へと急いだ。

〈騙したのね！　私抜きで逃げるなんて！〉そうオリガは理解して、拳でベッドを力なく殴った。

他の女たちとともに廊下に駆け込んだ。そこの補助部屋の開いた扉の前に、地下壕のほぼすべての住人がたむろしていた。皆、口汚く罵り、押し合いへし合いしながら、扉の中へ這い込もうとしている。男たちは手当たり次第の物で武装していた――ネジを緩めて外した椅子の脚や、台や棚の破片などで。ロシア人が大勢に脱走を予告し、〈ガレージ〉がそれに向けて準備をしていたことは、その様子からも明らかだった。〈ハム〉も後れを取ってはいなかった。女たちは扉の中へ這い込み、押し合い、金切り声を上げていた。オリガは数人の手にマニキュア用の鋏や、身の回りの物や、何かから折り取ってきた物の破片などが握られているのに気づいた。

人混みには老いも若きもいた。髪を梳かしていないウクライナの老女は憤然と周囲の人間を押し、〈火事から逃げてるみたい！〉という考えがオリガの脳裏を過《よ》ぎった。

なぜだか固く捩った濡れタオルを両手で握りながら叫んでいた。

「ティカイ、フロプツィ！　ティカイ、シマカダヴィ！」

それが何を意味するのかはわからなかったが、オリガは前に飛び出し、体をねじ込むように人混みの中へ入った。先へ先へと突進する〈死んだ雌犬の仲間たち〉で一杯の薄暗い補助部屋の中へ分け入った彼女は、目の端で、左の、明るい照明がともされた警備室の扉に気づいた。そこには制服姿の中国人警備員二名が、頭と顔を叩き割られて床に転がっていた。二人の隣にロシア人の誰かの剝き出しの両脚が突き出ており、それも床に転がっていた。どうやら、太っちょのリョーシャのようだった。洗濯していない白い靴下を履いた無毛の滑らかな脚の片方が痙攣的に震えていた。と同時に、オリガは目覚めて間もない体が発する全般的な臭気を貫いて流れてくる血の臭いを嗅ぎ取った。

〈始まったんだわ！〉オリガは熱狂的な恐怖とともに考えた。

補助部屋は修羅の巷と化していた。ある者は金切り声を上げ、ある者は罵り、またある者は白と青の壁に力いっぱい両手を突っ張っていた。誰かの寝巻がビリッと破け、モップが足下でバキッと折れ、床に倒れた女が胸の張り裂けるような悲鳴を上げていた。

「オー・マイ・ゴッド……」絶望的にしゃくり上げる男の声。オリガは自分も今にぺしゃんこになるとわかった。隣からは様々な言語で呪詛や祈りの文句が聞こえてくる。

「ママ！」オリガは雀斑顔の陽気なスウェーデン男の汗ばんだ太いうなじに顔を突っ張りながら祈りだした。

力み過ぎでスウェーデン男の頭が細かく震えだし、体の何かがバキッと音を立て、屁が出た。後方の連中が唸り声を上げて傾き、圧迫してきた――スウェーデン男と一緒に、鉤鼻のフランス女や長髪のドイツ女と一緒に、オリガは広い廊下に飛び出して倒れた。彼女の背後で同時にどこぞの青年が倒れ、金切り声を上げたかと思うと、まるで木にしがみつくようにオリガをつかんで這いだした。今度はオリガの方が金切り声を上げ、引っ掻きながら、筋肉質なスウェーデン男の体によじ登りはじめた。

「ああ……くそ野郎《サロー》ども、売女《ピュタン》！」押し殺されそうになっているフランス女が罵る。

「うぉぉぉ！　ノー！　ノー!!!」誰かが呻きだした。

スウェーデン男はオリガの下で唸り、青年は彼女の背中の上を這いながら叫んでいた。彼女は両脚を引き上げ、唸りながら全力で突き飛ばし、体のごた混ぜの中から脱出した。よろめきながらさっと立ち上がり、皆とともに廊下を走った。廊下は長く、よく照明が当たっており、かなり広かった。地下壕の廊下よりも広い。扉は滅多になく、一つ目の扉には赤い十字架、二つ目の扉には犬の頭の絵、三つ目の扉には数字の7があった。

オリガは温かい合成樹脂の床を素足でぺたぺた踏みながら廊下を走った。横では他の連中が押し合い、悪態をつきながら走っていた。前方で廊下は二つに分岐しており、そこではすでに人々が混乱の中で群がり、ひどく興奮しながらどちらへ行けばいいか決めようとしていた。誰かが右に手を振って「エレベーター」という言葉をつぶやき、多くの者はそちらへ向かって駆けだしたが、オリガはふと、床に僅かな血の雫が落ちていることに気づいた。それは左へと続いていた。

〈ロシア人！　怪我してる！　警備に撃たれたんだわ……〉

ロシア人は逃げるべき方向を知っている――彼女はなぜかそう確信していた。左へ駆けだした。同じような廊下だったが、扉はなく、ほどなくして再び分岐していた。オリガの後を追いかけてくる者もいれば、前を走る者もいた。赤い雫は再び左へ続いていた。オリガはそちらへ曲がり、白衣を着た二人の中国女を打ちのめしている元囚人グループに出くわした。殴られている側は抵抗すらしていなかった。横の床には台車が、茶碗や魔法瓶、それに何かのプラスチック製の瓶ごとひっくり返っていた。

「ここにエレベーターがある！」前方でセルゲイの叫び声がした。「こっちだ！」

背中と手と顔の隙間から、廊下の端に大きなエレベーターの鋼鉄の籠が三つあるのが目に入った。籠の扉には同じ絵が見えた――赤い心臓とその下に二本の氷のハンマー。息絶えた中国女たちを打ち捨て、皆、籠の方へと駆けだした。先頭を行く連中の一人で、足を引き摺りながら走っているセルゲイは、奪い取ったピストルを手にしていた。オリガも同じ方向へ突進した。しかし急に籠の扉が開き、中から自動小銃を構えた警備員たちが現れた。前列の者たちは後列が撃つ邪魔にならないよう、すでに膝立ちになっていた。誰かが中国語で叫び、自動小銃の弾丸が一つの長い一斉射撃に溶け合った。オリガは弾丸が自分の前を走っていた者たちを文字通りなぎ倒していくのを見て息を呑んだ。弾丸で貫かれた金髪半裸の人々は床に倒れた。周囲で弾丸が空を切り、壁に跳ね返り、細かい血飛沫や肉片をオリガのところまで飛ばしたが、今のところオリガには命中していなかった。

〈これでおしまいね……。今に私に当たる……〉

恐怖に寒気を覚えつつ、一秒一秒全身で自分の弾丸を待ち受けながら、オリガは右へ飛んだ。右の方で扉が開け放たれた。そこから、多分、二人の中国女が運悪くカートを押しながら出てきたようだった。疲労のあまり足を滑らせ、倒れそうになりながらも、オリガは片手でドア枠にすがりつき、両脚で床を突いて離れた。上手くいかないことはわかっていた——周囲では弾丸が過密に飛び交っているのだ。しかし、後ろから誰かが力を込めて彼女に膝蹴りを食らわせて扉の中へ押し込み、続いて自分自身も飛び込んできて、彼女を突き倒した。

オリガは滑らかな床を転がった。

扉がバタンと閉じられた。するとたちまち、ほとんど静かになった。扉の向こうでは、吊り目の黒髪連中が金髪碧眼連中の殺害を続けている音が聞こえるのみだ。オリガはさっと四つん這いになって辺りを見回した。扉口に巨体を伸ばして立っていたのは、ビョルンだった。青ざめ、恐怖で口を半開きにしながら、扉に背中を凭せ掛けている。

「リクツトルペン！」オリガは跳び上がりながら、ヒステリックに大笑いした。「驚いた……ほんとに……すごく……」

ビョルンは辺りを見回した。

「エレベーターだ！　まだエレベーターがある！」

オリガも辺りを見回した。二人は大きな部屋にいた。彼女が理解したところでは、それは〈犬〉の作業場に隣接しているようだった。そこには金属製の長い台と低い棚がいくつか、そして大きなガラス棚が一枚あった。その中には、プラスチック製の一メートルもある犬の頭部が置いてあった。犬はプラスチックの口から嬉しげに赤い舌を出しており、棚の下の方には感嘆符付きの赤と金の漢字が貼りついていた。少し離れた壁の凹みに、荷物用大型エレベーターの正方形の扉が見えた。

「あそこよ！」と叫びながら、オリガはエレベーターに向かって駆けだした。

ビョルンは夢遊病者のように扉を突き放して後から駆けだし、二度の跳躍でオリガを追い越した。誰かの血が跳ねかかった大きな手が、勢いそのままにエレベーターの黒い呼び出しボタンを押し込んだ。まるでビョルンの手のひらを待っていたかのように、分厚い扉はすぐさまおとなしく開いた。エレベーターは大容量だった。

「奇跡だわ！」オリガは息を吐き出し、ビョルンより先にエレベーターに飛び乗った。

スウェーデン語で何やらつぶやきながら、続いて彼も飛び乗った。左側のパネルには二つのボタンが突き出ていた――上は赤、下は黒。右側には壁一面に、先ほどと同じ舌を出した陽気な犬の絵が描かれたポスターが掛かっていた。犬の隣の感嘆符付きの漢字の他には、小さいけれども実に幸せそうな中国人の家族が描かれているのみだった。微笑みを浮かべる家長が伸ばした手には、小瓶のようなものが握られていた。

オリガは赤いボタンを押した。

エレベーターがスムーズに上昇を始めた。

ビョルンとオリガの目が合った。

「リクツトルペン……」とオリガは再び繰り返し、手のひらで自分の口を覆ってヒステリックに頭を振りだした。

目の中で涙がきらりと光った。

ビョルンはぎこちなく彼女の肩をつかんだ。

「あなたは知ってたの？」彼女が訊ねた。

「全然……」彼はつぶやいた。「ロシア人はアメリカ人とドイツ人にだけ教えたんだ」

「恩知らず！」オリガは嗚咽を漏らした。「私があいつらに鍵を渡してあげたのに。私に予告もしないで……」

「ロシア的無政府主義さ……ナントカの兄弟……ええと……カルマナゾフだっけ？」ビョルンは努めて冗談を口にした。

「カラマーゾフよ、リクツトルペン……」オリガはエレベーターの中を見回しながらつぶやいた。籠は間もなく停止した。扉が開いた。ビョルンとオリガの前に、薄暗いが相当広い、製薬工場の作業場を思わせる部屋が開けた。そこでは台と椅子が列を成し、壁に沿ってラックや金属製の戸棚が立ち並び、また同じ犬の巨大な肖像画が掛かっていた。だが、一緒に描かれている家族はもう二つに増えていて、感激しながら犬に向かって小瓶を持った手を伸ばしており、そして……オリガは窓の外に夜明け前の空と青白い満月を見た。空は本物だった。その向こうにある月も。それはオリガに新たな涙の発作を引き起こした。

「ビョルン！　私たちは地上にいるのよ！」

ビョルンは彼女の言うことには耳を貸さず、作業場の奥へと進んでいった。作業場に人気はなかった。ビョルンは広い扉の付いた大きなスチール棚に近づいた。扉の取っ手に手を伸ばした。開いた。中は冷凍庫で、詰まっていたのは、冷凍された……犬の脚だった。どの脚も皮を剝がれていた。オリガが駆け寄り、二人は黙って犬の脚の山を見つめた。この作業場では、おそらく、この脚から中国の家庭の父が大喜びするような物が作られているのだろう。

〈雌犬の脚……〉ふと、オリガは忘れていたロシア語の罵言を思い出した。

ビョルンは冷凍庫をバタンと閉めた。オリガは作業場の扉の方へ駆け寄り、取っ手を引っ張った。閉まっている。再び窓辺へ駆け寄った。三階。高くはない。しかし、窓に隙間はなかった。

「どうやって出よう？」彼女は窓ガラスをぴしゃりと打った。その向こうでは、月が太陽に場所を譲りながら溶けていくところだった。

ビョルンは背の高い棚の扉を横へスライドさせた。開いた棚の中には、犬が描かれた段ボール箱がぎっしり詰め込まれていた。封がされていない箱が一つあった。中から同じ小瓶がいくつも突き出していた。

「エレベーターは下にしか行かない……。ところで、トイレはどこにあるんだろう?」ビョルンは頭を回した。

「行きたいの?」オリガは神経質な笑みを浮かべた。

彼は隅に四枚の細長い扉を見つけた。駆け寄り、開けて中を覗いてみる。二枚の扉の向こうはトイレで、三番目は小瓶用のラベルの束で塞がっており、四番目にはモップ、脚立、そしてプラスチックのバケツが置いてあった。

「何もない!」ビョルンは腹立たしげに扉をバタンと閉めた。だが、上を見上げてはたと動きを止めた。この扉の上の天井に、送風管の大きな銀色のパイプが走っていた。パイプは真ん中で分岐し、二つの大きな空気取り入れ口で終わっている。

「待てよ……」ビョルンは扉を開け放ち、脚立を持ち上げて立て、登り、大きな拳で力任せにパイプを殴った。

薄い銀色の金属でできた送風管がビョルンの拳で曲がった。

「ワオ!」オリガが自分の太腿を叩く。「そういうことね! 全部わかったわ!」

彼女はモップを一本引っつかみ、柄を取り外してビョルンに投げた。

「やっちゃって!」

ビョルンは三発の強打でパイプを凹ませ、継ぎ目にできた隙間に棒を差し込み、圧力をかけてパイプの曲がり目を軽々と押し広げた。鉄が割れる音がしてパイプの自由になった部分が垂れ下がり、オリガの頭上で揺れだした。主要な支管の中に壁の内部へと通じる大きな円い穴が現れた。

「閉所恐怖症はない？」ビョルンは脚立から飛び降りながら訊ねた。

「さあ……。高所恐怖症はあったけど」

「あそこは……そんなに高くない」

彼はオリガを抱え、綿毛のようにひょいと持ち上げて脚立に置き、座らせた——そして、彼女はパイプの中へよじ登った。

「どんな様子だ？」彼は窓の方を振り返りながら訊ねた。

「暗いわ！」オリガがパイプの中から返事をする。「ついてきて！」

彼女は慎重に匍匐《ほふく》前進を始めた。

ビョルンも脚立に登り、オリガの後からパイプの中へ滑り込んだ。パイプが天吊りブラケットの中でぐらついたが、それでも持ちこたえた。前を這うのはオリガ。パイプは広く、温かかった。空気は流れていない——きっと、操業時間にのみ作業場から吸い込むのだろう。パイプの中は少々息苦しかった。今のところ、前方は暗いままだ。オリガは慎重に這った。ビョルンが後に続いた。

「暗い……でも行かなきゃ、行かなきゃ」オリガは自分を落ち着かせようとおずおずつぶやいた。

「リクツトルペン……あなたが前を這うべきだった……だってあなたはリクツトルペン、つまり……あなたは……あなたは、頭の中にランプを持ってる……」

「何かあったか？」ビョルンが大きくささやいた。

「今のところは何も！」

彼は励ますように彼女の踝に触った。

オリガは十五メートルほど進み、左へ曲がって目の細かい格子に突き当たった。そこからぼんやりした光が差し込んでいた。彼女は慎重に格子へ顔を近づけた。格子越しに大きなホールが見えた。

出荷の準備をした背の高い木箱がいくつも並んでいる。箱にはさっきと同じ犬の頭が印刷されていた。ホール中央に二台のフォークリフトが止まっていた。

〈箱、その中にはケース、その中には小瓶……〉オリガはホールを観察しながら機械的に考えた。

〈小瓶の中にはジュース。雌犬の脚から作ったジュース……素敵じゃない……〉

ビョルンが後ろから近づき、彼の手がオリガの足に触れた。

「そこに何があるんだ？」彼はささやいた。

「倉庫よ」

「人はいるか？」

「いないわ。格子を叩き壊さなきゃ」

「それなら、場所を交換しないと」彼は体を回しはじめた。

オリガは後退った。ビョルンは彼女の横を通り抜けようとした。互いの体が強く密着する。温かい金属が二人を取り囲んでいた。ビョルンのどっしりとした顎がオリガの胸にぶつかった。彼の巨体はオリガの下を潜り抜けようとして回転した。

〈引っ掛かる！〉とオリガはパニック状態で考え、ビョルンの方へ身を捩らせはじめた。

「お願い、リクツトルペン……お願い！」

ビョルンはパイプを揺らしながら重々しく回転した。オリガは呻きだし、蠕虫《ぜんちゅう》のようにのたくりながら、苦労してビョルンの体の上を通り抜けた。彼は格子の方へ身を伸ばし、それを両手でつかみ、筋肉を緊張させた。ホールに声がした。ビョルンはぴたりと動きを止めた。中国語の話し声。オリガもそれを耳にし、ビョルンの脚の間で動きを止めた。彼はオレンジ色の作業服を着た二人の中国人を見てとった。言葉を交わしながら、二人はホールに入り、フォークリフトのそばで立ち止まった。しばらく話した後、一人の中国人がその場を去った。もう一人は辺りを見回しながらホールを歩きはじめた。

〈僕らを探しているのか。それとも、単なる見回り？〉

中国人はホールの見回りを終えると、フォークリフトに乗り込んだ。エンジンを入れ、箱の一つに近づき、フォークを差し込んで持ち上げ、ホールから運び出す。それと同時に、パイプが穏やかに低い音を立てはじめ、格子越しにビョルンの顔に空気が流れだした。送風管が作動したのだ。

〈スイッチを入れたな〉とビョルンは考えた。

「わあ……。彼らの労働日は早く始まるのね……」オリガがささやいた。

空気が流れ、パイプの中に横たわる二つの火照った体に吹きつけた。フォークリフトが積み荷を降ろして戻ってきて、新しい箱を持ち上げて出ていった。

〈あいつがあと箱を七つ運び出して、僕の下に来るまで待たなければ。それから格子を打ち破って飛び降り、あいつに襲いかかるんだ……〉

オリガがビョルンの手に触れた。彼はその手を握りしめ、指を上げた。待って！　彼女はうなずき、返事に彼の手首を握りしめた。顔を格子に押しつけながら、ビョルンはフォークリフトの動きを追った。箱を次から次へゆっくりと運び出していく。一つ目。二つ目。三つ目。四つ目。四個の金具で固定された薄い格子を叩き破るのは難しくない。ただ待てばいいだけだ。五つ目の箱。六つ目。ビョルンは格子に手のひらを押しつけて準備に入った。オリガは彼の企てを感じ取り、緊張しながら慎重に足を引き寄せた。最後の数秒が経過するのを待ちながら、ビョルンは目を閉じた。

ふと、声がした。早口の中国語。目を開ける。数人がホールに駆け込んできた。自動小銃を手にした青服の警備員、先ほどのオレンジ服の労働者、そして、光沢のあるスーツを着た金髪のヨーロッパ人。彼は中国語で何か命令した……そして、ビョルンにはそれが誰だかわかった。それは、マイケル・レアードだった。

「ああ、なんてこった……」ビョルンがささやいた。

「どうしたの？」オリガは小声で訊ねた。

「こいつはマズい……」ビョルンは唇で格子に触れながら、辛うじて聞き取れる程度にスウェーデン語で答えた。「非常に、非常にマズい……」

「何なの？」オリガは彼の脚を引っ張った。

レアードが注意深い顔を上げた。その冷たい眼差しが格子に突き刺さった。美しい唇に薄笑いが広がる。彼はパイプを指差した。

ビョルンは格子から飛び退いた。だが、遅かった。下では人々が駆け回り、異言語でがやがや騒ぎだした。ビョルンは後退り、身を捩って、大きな足でオリガを蹴った。

「戻れ！　戻れ！」

「何？　どこに？」オリガはパイプの中でもがいている。

「後ろ、後ろ！」彼は彼女を足で押し戻した。

オリガは後退った。下の方で、カチ、カチ、と何かを置くような音がした。ビョルンはオリガを蹴り、パイプを揺らしながら、どんどん後退った。

「早く、もっと早く!!」

急に下で大きな音がしたかと思うと、何かがブーンと唸りだした。四本の太く長いドリルがパイプの金属を紙のように刺し貫き、ビョルンとオリガの体に突き刺さった。オリガは絶叫した。一本のドリルが彼女の膝に刺さり、もう一本は軽々と手のひらを貫通した。三本目のドリルがビョルンの腹に入り、四本目は太腿を掠め、皮膚を切り取った。ビョルンは身を振り解こうとして唸り、オリガは泣き喚くのを止められなかった。二人の体はパイプの中でぴくぴく痙攣しはじめた。五本目のドリルはビョルンの胸に、六本目は脚に突き刺さり、七本目と八本目はオリガの肩と顎に穴を開けはじめた。オリガの悲鳴が詰まる。ドリルが唸り、肉体に深く入り込んでいく。痙攣する二つの体から血が迸り、パイプを満たしていく。

「光の兄弟はサケなど飲まんのだよ!!!」パイプにマイケル・レアードの声が轟いた。

ビョルンはぶるっと身震いした。

そして、目を開けた。

下ではフォークリフトが八番目の箱に近づいていた。ビョルンは格子に手を突っ張り、力を込めた。ネジがピシピシいいはじめた。フォークリフトが箱をつかみ上げた。ビョルンは全力で格子を握りしめた。三本のネジが穴から飛び出し、格子が外れ、残った一本のネジにぶら下がって揺れだした。ビョルンはオリガを蹴ってパイプから転がり落ち、フォークリフトの屋根に胸から落下した。痛みに叫び、屋根をしっかりつかみながら、床に飛び降りる。フォークリフトを操縦していた中国人は口をぽかんと開け、天井から転がり落ちてきた金髪の大男を見つめた。彼の手がレバーから離れ、ベルトに結んだ催涙スプレーに伸びたが、間に合わなかった。中国人の頭ほどの大きさの白い拳が細長い顔を殴った。パンチは運転手を運転席から文字通り叩き落とした。足を引き摺りながらビョルンは倒れた男に飛び掛かり、拳を振り上げたが、殴りはしなかった。運転手は驚いた口を半開きにしたまま身動きもせず倒れていた。ビョルンは背筋を伸ばした。

「オリガ!」

彼女はパイプから身を乗り出した。

「跳ぶんだ!」

オリガはぎこちなくパイプの端から転がり、堪えきれずにきゃっと叫んで下に、ビョルンの腕の中に落下した。彼は受けとめて下に降ろし、人形のようにそっと両足で立たせた。彼女は床に倒れている運転手に目を向けた。鼻から血が滴っていた。

「これは……あなたが?」

ビョルンはうなずき、足を引き摺りながら扉の方へ向かった。

「どうしたの?」オリガは彼の後を追って駆けだした。

「膝をぶつけたんだ……どうってことない……」

「喧嘩は得意?」

「いや。弟は得意だった……」

扉は倉庫の隣にあった。二人は倉庫の中を覗いた。奥の、箱のそばで三人の中国人がうろついている。そして、地元の朝のラジオが流れていた。オリガは慎重に扉を少し開けた。廊下に人気はなかった。

「一階に行かないと」ビョルンは廊下に足を踏み入れた。「どこかに階段があるはずだ」

「あるいはエレベーターね……」オリガがつぶやく。

二人は歩きだした。廊下は右へ曲がり、二つに分かれていた。分岐点で立ち止まった。右の壁には赤い漢字と矢印が見えた。

「あっちね!」オリガは決めつけ、右の方へ駆けだした。

ビョルンが足を引き摺りながら後に続く。前方で声がした。脱走者たちは駆け戻り、左の分かれ道に入った。幸い、廊下は再び左に曲がっていた。そして……先ほどと同じ門が開いた倉庫に行き着いた。先ほど同様にラジオが鳴り、箱の積み込みが行われていた。しかし、角に、門の右手に、オリガはエレベーターの小さな扉があるのに気づいた。ビョルンに目で示した。彼は黙って親指を立てた。

労働者たちが箱の方を向くのを待ち、エレベーターに向かって飛び出した。ボタンを押す。エレベーターが下降を始めた。14という数字が点灯した。倉庫に叫び声が響いた。そしてすぐ、中国語でぺちゃくちゃ話す声が始まった。どうやら、中国人たちはノックアウトされた同僚を発見したらしかった。

「くそ……」ビョルンがつぶやく。

オリガはエレベーターの鋼の扉に頬を押し付けた。

「来て、来て、お願い……」
8、7、6……。
労働者たちの声が近づいてきた。門の方へ向かっている。

ビョルンとオリガは凍りついたように動かなかった。
5、4、3、2……。
角の向こうから二人の中国人が心配そうに言葉を交わしながら現れた。

エレベーターが停止した。扉が開く。細長いエレベーターの中に立っていたのは……二人の中国人。だが、オレンジ色ではなく、白い服を着ていた。オレンジ服の中国人たちがビョルンとオリガに気づいて叫んだ。白服の中国人たちは事態が呑み込めずにきょとんとしていた。ビョルンはエレベーターに押し入り、拳を振り上げた。オリガも中に割り込み、ボタンを探しに掛かった。背後からはオレンジ服の中国人たちが叫びながら走ってくる。オリガが何かのボタンを押すと、扉が閉まりだした。ビョルンは白服の中国人たちをぶん殴り、オレンジ服の中国人たちはエレベーターに駆け寄り、オリガのTシャツに縋り付いた。オリガが金切り声を上げて肘鉄を食らわせる、Tシャツがビリッという、オリガが当てずっぽうに蹴りを入れる、Tシャツが破れる、扉が閉まる、エレベーターが上昇を始める。ビョルンが白服の中国人たちをぶん殴りつづけているせいで、エレベーターはぐらぐら揺れた。オリガはビョルンの腋の下へ拳を突っ込み、何度か殴ってみた。中国人たちは黙々と応戦し、ビョルンは唸り声を上げていた。

〈キングコングだわ！〉という考えがオリガの脳裏を過ぎった。

パンチが響く――一発、二発、三発。そして、中国人たちは二人とも床に沈み込んだ。ビョルンは息急きながらボタンに目をやった。その表情はまったく野性的で、さっきまでとは似ても似つかなかった。頰を何かで引っ搔いたらしく、血の雫が震えていた。

「どこだ？　どこへ？」彼はエレベーターの動く方向を理解しようとしながらつぶやいた。

「上よ……」オリガは震える指で彼の頰から血の雫を払い落とした。

神経質な戦慄が突如オリガの背中に走った。体が震え、口中で歯がガタガタ鳴りだした。

「五階、六階……くそ！……どこへ向かってるんだ?!」ビョルンはボタンを押した。

エレベーターは動きつづけた。

オリガは揺られていた。裂けたTシャツを着て立ちながら、自分の両肘を握りしめた。

「どうした？」ビョルンが不服そうに彼女を見た。

「べ、べつ、に……」彼女の歯は震えていた。「鳥肌よ……」

ビョルンが再びボタンを押した。エレベーターは止まらなかった。
9、10、11、12……。
隅に座り込んでいる中国人がしゃっくりし、物憂げに身じろぎしはじめた。
13、14。エレベーターが停止した。扉が開いた。二人の前に、扉がいくつもある広々としたエレベーターホールが開けた。広い窓から光が差し込んでいる。窓の外では昇った太陽が目覚めつつある広州を照らしていた。ビョルンとオリガはエレベーターを降りた。ビョルンは失神している白服の中国人たちを下のオレンジ服の連中の元へ送ろうとして下のボタンを押した。エレベーターが下降した。ホールには五台のエレベーターがあった。四台は小さく――脱走者たちはその内の一つに乗ってきたのだ――、もう一台は大きく、特別製で、シルバーブルーの扉にエンブレムが描かれていた。二本の氷のハンマー、その上に紅《くれない》の心臓。それ以外に扉は一枚もなかった。

「下よ、下！」オリガは小型エレベーターの一台に飛びついた。だが、エレベーターは鈍い音を立て、扉の上に数字が点滅しはじめた。1、2、3……。

エレベーターが上昇していた。

ビョルンは別のエレベーターに近づいた。それもまた上に向かっていた。三台目も同じく。三台のエレベーターが急上昇していた。

「僕らを追ってきたんだ」ビョルンは点滅する階数を見ながら悟った。

オリガは大型エレベーターの幅広いボタンを押した。扉が開いた――大容量で、超現代的、一面シルバーブルーの鏡張り。二人はエレベーターに乗り込んだ。パネルには二つのボタンしかなかった。青と赤。ビョルンは赤いボタンを押したが、エレベーターはぴくりともしなかった。青いボタンを押すと、扉が閉まり、籠がスムーズに上昇を始めた。

「上だわ！　何だってまた上に⁈」オリガは腹立たしげにパネルを殴った。

ぐったりした様子でたくましい肩を竦め、ビョルンはボタンをぼんやり眺めながら突っ立っていた。籠内に階数を表示する窓はなかった。エレベーターはどんどん上がっていく。ようやく止まった。扉が開いた。オリガとビョルンは茫然自失した。エレベーターの真ん前にはマイケル・レアードが立っていた――白髪だが若々しいどこぞの老人と一緒に。その周りには四人の大柄のブロンドが微動だにせず立っている。

「御光の加護だ！」レアードは微笑を湛えて言った。「君たちなら切り抜けられると確信していた」

オリガとビョルンは茫然と彼を見つめていた。ビョルンが最初に我に返り、その手が赤いボタンを押した。だが、エレベーターはぴくりともしなかった。

「もう後戻りはできない！」レアードの冷淡な微笑がよりいっそう広がった。

大柄なブロンドの一人が銃身の長いピストルを持った手を上げた。素早く、静かに、二発撃った。ビョルンとオリガは胸をつかんで籠の銀色の床に倒れた。ブロンドたちは二人をエレベーターから引きずり出し、レアードと老人の足元の青緑色の絨毯に置いた。

「二人」レアードが言った。「あなたは知っていたのですか、シュア」

「いや、エヴ、私は知らなかった。ただ兄弟団には今、死に損ないが二人必要だっただけだ」

「二人だけ」レアードは首を縦に振り、ぶるっと震えた。「光の力が肉を手なずける」

「光の力が肉を押し分ける。そして、永遠を近づけるのだ、兄弟エヴよ」老人が静かに言った。

レアードは震えだした。その顔は一瞬で無力な表情になった。

「永遠！」青ざめた唇が述べた。「光の永遠！」

老人は彼の手をつかんで握りしめた。

「己を〈氷〉の上に置け」彼は厳しいが穏やかな声で言った。

肉の日の三分の一

二〇〇五年十月十六日十八時三十五分、十二のデッキを備え、どっしりした甲板室に燃え盛る心臓が描かれた、白と青の巨大フェリーが香港を出港した。船上には二千四百九十名の光の兄弟たちがいた。いずれも氷の国で兄弟団によって見出された者たちで、二昼夜のうちに船に集まったのだった。同じような船が八隻、すでに船路についていた。とはいえそれは、氷の国の兄弟姉妹たちがもっともまとまりを欠いていたからではない――単に、香港は〈変容〉の場所からたった百六十マイルしか離れていなかったからだ。他のフェリーは他の国々の兄弟たちを乗せ、それぞれの航路で秘密の場所へと向かっていた。

天候は兄弟団に味方した。香港は温和な秋で、夕陽が高いところにある巻雲を下から照らしていた。暮れ方に向きを変えた海風が弱く吹いていた。フェリーは別れの汽笛を四度鳴らし、入江を出て南西に舵を取った。この巨大な船に乗っている光の兄弟姉妹たちは平安を保っていた。フェリーの全乗組員が光の兄弟で構成されていた。

フェリーの広々とした集会室には、氷の国の兄弟団を掩護していた二十九名の強者が集っていた。ここにいたのは、ウフ、オドー、スタム、エフェプ、ツェ、マー、ボルク、ヌー、アミン、等々。皆、四角形になるように配置された快適な肘掛け椅子に腰かけていた。船上での円環の形成および心臓《こころ》の会話は原則禁止だった。兄弟団は〈大変容〉のために心臓《こころ》のエネルギーを温存していたのだ。二十九名の内の二名――フラムとゴルン――のみが椅子に鎮座せず、分厚いガラスでできた湯船で憩っていた。老いさらばえた二人の体は、若い肉機械の精液を混ぜ込んだ、高山に生息するヤクのミルクの中に浸かっていた。〈大仕事〉で疲労困憊し、無数の皺が刻み込まれた顔だけが、白い表面の上に見えていた。

集会室には完全な静寂があった。出席者一人一人が〈大変容〉まで残り九時間を切ったことを理解して、己を備えさせていた。

船が外海に出て、陸《おか》の明かりが見えなくなった頃、フラムの瞼が震えた。直ちに、いつも変わらぬフラムの二人の助手であるトボとメフがそばに寄り、その瞼を慎重に持ち上げはじめた。フラムの目が開いた。トボが浴槽の枕元にあるボタンを押す――すぐに細い半透明の拡声器が迫り出してきて、フラムの皺だらけの唇のそばで止まった。フラムの青白い目が参集者たちを見回した。唇がやっとのことで動き、開いた。フラムは深々と息を吸い込んだ。口から息を吐き出した。そして言った。

「御光に栄えあれ」

その弱々しい、辛うじて聞こえるようなささやきが、拡声器によって増幅され、集会室に流れた。

「御光に栄えあれ！」参集者たちが答えた。

偉大な姉妹にあえて心臓《こころ》で答えようとする者は一人もいなかった。銘々が事の重大性を理解していた。フラムもまた、〈最終会話〉のために己の強力な心臓《こころ》を労っているのだ。そのため、今は兄弟たちは肉機械の言語で話した。

「皆、揃っていますか？」

「揃っています、フラム」ツェが確認した。

「知ることを自らに禁じているため、異言語で訊ねています」

「我々は理解しております、フラム」オドーが答えた。

「私は生き長らえたい」フラムがつぶやいた。

「生き長らえられるとも」ウフが自信たっぷりに言った。「そして、我々皆が生き長らえる」

「あとどれだけ待てばいいのですか？」

「肉の日の三分の一です」運航を指揮しているゲニャフノが答えた。

「弱っている者は大勢いますか？」

「百四十六名です」ボルクが答えた。「この船には十六名」

「大変弱っている者はいますか？」

「おります、フラム。兄弟オリイプ、ドロー、ユツ、それに、姉妹サンです」

「彼らを支えるためにすべてを行いましたか？」

「はい、フラム」

フラムは唇を動かしながら黙り込んだ。その目は半分閉じていた。長い数分が経過した。フラムは再び体内に空気を吸い込み、ささやくように話しはじめた。

「まるっきり幼い者たちはどれだけいますか？」

「二名です」

「どのくらい？」

「兄弟ホジェティは二ヵ月、兄弟モオンは四週間です」

「外的な支えが必要ですね」

「我々が懸念しているのはそのことです」

「誰が円環で彼らを支えるのです？」

「二名の死に損ないです」

フラムは考え込んだ。慎重に唇を舐める。

「二人はどこに？」彼女は空気が抜けるようなささやき声で訊ねた。

「ここ、船上に」ウフが答えた。

「二人を見てみたい」

ウフが四人の兄弟にうなずきかけた。彼らはエレベーターに乗り込んで下へ向かい、しばらくして、眠っているビョルンとオリガを運んで戻ってきた。二人は集会室中央の絨毯の上に置かれた。

フラムは二人に目を留めた。

「彼らはいつ目覚めますか？」

「四時間後です」兄弟エヴが答えた。

「あなたたちは、彼らが私たちを助けると確信しているのですか？」

「確信している、フラムよ」皆に代わってウフが答えた。

「円環にまだ死に損ないはいるのですか、この二人以外に？」

「いや、二人だけだ」

フラムは考え込んだ。それから言った。

「ゴルンを起こしてください。一緒にこの二人を見てみたい」

トボとメフは自分たちの手をゴルンの頭に置いた。そして間もなく、彼が目を開けた。フラムは、ゴルンが完全に目を覚まし、我に返るまで待った。そして、慎重に彼の心臓《こころ》に触れた。ゴルンの心臓《こころ》が応えた。浴槽に浸かっている彼の小さな体がぶるっと震えた。少し突き出た目が眠っている二人に据えられた。

フラムとゴルンは心臓《こころ》で語りだした。

彼らは床に倒れているビョルンとオリガを見た。それは二十七分間続いた。その後、彼らの心臓《こころ》が黙り込んだ。ゴルンは欠伸をして身震いし、白髪頭の周りのミルクの面《おもて》にさざ波を立てた。そして再び、眠りに沈んだ。

フラムは慎重に息を吐き出してから吸い込んだ。

「水を！」

トボが彼女の唇に陶器の吸い飲みを近づけた。中にはアルタイ地方の野生ミツバチの蜜で甘くした温かい湧水が入っていた。フラムは小さく二口飲み、一息ついた。もう一口飲んだ。トボは、彼女の年老いた唇の水をガーゼで慎重に吸い取った。

「私たちはこの二人を見ました」フラムは言った。「彼らは円環を助けてくれるでしょう。ここに置いておきなさい」

皆が安堵して身じろぎを始めた。

「兄弟エヴはいたずらに死に損ないを集めていたのではありません」スタムが口を開いた。「彼は知っていた」

「死に損ないは私たちと肉機械との狭間の存在」拡声器で増幅されたフラムのささやき声が響いた。

「彼らだけが、最後の外的な援助を行うことができる」

「彼らには〈光〉への郷愁があるから」ツェがうなずいた。

「もっとも、彼らはそれを知らないわけだが！」オドーが濃い顎ひげを振った。

「そう、彼らはそれを知らない」フラムは言った。「だからこそ、彼らは私たちの助けとなる」

「この二人は兄弟エヴが集めたすべての死に損ないたちの中で最良の者たちだ」ウフが告げた。

「脱走のチャンスが与えられると、彼らは自力で上へ、王座へと上り詰めた」

「知っている……」フラムはそっとささやき、目を閉じた。

光へ向かって

オリガはぎこちない感触で気がついた。顔や頭をこんな不器用に撫でることができる人間は一人しかいない。目を開けた。ビョルンが彼女の上に屈み込み、大きな手で撫でていた。シャベルに似たビョルンの広い手のひらの隙間から、彼女はやっとのことで明るい羽目板の天井とつや消しの照明を見分けることができた。

「気分はどう？」ビョルンが訊ねた。

「大丈夫……」

彼女は身じろぎして足を伸ばし、上体を起こした。

ビョルンが彼女の肩を支えていた。オリガは周囲に目を向けた。天井の低い広いホール、暗い円窓。周りにある肘掛け椅子にはブロンドの男女が座っていた。透明な浴槽が二桶置いてあり、何やら白い液体が張られている。ミルクだろうか？　ミルクから二つの顔が覗いている。眠っている……それとも、死んでいる？　年老いた女と小人みたいなやつ。ブロンドたちは黙ってオリガを見ている。彼女はすべてを思い出した。そして理解した。

「光の兄弟……」彼女の口が動いた。

「光の兄弟……」ビョルンがうなずいた。

「光の兄弟！」姉妹ツェが言った。

「てっきり殺されると思ってた……」オリガがつぶやいた。

ビョルンは辺りを見回しながら緊張して黙っていた。

俄《にわか》に姉妹ツェが立ち上がり、近づいてきた。膝を突き、ビョルンの手とオリガの手を、小さいけれども力強い自分の手の中に包み込んだ。

「怖がらなくていいのよ」彼女は穏やかに言った。

オリガとビョルンはツェをまともに見た。

「私たちはあなたたちとともにいる。あなたたちは私たちとともにいる」

微かに褐色の暈《かさ》が掛かったように見える彼女の暗青色の目は、何やらとても重要な、その中には収まりきらないものを待望して輝いていた。ビョルンがまずそれを感じた。彼は取り乱した。

「私たちはどこにいるの？」オリガが訊ねた。

「船の上よ」

「ど……どんな？」ビョルンは自制を失いそうになりながら訊ねた。

「幸福へと向かう船」

オリガはすでに我に返っていた。〈ハム〉を、死んだ雌犬たちを、脱走を、摩天楼の上層階の罠を思い出した。自分の手を放した彼女は、ため息とともにツェから目を逸らし、やる気のない皮肉の一つでも言ってやろうとしたが、ふと、一瞬、ツェは真実を話していると感じた。そして、自分自身に驚いて固まってしまった。

「どんな……幸福だ？」ビョルンが緊張しながらつぶやいた。

「……あなたたちの？」オリガは震えだしながら声を絞り出した。

「幸福に私たちもあなたたちもないわ！」ツェは再びオリガの手を取った。「幸福は常に一つなの。皆に一つ」

そして急に、肘掛け椅子に座っていた者たちが残らず立ち上がり、近づいてきて膝を突き、手を伸ばしてビョルンとオリガに触れた。

「幸福は常に一つ！」とツェは繰り返し、付け加えた。「幸福――それは光！」

「幸福――それは光！」周りの者たちが口を揃えた。

ビョルンとオリガは震えだした。

「私たちは皆、光へ向かう」ツェが続けた。「あなたたちも、私たちも。私たちはどこへ何へ向かうのか知っているけれど、あなたたちはそれを知らない。だけど、感じてはいた。数千年の間、あなたたちは無意識に光に惹かれていた。それを求めていた。自分たちのために神々を考え出した。造物主に祈った。それがあなたたちを死から蘇らせてくれることを期待した。けれども、造物主たちがあなたたちのすぐそばにいることを知らなかった。あなたたちは道を知らなかった。私たちはあなたたちに道を示した。そして今、私たちとあなたたちはこの道の上にいる。もう後戻りする道はない。あとほんの少し進めばいいだけ……」

自分の心臓《こころ》を抑えながら、ツェは最後の言葉を震える声で述べた。集まった者たちもぶるっと身震いした。戦慄の発作がビョルンとオリガをとらえた。激しい身震いが起こり、歯がガチガチ鳴りはじめた。光の兄弟たちの手が彼らの体を抱いた。

「あなたたちは私たちとともにこの最後の時を迎える」ツェは冷たくなっていくビョルンとオリガの指を握りながら話した。「あなたたちは私たちを助ける。幸福が訪れるように。光が訪れるように」

「光が訪れるように！」周りの者たちが言った。

ビョルンとオリガの目から涙が迸った。二人はわっと泣きだした。そして、この苦難の数ヵ月で初めて、彼らは急にとても気持ちよくなった。自分を愛し、守り、労ってくれる家族がそばにいた子どもの頃にのみあったような気持ちよさ。涙に塗れながら、彼らは光の兄弟姉妹たちの手にキスしはじめ、己の過去を忘れ、苦悩と不安を忘れ、苦痛と期待を忘れ、この数ヵ月の恐ろしい生活を忘れた。兄弟姉妹たちの手がそばにあった。彼らを幸福へ、光へと導く兄弟姉妹たちの手が。

「私たちはあなたたちとともにいる」ツェが繰り返した。「あなたたちは私たちとともに……」

オリガとビョルンは泣いていた。兄弟姉妹たちがともにいる！　孤独は終わった。永久に終わったのだ！　そして、すべてはかくも単純だった！　単純だった、光のように。何しろ、それは皆のために光り輝くのだから！　そして、もはやそれ以上何も要らない。皆と一緒にたどり着けばいいだけだ。幸福へ向かって。光へ向かって……。

23000

時が経過した。

ビョルンとオリガは光の兄弟姉妹たちに取り囲まれながら集会室の中心に座っていた。涙は次第に収まり、戦慄は体を去った。平安が訪れた。〈大いなる出来事〉に繋がり、関わっているという感覚が訪れた。ビョルンとオリガはとても穏やかでいい気持ちだったので、星のように突然降ってきたこの新しい感覚を追い払うことを恐れた。

二人は皆と一緒に待った。

間もなく、皆が船の軽い振動を感じた。巨大なフェリーが減速し、滑らかに針路変更を行った後で停止した。

「時が来た！」ウフが言った。

そして、皆が身じろぎを始めた。兄弟ブロが〈氷〉を発見して以来、この七十七年間ずっと兄弟団が目指してきた〈大いなる出来事〉が、光の兄弟一人一人の中で木霊《こだま》した。フラムとゴルンが目を覚まし、浴槽の中で身じろぎしはじめた。二人は外に出され、体を拭かれ、温かい布に包んで運ばれた。心臓《こころ》の強い者たちが集会室から出ていく。フラムとゴルンはエレベーターで下へ送られ、他の者たちは階段で下りた。ビョルンとオリガは彼らの後に続いた。下の甲板は満員だった。兄弟姉妹たちは老弱を先に通しながら待機していた。オリガとビョルンは人混みの中にいた。しかし、姉妹ツェが隣にいて、彼女の手が元気づけるようにビョルンとオリガの体に触れていた。

フェリーからの下船には、ほぼ一時間半を要した。時が来て、オリガとビョルンの裸足の裏が広いタラップを通り、コンクリートの浮き桟橋を踏んだ。投光器で下から照らされた桟橋は、島から海へ細い帯のように延びていた。さらに八つ、同じような桟橋がコンクリートの光線となって円形の島から走っていた。この島は兄弟団が八年前に購入し、〈大変容〉のために整備したものだった。手を取り合って、ビョルンとオリガは完全な沈黙を守っている光の兄弟姉妹たちの流れの中を歩いた。衣擦れと、防波堤の端に打ち寄せる弱い夜の波の音だけが聞こえた。星の瞬く夜空が歩む者たちの頭上に広がっていた。温かい夜風が当たる。オリガは左に目をやった——遠くの方で、まったく同じ桟橋に接岸した同じ大型の白いフェリーが光っていた。投光機に照らされた桟橋を、光の兄弟姉妹たちが途切れることのない流れとなって歩いている。島へ向かって歩いている。ビョルンは右に目をやった。そちらでも遠くに白い船が停泊しており、桟橋が、歩む者たちの流れがあった。甘い戦慄がビョルンとオリガの体に走った。二人は、もう間もなく、この上なく秘められた出来事が、この上なく偉大で喜ばしい出来事が起こるのだと感じた。あとほんの少し待てばいいだけだった。喜ばしい予感の戦慄に襲われた。そして、あたかもそれを感じ取ったかのように、後ろを歩く姉妹ツェが彼らの背中に手を置いた。この手のひらからは平安が流れだしていた。手のひらが落ち着きを与え、方向付けてくれた。

「もうどこへも急がなくていいのよ！」ツェがささやいた。

　ビョルンとオリガは理解した。

　浮き桟橋は島へ向かって延びていた。夜の島が流れるように近づいてきた。桟橋は次第に橋へと変わり、ゆっくりと広がりながら迫り上がっていった。ほぼ円形の直径十キロメートルの島は、以前は海から突き出した低い山だった。兄弟団はその土台だけを残して山を切り取ったのだ。コンクリートの柱で支えられた雄大な橋はこの均された土台へと続いていた。九本の橋が兄弟団を土台へと、最終停泊地へと導いていく。二万三千人は最終目的へ向かって黙々と歩いた。投光機が橋を照らす。しかし、島自体は前方の闇の中にあった。オリガとビョルンは腹の中で歩数を数えながら人混みの中を歩いた。大人や子ども、老人やティーンエイジャー、男性や女性が隣を歩いていた。高齢者や病人は車椅子で運ばれ、幼児は抱えられていく。皆、黙々と歩いた。衣擦れと足音が混ざり合って単一の絶え間ない音となり、ビョルンとオリガを酔わせた。二人は相も変わらずとてもいい気持ちだった。自分の家族と歩いている。それに、家族の数はこんなにも多い！

　とうとう橋が島に触れた。ビョルンとオリガは、白大理石で覆われた島の地面に足を踏み入れた。島全体が完璧に平らな広場となっており、地球上で最白最良の大理石が敷き詰められていた。光の兄弟たちの足がこの大理石を踏むやいなや、内部に隠されていたセンサーが作動し、巨大な円環の縁に、大理石にはめ込まれた二万三千個の小さな照明が鈍く青い光を放ちはじめた。それぞれの照明が円環の中の場所を示していた。兄弟団の最終主円環における二万三千の場所を。氷の国から島へ到着した群衆に動揺が走った。皆が脱衣に取り掛かり、不要な肉機械の衣服を脱ぎ捨てていく。全裸になった者から円環の方へ歩いて行き、照明で示された自分の場所に立った。ビョルンとオリガも服を脱ぎはじめた。二人とも実に穏やかでいい気分だったので、まったく話す気になどなれなかった。言葉は、この数時間彼らの心を満たしていたものを表現するには無力だった。服を脱ぎ終えるやいなや、覚えのある小さな手のひらが背中に触れた。二人は振り返った。隣に全裸のツェがおり、彼女とともに双子の姉妹アクとスケエが裸で立っていた。それぞれが胸に赤子を抱いていた。それは二万三千人の中で最年少の兄弟――生後二ヵ月のホジェティと四週間のモオンだった。言葉抜きで姉妹たちは赤子をオリガとビョルンに差し出した。一言も交わさず、彼らは無防備で無力な兄弟たちの体を受け取った。赤子たちの胸には傷があった。兄弟団が彼らを見出したのはごく最近のことで、そこには逝去した二老人――九十歳の兄弟エジョルと八十三歳の姉妹マルト――の光が宿っていた。赤子たちは眠っており、眠りの中、嗄れた声で荒い呼吸をしていた。

「あなたたちは円環の中で彼らを抱いていて」ツェがささやいた。「私たちの誰一人としてそれを行うことはできないの、自分たちの場所にいなくてはならないから。これは、あなたたちによる兄弟団への大いなる助力なのです」

「何だってするわ！」オリガの唇がささやいた。

「助けるとも！」ビョルンは自分の胸でホジェティを大事に抱えながらささやいた。

ツェは背を向け、自分の場所を探す人混みの中へ溶けていった。といっても、誰にも番号や個人的な場所などなかった――最終円環では銘々が、銘々の裸足が導く場所に立つのだ。世界の九ヵ所の港から航行してきた九隻の船から九本の橋を渡ってやって来た光の兄弟たちが円環へと急いだ。裸体の群れが蠢き、円環に沿って散らばった。兄弟姉妹たちがどんどん自分たちの場所を占めていった。照明の上に立つ一人一人がたちまち青みがかった微光で照らし出された。闇の中で照らされたそういう人影が次々に円環の中に現れた。そして、大円環が次第に形成されていった。

ビョルンとオリガは呼吸の荒い二人の赤子を胸に押しつけながら、円環へと歩きだした。大いなる助力の誉れに浴するのだ。そのことを、彼らは体の細胞一つ一つで理解していた。必要なのは、兄弟団を助け、大円環の中でももっとも小さき者たちを支えることで、円環が光の言語で語りだす前に彼らを死なせてはならない。細心の注意を払いながら、ビョルンとオリガは裸体の海を移動した。温かい赤子たちは彼らの腕で苦しげに鼻で呼吸していた。円環が作られていった。

仄かに光る星と細い三日月が浮かぶ南方の夜空の下に、照明を当てられた裸体たちが次々に現れては並び、距離を詰め、兄弟団の最終大円環を形成していった。老人は座るか膝立ちになるかして、震える手を近くの者に伸ばした。その手はすぐ若くたくましい者につかまれ、支えられ、力と希望を与えられた。年少の裸の子どもは円い照明の上に立ち、青みがかった光に照らされながら、隣に立っている大人に細い腕を伸ばした。フラムはウフとシュアの間に、ゴルンはスタムとアトリイの間に座らされた。強者たちの手が、弛んだ皮膚に覆われた痩せ細った手を、かつて全兄弟団を見て、兄弟姉妹たちを集める手助けをした者たちの手をつかんだ。白ひげのたくましいオドーは五歳のサムスプとフォウの手を握り、賢明なスツェフォグは十二歳のブティと八十歳のシュマを支え、狂暴なラヴーは双子のアクとスケエの手をつかんだ。メログはオブーの、ボルクはリムの、モホはウラルの、ディアルはイレとロムの、メルはハロとイプの、エコスはアルの隣に立った。

ビョルンとオリガは慎重に円環に沿って歩き、立ったり座ったりしている者たちを通り過ぎた。

〈この子はとても小さくて無防備……傷ついた脆い胸の中で心臓が鼓動している……呼吸が荒い……運ぶのよ、この子の場所まで運んでいくの……胸と自分の温もりで温める……自分の息で守るのよ……〉言葉がオリガのこめかみで脈打つ。

〈助ける、皆を助ける、できる限り……落ち着くんだ、ちっちゃな弟……僕が君を助ける……僕の体、僕の温もり、僕の意思が君を助ける……僕が君を支え、守る……僕は強い、僕にはできる……僕の血、僕の筋肉、僕の骨が支えとなる……そこに寄り掛かって……寄り掛かってくれ……〉言葉がビョルンの脳裏で閃く。

二人は円環に沿ってひたすら歩いた。

そして突如、前方で手が挙がった。こっちへ！ それは彼らを呼んでいた。ビョルンとオリガは近づいた。姉妹ツェが二つの空所のそばに立っていた。隣にはエヴとアウブが立っていた。彼らは姉妹ツェとともにビョルンとオリガのために場所を取って置いてくれたのだ。

「私たちと一緒に立って！」ツェがささやいた。

彼女は微かに震えていた。

ビョルンはツェの左手に、オリガは右手に立った。青みがかった光が下からビョルンとオリガの裸体に流れだした。彼らは赤子を抱きかかえながら、自分たちの場所で凍りついたように動かなかった。

〈穏やかでいい気分……正しくて不可避……確実で決定的……〉言葉がオリガのこめかみで脈打つ。

〈助け、守る……実行し、耐える……始め、終わらせる……〉言葉がビョルンのこめかみで脈打つ。

円環ができあがりつつあった。仄かに光る裸体の群れは散り散りになり、円環の中に溶け込むように消えた。整然たる完全な円環が混沌とした人群れを呑み込んだ。探す体たちの混沌は場所の発見の平安に取って代わられた。青い光で照らされた人影は立ち止まり、じっと動かなくなった。探す体の数はどんどん減っていった。

ビョルンとオリガはもっとも幼き者たちを胸に抱きかかえながら自分たちの場所に立ち、魅せられたように青みがかった円環を眺めていた。それは島の遥か彼方に延び、夜の地平線に向かってあるかなきかの青い糸となって結ばれ、再び滑らかに戻ってきて、隣でじっと立っている兄弟姉妹の姿になった。

まるで時間が縮まったかのようだった。どの瞬間も最後になり得た。

そばにはもう、探す体は残っていなかった。右側はどこも滑らかできれいだった。左側にのみ場所を探し求めて走る体がいくつかあった。だが、左側でもやっとすべての体が場所を占め、振り分けられ、落ち着きを得た。遠くで誰かの背中が光り、大理石の影がちらついた。そしてすべてが静まり、動きを止めた。

ビョルンとオリガは微動だにしなかった。

恐ろしく長い数分が経過した。

そして、すべてが**完全に**静まった。

円環が閉じられた。

完全な静寂が島に垂れ込めた。波の音すらここには届かなかった。温かい夜風がやんだ。

ビョルンとオリガは固まっていた。二人の体は青みがかった光の中で石化したかのようだった。呼吸も止めてしまった。なぜなら、地球を聞いていたからだ。地球は期待のうちにあって停止していた。円環ができあがった。地球は円環の全方位に横たわっていた。星が円環の上で輝いていた。

すべての準備が整った。

そして急に、姉妹ツェの切れ切れのささやきが響いた。

「彼らの向きを変えて。心臓《こころ》を円環の中心に向けて……」

ビョルンとオリガはぶるっと震え、我に返った。彼らが望んでいることを理解した。円環の中で立ったり座ったりしている全員が中心を向いていた。二人の幼き者たちだけが、円環から顔を背け、ビョルンとオリガに顔を押し付けて眠っていた。オリガとビョルンは注意深く彼らの向きを変え、赤子のか弱い背中を胸に押し当てた。

するとすぐに手が伸びた——左右から。といっても、ビョルンやオリガと手を繋ぐためではない。ツェ、エヴ、アウブの手が、赤子のちっちゃな指を慎重に握りしめた。ビョルンとオリガの手は幼き者たちを支えるために必要だった。

最終大円環の準備が整った。

そして、目に見えない、強力で不可逆の波が円環に走った。この数日、昼夜を分かたず我慢と抑制を続けてきた二万三千の心臓《こころ》が自らを解放した。

そして最終大円環が語りだした。

そして二万三千人全員が最後に語りだした。

再びビョルンとオリガの身が竦んだ。熱狂的な恐怖に包まれた。二人は円環が語りだしたのを感じた。

フラムとゴルン、ウフとオドー、シュアとエフェプ、スタムとアトリイの心臓《こころ》が語った。アク、スケエ、ボルク、リム、モホ、ウラル、エコス、アルの心臓《こころ》が最後に語った。そして、ホジェティとモオンのまだまるっきり未熟でちっちゃな心臓《こころ》も語った。彼らの小さな体がビョルンとオリガの腕の中で震えだし、目に見えない波が走った。

そして円環が光の言葉で満たされた。

そして円環を秘められた言葉が走った。

そして言葉が己の判決を下した。

そして光の大いなる過ちが正された。

そして兄弟姉妹たちが光の言語で語りだした。

そして二十三度語った。

そして彼らは最後の、二十三番目の言葉を発した。

そして地球が震えた。

神

光がオリガの目を眩ませた。

彼女は目を細めた。そしてまた開けた。朝日が地平線で輝いていた。

オリガは苦労して頭を擡《もた》げた。彼女は仰向けに寝そべっていた。身じろぎした。いちいちの動作が辛く、苦しかった——あたかも長年の苦役を終えた後のように。頭の中は重くて、空っぽだった……。冷たい石に手を突いた。刺すような日差しに目を細めながら、身を起こそうとした。そこでふと、息を呑んだ。胸の上で赤子が寝ていたのだ。死んでいる。何一つ理解できず、オリガは赤子を見つめた。赤子は彼女の乳房の間にいた。朝日がその青ざめた体を照らしていた。ちっちゃな胸には乾いた血が黒ずみ、大きな痣が見えた。オリガは赤子を見ていた。赤子は冷たかった。そして、蠟人形を思わせた。頭にはうっすらと金髪が生え、朝風にそよいでいた。

オリガは死んだ赤子から目を逸らし、周囲に向けた。彼女は裸で、白い大理石の上に寝そべっていた。大理石は朝日が昇ろうとしている地平の彼方まで延びていた。隣には……光の兄弟姉妹たちが倒れていた。仰向けで、じっと動かずに倒れていた。

オリガは赤子を胸から降ろし、大理石の上に置いた。動くのは途轍もなく困難で、全身が痛かった。オリガは膝立ちになってから足を引き上げた。腰を浮かせた。

昨夜兄弟団が立っていた巨大な円環は、今やすべて大理石の上に倒れていた。亜麻色の髪の男女が腕を広げて仰向けに倒れていた。その列は平らに、放物線を描きながら朝日が昇る地平線へと遠ざかり、巨大な円を描いてから、再びオリガの方へ戻ってきた。この輪の中で最初に仰向けに倒れていたのは、若い男と、短い赤毛の中年女だった。昨日彼女を導き、どのように立てばいいか、何をすればいいか話した女……。今、彼女は大理石の上でじっと横たわっていた。女の口は開き、顔には痙攣と苦悶の表情が凍りついており、目は半開きだった。よろめきながら、オリガは屈み込んで女の手を取った。手は冷たかった。オリガは女の首に指を当てた。指は生命のない、冷え切った肉体を感じ取った。女は死んでいた。半開きの目が澄み渡った青空に据えられていた。

オリガは視線を右へ移した。そこには若い男が倒れていた。彼女にはそれが誰だかわかった。マイケル・レアード。広州で出会い、兄弟団のことを話し、催眠剤入りのサケを飲ませた男。摩天楼の上層階のエレベーター前で遭遇した男。

今や彼は裸で、大理石の上に両腕を広げて倒れていた。暗青色の目が開いていた。オリガはレアードの手に触れた。冷たく、生気が感じられなかった。顔の表情は惨めなものだった。

オリガは呻きながら背筋を伸ばした。一歩、二歩、三歩と歩いた。

レアードの隣には大柄なブロンド女が倒れていた。その指はレアードの手を握りしめていた。オリガは近づいてその首に触れた。死んでいる。もう片手で女は老人の手を握っていた。その頭は仰け反り、尖った喉仏が弛んだ皮膚から突き出し、歯のない口が僅かに開き、色褪せた青い目がじっと空に向けられていた。老人もまた死んでいた。その隣の未成年の少女も死んでおり、彼女もまた青空を見上げていた。

つまずき、ふらつきながら、オリガは円環に沿って歩いた。

すべての兄弟姉妹が腕を広げたり、隣人の手を握ったりしながら、仰向けに倒れていた。

オリガは近づいて彼らの体に触れた。指が見つけたのはただ、死んで冷たくなった肉体だけだった。もう二、三十歩ほど進んでから、オリガは足を止めた。そして、この巨大な輪の中に生存者はいないと悟った。

記憶が完全に戻ってきた。麻酔銃、フェリー、兄弟たち、下船、裸体の群れ、歓喜と恍惚、大いなる奇跡の期待、青い輪、胸の赤子、ビョルン。

ビョルン!

彼女は辺りを見回した。死体がいくつも転がっていた。オリガは口を開け、乾いて痺れた舌を動かした。舌は辛うじて動いた。

「ビョ……ルン」と途轍もなく苦労して口にし、彼女は輪の中の自分の場所へ戻った。

それはすぐ目に入った——死体の平らな列にできた隙間、秩序を乱す唯一のもの。ビョルンはあの赤毛女の横に倒れていた。大きくて、裸で、長くたくましい脚。左腕は上へ投げ出され、右腕は胸の上でじっと横たわっている赤子の死体を包んでいた。ビョルンの目は閉じていた。その代わり、赤子の青い目は上空へ据えられ、ちっちゃな口がもの問いたげに半ば開いていた。

「あ、あな……あなた……」オリガは膝を突いてビョルンの方へと這っていき、手をつかんだ。

手はひんやりしていた。

「あ、あな……あなた……」つっかえながら、掠れた声で言った。「あ、あ……あな、あなた……」

彼はじっと横たわっていた、まるで、もの問いたげに空を見上げる死んだ赤子のための王座のように。

「こ……これ……」彼女はささやいた。「あ、あな……あな、あなた……」

力の入らない、いうことをきかない手で、彼の肩を叩きはじめた。

スウェーデン人はぴくりともしなかった。

「あなた……」

ビョルンは身動き一つせず横たわりつづけていた。

啜り泣き、身を震わせながら、彼女は彼の瞼を開けた。お馴染みの青い目がその下にあった。そして、その目が震えた。瞼が指の下から滑り落ち、閉じた。開いた。そして、ビョルンが瞬きを始めた。

力なく呻きながら、オリガは彼を抱きしめた。しかし、何か冷たいものが抱擁を妨げていた。彼女はビョルンの腕の下から苦労して赤子の死体を押し出した。硬直した体は為す術もなく大理石に俯せに落下し、生命のない小さな頭をぶつけた。

オリガは目を覚ましつつあるビョルンの胸の上でぜいぜい言いながら震え、弱った手で彼に触れた。彼は身じろぎし、唸り、脚を伸ばした。とうとう彼は彼女を見た。何か言おうとして、からからに乾いた唇を開いた。しかし、口からは微かに空気が漏れただけだった。

「っふあ？」と彼はささやくように言い、起きようと試みはじめた。

しかし、オリガは震えながら彼を抱きしめ、大理石に押しつけていた。

「な……何？」彼は彼女の下で寝返りを打った。

彼女は苦労して体を引き離し、彼の頭をつかんで持ち上げはじめた。

彼は上半身を起こした。

「これ……」震える手で彼女は傍らに倒れている人々を示した。

彼は死者たちの輪に目を移した。理解しようと努めながら、長いこと眺めていた。頭は震えたり揺れたりしていた。それから、慎重に立ち上がった。朝日が前屈みになった彼の大きな容姿を照らし出した。彼はぐらっとよろけて足を踏み出した。オリガが彼を抱きしめた。二人は互いに支え合いながら立っていた。ビョルンは足を一歩踏み出した。止まった。また一歩。そして、死者たちの輪に沿ってゆっくりと歩きだした。オリガも彼の後に続いた。ビョルンはよろよろと歩きながら、倒れている人々に見入った。数人の傍らを通り過ぎ、足を止め、とある女に近づいた。身を屈めた。当惑に歪んだその顔は天を仰いでいた。生気の失せた目で故人は、己の死に対して、そして偉大なる兄弟団の死に対して、天を非難していた。ビョルンはこの永久に恨みがましい濁った淡青色の眼差しから目を逸らすことができず、ふらつきながら佇んでいた。オリガは彼に近づき、抱きしめ、しがみついた。

「かれ……らは……」ビョルンは掠れた声で言った。

「彼らは……」オリガはささやいた。

彼は脇へ離れ、大理石の上に腰を下ろした。オリガはその隣に座った。二人は項垂れたまま長いこと黙って座っていた。

太陽が昇り、力を集め、燦々《さんさん》と照りつけた。

島の雪白大理石の台地が日差しを浴びて輝きだした。

ビョルンは身じろぎし、頭を擡《もた》げ、膝立ちになった。

「これは……」ビョルンはおののき、つっかえながら話しだした。「これは」

「え？」オリガがささやいた。

「すべて」

「え？」

「そう……これはすべて……」彼は手のひらで大理石を、オリガの肩を、自分の脚を叩いた。

「……これはすべて……創られた。創られたんだ。しっかりと。すごく。そして彼らは……壊れた。これにぶつかって壊れた。一人残らず壊れたんだ」

興奮でおののきながら、彼はふと動かなくなった。オリガも息を止めて固まった。

「そして、これ。これはすべて……創られた……」彼は息を継いだ。「我々のために」

オリガは大理石に凭れたまま息を止めていた。

「我々のために」ビョルンははっきりと言った。

そして急に力なく微笑んだ。

「我々のために！」彼は繰り返した。

「我々のために……」オリガは木霊のように繰り返した。

ビョルンは彼女の目を直視していた。

「そして、これはすべて神の御業なんだ」彼は言った。

「神の？」オリガは慎重に訊ねた。

「神の」彼は言った。

「神の……」オリガは応じた。

「神の！」彼は自信たっぷりに言った。

「神の」オリガはおののきながら息を吐き出した。

「神の！」彼は大声で言った。

「神の！」オリガはうなずいた。

「神の！」彼はさらに大きな声で言った。

「神の！」オリガは頭を縦に振りはじめた。

「神の！」彼は叫んだ。

「神の……」彼女はささやいた。

二人は目と目を見つめ合ったまま動かなかった。

「僕は神と話したい」ビョルンが言った。

「私も」オリガが言った。

「僕には……神に言わなきゃならないことがある。すごくたくさん。話さなきゃならない」ビョルンはじっと考えていた。「だけど、どうすればいいんだろう？」

オリガは黙っていた。

「どうすればいいんだろう？」ビョルンが訊ねた。

「人々のところへ戻らなきゃ。そして訊ねるのよ」

「何を？」

「神と話す方法を。そうすれば、あなたは神にすべてを話すことができる。そして、私にもできる」

二人は口を噤んだ。

弱い海風が彼らの裸体を撫でていた。

ビョルンは膝立ちから立ち上がり、衣服で埋め尽くされた広い橋に、防波堤のそばに相変わらず氷山のように聳えている白と青の巨大なフェリーに目をやった。その甲板室には燃え盛る心臓が赤く見えた。しかしそれは、ビョルンに光の兄弟団ではなく、人間の世界を想起させた。ビョルンはオリガに手を差し伸べた。

「行こう！」

オリガは立ち上がり、彼に自分の手を預けた。そして二人は、日差しで温もった大理石を裸足で踏みしめながら歩きだした。

訳者あとがき

松下隆志

見出された二万三千人の兄弟姉妹

ソローキンは二〇〇〇年代の前半を『氷三部作』と題する一大サーガの執筆に費やしたが、本書『２３０００』《23 000》はその完結編に当たる。ロシアでは単行本としては出版されず、二〇〇五年にザハロフ社から出版された『三部作』《Трилогия》（本邦訳が底本としたＡＳＴ版で『氷三部作』に改題）に既刊の『ブロの道』、『氷』とともに収録される形で発表された。『２３０００』は三部作の他の作品とは異なり完結編としての意味合いが強いため、あらかじめ『ブロの道』と『氷』を読んだ上で本書に進まれるのが望ましい。なお、このあとがきは三部作を最後まで読み終えたことを前提に書いているので、いわゆる「ネタバレ」が嫌いな方は本編から読んでいただきたい。

『氷』の結末に続くようにして幕を開ける『２３０００』は二十以上の章から構成されており、視点や文体も章ごとに大きく異なっている。そこには『氷』のミニマルで無機質な文体もあれば、光の兄弟の視点から人間社会を異化して描き出した『ブロの道』のプリミティヴな文体もあり、さらには、東京を舞台にしたハードボイルド小説風のエピソードや、地中で暮らすモグラ人間や知的障害児による特異な語りなど、前二作には見られなかったスタイルも含まれている。また、物語が進行する季節も「氷」と結びつく冬ではなく、暑い夏が中心となっており、兄弟団の「家」がある島のトロピカルな自然描写などが新鮮に映る。

とはいえ、『23000』においてもっとも特筆すべき点は、これまで語られてこなかった一般の人間——すなわち「肉機械」側の視点が新たに取り入れられていることだろう。『ブロの道』や『氷』では、氷のハンマーで目覚めた者たちの物語が中心であり、氷のハンマーを生き延びた普通の人間にスポットが当てられることはなかった。本書の主要登場人物の一人であるロシア系ユダヤ人の若い女性オリガ・ドローボトは、まさにそうした「死に損ない」である。

氷のハンマーの殴打によって胸に重傷を負わされ、さらには最愛の両親の命まで奪われたオリガは、精神的なトラウマを抱えている。「原初の光」の神話など知る由もない彼女にとって、兄弟団の行為は、ニューヨークを襲った9・11テロと同じように、ある日突如として降りかかった理不尽極まりない暴力でしかない。殺人者たちへの復讐に燃える彼女は、インターネットで氷のハンマーの被害者らが作ったとされるサイトを発見し、自分の他にも似たような体験をした人が数多くいることを知る。そして、氷のハンマーで弟を失ったスウェーデン人の青年ビョルン・ワシュベリと協力し、一連の事件の有力な手掛かりがあるとされる中国南部の都市広州へと向かうが、そこで二人はまんまと兄弟団の罠に落ちる。

一方、光の兄弟たちは仲間の捜索の鍵となる兄弟ゴルンを目覚めさせることに成功し、着々と自分たちの最終目的へと近づいていく。兄弟団の長老フラムはゴルンと二人で空中から全兄弟姉妹を一度に「見る」ことによって残りの兄弟姉妹を見つけ出し、悲願だった二万三千人全員の覚醒を成し遂げる。彼らは世界各地の港から巨大フェリーに乗って香港南西の洋上に浮かぶ円形の無人島に集結し、「死に損ない」であるオリガとビョルンの助けを借りて巨大な円環を作り、「大いなる過ち」である地球を消滅させて「原初の光」に戻るべく、二十三の「心《こころ》臓の言葉」を発する。ところが地球は消滅せず、島にはオリガとビョルン、そして二万三千体の屍だけが残される。二人はこれを神の御業と考え、まるで聖書のアダムとイヴのように、裸で人間の世界へと帰っていく。

解けた氷の神話

一見すると、『23000』のこうした意外な結末は、作者が前二作で丹念に描きつづけてきた「原初の光」の神話を自ら裏切っているようでもある。しかしこれは、従来のソローキンの作品につきものだったプロットの「切断」と言えるだろうか？ おそらく、そうではないだろう。オリガやビョルンの物語はプロットに有機的な形で組み込まれており、初期作品に顕著だったコンセプチュアルなどんでん返しとは明らかに性格が異なる。だとすれば、予告されていた結末の「修正」には何らかの意図が込められていると考えた方が自然である。

もちろん、物語をどう受け取るかは読者の自由であり、一義的な解釈が存在するわけではない。それを前提とした上で、解釈の一つの可能性として、現代ロシアの批評家マルク・リポヴェツキーの説を紹介しておこう。彼によれば、「原初の光」にまつわる兄弟団の神話は、「敵」だった人間を「仲間」に加えることによって、キリスト教的な神という、「まったく伝統的ではあるものの、新しい次元」を獲得する。後に残された二万三千体の屍は兄弟団の敗北を意味するのではなく、「兄弟姉妹の純粋な魂が脆い体から分離され、光と融け合った」結果であって、それは神話の「正真正銘の、嘘偽りない神聖さを主張するもっとも強力な方法として必要」だった。

二〇〇五年に三つの長編が『三部作』としてまとめて出版された際、そのエピグラフには、元々『氷』に付せられていた聖書の「ヨブ記」からの引用の他に、ギリシャの神学者で、正教会の聖人でもあるグレゴリオス・パラマス（一二九六〜一三五九）の言葉が新たに引かれていた（本邦訳では『ブロの道』のエピグラフとした）。「福音書」には、キリストがタボル山上で弟子たちと語らいながら、自ら光り輝く姿を示したと記されている。神学者の大森正樹によるパラマスの研究書によれば、パラマスはこのときキリストが発した「変容の光」を神のエネルゲイア（働き）だとした。それは神のウーシア（本質）ではないが、キリストの神性を表す神的なものとされる。パラマスが理論化した「静寂主義《ヘシカズム》」では、信者は絶えざる祈りによって「光」として現れる神を見ることを目指したという。三部作の結末においてパラマスの「光」の神学が、兄弟団の「原初の光」とキリスト教の神とを仲立ちする媒介として機能していると考えることは充分に可能だろう。

このように『２３０００』を兄弟団と人間とのある種の「和解」の物語と考えてみると、本書全体のトーンが前二作と大きく異なっているのも納得がいく。作中では、夏という季節の前景化と同時に、これまで「肉機械」たる人間に対してまさに「氷」のように冷酷に振る舞ってきた兄弟団の態度も明らかに軟化している。彼らは人間にも「光」への郷愁が存在しており、幸福は光の兄弟にも人間にも分け隔てなく与えられると語る。そして実際、ビョルンとオリガは氷のハンマーによる覚醒を経ずして浄化の涙を流し、物語の最後で二人が戻っていくフェリーに描かれた赤い心臓は、もはや兄弟団のシンボルではなく、人間の温もりを示すものとなる。

二十世紀への記念碑

それにしても、ソローキンはなぜ最後になって自身の神話に「修正」を加えたのだろうか。振り返ってみれば、そもそも『氷』は当初単独の作品として構想されていた。それが前日譚である『ブロの道』、完結編である『２３０００』から成る長大な叙事詩へと拡大していったわけだが、五年もの長きにわたって自身の物語に向き合う過程で、作者自身の「心」にも揺らぎが生じたのかもしれない。

『氷』が発表された二〇〇二年の著者インタビューでは、この作品は「現代の主知主義に対する幻滅への反応」であり、「失われた魂の楽園探しの小説」だと述べられていた。つまり、『氷』には二十世紀後半の物語も含まれてはいるものの、作者にとって作品の主眼はあくまで二十一世紀の現代を覆っている物質主義へのアンチテーゼを打ち出すことにあった。

ところが、三部作を書き終えた後に行われたあるインタビューでは、ソローキンは次のように語っている。

私にとって『氷三部作』全体は、二十世紀についての対話でした。これは二十世紀へのある種の記念碑なのです。これをメタファーと受け取ることもできますし、サイエンス・フィクションやある種の陰謀小説として受け取ることも可能でしょう。ですが私にとってはやはり、これはむしろメタファー、ある種の総括の試みなのです。そして、今になってやっと私はそのことを理解し、それについて内省を始めています。私は五年間この三部作に取り組み、今になってやっと単なる一読者としてそれを評価しはじめているのです。これはまたも改良、淘汰の思想でした。何しろ、国家から全体主義的セクトに至るまで、いかなる全体主義的実践も淘汰の思想なのですから。これは我々とその他へと、つまり自己と他者へと世界を分割することなのです。

見ての通り、ここではアクセントが二十一世紀の現代から二十世紀の過去に移っており、三部作は「ある種の総括の試み」だったと述べられている。当初は『氷』についてこれは「全体主義の物語ではない」と主張していたソローキンだが、『ブロの道』で兄弟団の営為をより深く掘り下げていく過程で、「失われた魂の楽園探し」の試みが自ずと全体主義に帰結することを悟ったのかもしれない。だからこそ、『２３０００』では兄弟団と「肉機械」との「和解」を描く必要があったとも考えられる。

ポストモダン時代における「作者の死」を文字通り体現するようなコンセプチュアルな作品ばかり生み出しつづけてきたソローキンの小説家としてのキャリアの中で、「物語」に重きを置いた『氷三部作』は極めて例外的な作品である。描かれていることの「倫理性」をめぐって批評家らがこれほど真剣に議論したのも、この作品をおいてほかにない。

ソローキンは、三部作は宗教的救済の是非について何らかの解答を出そうとするのではなく、あくまでも問題を提起するだけだと述べている。確かに、兄弟団による救済はその結果において全体主義的だったが、では、はたして全体主義的でない救済などというものがあり得るだろうか？『氷三部作』が投げかけているこのような問いは、過激な原理主義者たちによるテロリズムが日常化しつつある今日の世界においてますます切実なものとなっている。

最後に、『氷三部作』全体の翻訳の方針についてはすでに『氷』のあとがきに書いたので繰り返さないが、二年間におよぶ翻訳の過程では様々な人に世話になった。中でも、退官されるぎりぎりまで何度も訳の相談に乗っていただいた望月哲男先生、本書の難解な語句について詳細な解説をしていただいた文学者のボリス・ラーニン氏、そして、三部作を通じて訳者のテクストに向き合い、折に触れて適切なアドバイスをしていただいた河出書房新社の島田和俊氏に深く感謝したい。この『氷三部作』を通じて『ロマン』や『青い脂』とはまたひと味違うソローキンの新たな魅力を発見していただければ、訳者としてこの上ない喜びである。

＊

ウラジーミル・ソローキン著作一覧（『四人の心臓』までの年代は執筆時期）

『ノルマ』Норма（一九七九～一九八三）、長編
『はじめての土曜労働』Первый субботник（一九七九～一九八四）、短編集、邦訳『愛』（亀山郁夫訳、国書刊行会、一九九九）※ダイジェスト版である『短編集』Сборник рассказов（一九九二）からの翻訳
『行列』Очередь（一九八三）、長編
『マリーナの三十番目の恋』Тридцатая любовь Марины（一九八二～一九八四）、長編
『ロマン』Роман（一九八五～一九八九）、長編、邦訳『ロマン（Ⅰ・Ⅱ）』（望月哲男訳、国書刊行会、一九九八）
『四人の心臓』Сердца четырёх（一九九一）、長編
『青い脂』Голубое сало（一九九九）、長編、邦訳『青い脂』（望月哲男・松下隆志訳、河出書房新社、二〇一二／河出文庫、二〇一六）
『饗宴』Пир（二〇〇〇）、短編集
『氷』Лёд（二〇〇二）、長編、邦訳『氷　氷三部作2』（松下隆志訳、河出書房新社、二〇一五）
『ブロの道』Путь Бро（二〇〇四）、長編、邦訳『ブロの道　氷三部作1』（松下隆志訳、河出書房新社、二〇一五）
『4』Четыре（二〇〇五）、短編・映画脚本・リブレットを収録した作品集
『三部作』Трилогия（二〇〇五）、長編『ブロの道』、『氷』、『23000』（本書）を収録
『親衛隊士の日』День опричника（二〇〇六）、長編、邦訳『親衛隊士の日』（松下隆志訳、河出書房新社、二〇一三）
『キャピタル』Капитал（二〇〇七）、戯曲集
『水上人文字』Заплыв（二〇〇八）、初期短編集

『砂糖のクレムリン』Сахарный Кремль（二〇〇八）、長編
『吹雪』Метель（二〇一〇）、中編
『モノクロン』Моноклон（二〇一〇）、短編集
『テルリア』Теллурия（二〇一三）、長編、邦訳『テルリア』（松下隆志訳、現在雑誌「早稲田文学」にて翻訳連載中。二〇一七年秋、河出書房新社より刊行予定）

著者略歴

ウラジーミル・ソローキン

Vladimir Sorokin

1955年ロシア生まれ。70年代後半からモスクワのコンセプチュアリズム芸術運動に関わる。83年、当時のソ連を象徴する風景を戯画化した作品『行列』を発表し、欧米で注目を集める。以後『マリーナの三十番目の恋』(82-84)、『ロマン』(85-89)、『四人の心臓』(91)、『青い脂』(99) のほか、『氷』(2002)、『ブロの道』(04)、本書『23000』(05) と続く〈氷三部作〉や、『親衛隊士の日』(06)、『砂糖のクレムリン』(08)、『吹雪』(10)、『テルリア』(13) などを発表し、2010年に『氷』でゴーリキー賞受賞。英語圏などでも高く評価され、2013年国際ブッカー賞最終候補。邦訳に『ロマン』(98)、『愛』(99)、『青い脂』(2012)、『親衛隊士の日』(13)、『ブロの道　氷三部作 1』(15)、『氷　氷三部作 2』(15) がある。

訳者略歴

松下隆志（まつした・たかし）

1984年生まれ。日本学術振興会特別研究員。訳書に、V・ソローキン『青い脂』(共訳、河出書房新社)、『親衛隊士の日』『ブロの道　氷三部作 1』『氷　氷三部作 2』(いずれも河出書房新社) など。主な論文に、「『物語』の解体と再生――ポストモダニズムを超えて」(『ロシア文化の方舟――ソ連崩壊から二〇年』東洋書店) がある。

23000　氷三部作 3

2016年7月20日　初版印刷
2016年7月30日　初版発行

著　者　ウラジーミル・ソローキン
訳　者　松下隆志
装　丁　木庭貴信（OCTAVE）
発行者　小野寺優
発行所　株式会社河出書房新社
東京都渋谷区千駄ヶ谷2-32-2
電話　(03) 3404-8611〔編集〕(03) 3404-1201〔営業〕
http://www.kawade.co.jp/
組版　株式会社創都
印刷　株式会社亨有堂印刷所
製本　小泉製本株式会社

Printed in Japan
ISBN978-4-309-20712-4